우리가 정말 알아야 할 서양 고전
그리스 희곡의 이해

펴낸곳 / (주)현암사
펴낸이 / 조근태
지은이 / 곽복록 · 이근삼 · 조우현 · 조의설 · 차범석

주간 / 형난옥
편집 / 서현미 · 정유진
디자인 / 조윤정
제작 / 신용직
마케팅 / 김경희

초판 발행 / 2007년 2월 15일
등록일 / 1951년 12월 24일 · 10-126

주소 / 서울시 마포구 아현 3동 627-5 · 우편번호 121-862
전화 / 365-5051 · 팩스 / 313-2729
E-mail / 1318@hyeonamsa.com
홈페이지 / www.hyeonamsa.com

ISBN 978-89-323-1412-9 04890
ISBN 978-89-323-1417-4 04890 (세트)

우리가 정말 알아야 할 서양 고전

그리스 희곡의 이해

우 리 가 정 말 알 아 야 할 서 양 고 전

그리스 희곡의 이해

곽복록 · 이근삼 · 조우현 · 조의설 · 차범석 지음

현암사

책머리에

신문학 이후, 우리나라에서는 많은 서구의 문학 작품이 번역 소개되어 왔고, 덜 정돈된 상태로 남겨진 우리의 전통과 충돌하면서 모방과 혼란의 소용돌이를 거쳐 왔다.

서구 문학을 수용하는 태도, 전통 속에서의 올바른 승화, 새로운 창조적 형상화 등 서양 고전을 소화하는 데는 뛰어넘어야 할 여러 어려운 문제가 따른다. 무엇보다 민족 문학에서 세계 문학으로의 지향을 모색하는 데는 더욱 큰 난관을 뚫고 나가지 않으면 안 된다.

우리는 호메로스를 읽었고, 초서를 알고 있으며, 단테와 밀턴과 괴테를 알고 있다. 셰익스피어의 풍요함과 톨스토이의 거봉巨峰과 도스토예프스키의 준열함을 느낄 수 있다. 카뮈를 알고 조이스와 포크너를 알고 있고, 더욱 많은 현대의 작가를 알고 있다.

그런데도 줄기찬 전통으로 이어지는 수많은 문학 작품 속에서도 서양 예술, 종교, 철학, 역사, 사상의 기초인 그리스 희곡을 읽지 않고 서양 문화를 이야기할 수 있는가?

그리스 문화는 서구 문화의 고향이자 토양이었다. 그 전성기에 꽃을 피운 비극은 신이 부여한 운명에 순응하면서도, 때로는 과감히 저항하다 파멸해 가는 인간의 모습을 완성된 형식미와 시적 운율로 담아내고 있다. 고전적 인간관의 전형을 보여 주는 그리스 비극은 2,500년의 시간을 지나오면서 셰익스피어의 비극, 유진 오닐의 희곡, 프로이트의 정신분석학 등 예술과 학문 여러 분야에 크나큰 영향을 끼쳐 왔다. 그리스 희극은 아테네 민주 정치가 융성하던 페리클레스 시대와 이에 이어진 펠로폰네소스 전쟁의 소용돌이 속에서 전성기를 이루었다. 민주 정치 아래에서 언론 자유의 보장은 희극의 본질적 요소인 해학과 풍자, 심지어는 통치자에 대한 신랄한 인신공격까지도 허용되는 넓은 터전을 마련해 주었다.

서구 문학은 그리스의 호메로스에게서 비롯되었고, 아테네의 전성기에 등장한 3대 비극 작가 아이스킬로스, 소포클레스, 에우리피데스와 희극 작가 아리스토파네스, 메난드로스가 이를 더욱 극적으로 승화시켜, 서구 문학의 출발에 큰 힘을 실어 주었다.

그런데 그리스 희곡은 너무 오래된 서양 고전이다 보니 시간 공간적인 상황 때문에 생소한 인명, 지명, 신명이 아주 많고, 그리스 문화를 모르면 이해가 쉽지 않다.

이 책은 그리스 희곡의 본질을 이해하기 위한 입문서이다. 그리스 희곡의 배경, 특성 등에 관한 기본 이론과 작가와 작품 해설을 쉽고 재미있게 풀었다. 또한 그리스 희곡 연표, 컬러 화보를 수록하여 그리스 희곡의 흐름을 한눈에 볼 수 있도록 하였다. 청소년은 물론 문학도, 예술학도, 일반 대중까지 이 책을 통해 폭넓은 사고, 그리스 희곡을 보는 눈을 키울 수 있을 것이다.

차례

| 아이스킬로스 |

아이스킬로스는 최초의 본격적인 극작가이자 종교적 사상가이다. 아이스킬로스가 쓴 작품은 90여 편이지만, 오늘날 남아 있는 작품은 7편밖에 없다. 『오레스테이아』 삼부작 「아가멤논」, 「제주를 바치는 여인들」, 「자비로운 여신들」을 비롯하여 인간에게 생명과 문화의 불을 주었다는 이유로 제우스 신의 노여움을 받아 카우카소스 절벽에 묶인 거인의 모습을 그린 「결박당한 프로메테우스」, 오이디푸스 대왕의 아들의 이야기를 다룬 「테베에 항거하는 일곱 장군」, 페르시아 전쟁을 배경으로 하여 전쟁에 지고 초라한 모습으로 돌아오는 크세르크세스 왕의 이야기를 쓴 「페르시아 인들」, 그리고 초기 작품인 「구원을 바라는 여인들」의 7편이다.

파리스가 세 명의 여신 헤라, 아테네, 아프로디테의 미를 판정하고 있다. _「파리스의 판정」, 페테르 파울 루벤스, 1639년

아이스킬로스는 「결박당한 프로메테우스」에서 제우스를 잔인한 폭군으로, 프로메테우스를 인간의 구세주로 표현하였다. _「결박당한 프로메테우스」, 페테르 파울 루벤스, 1610~11년

크로노스는 누이 레아를 아내로 삼아 헤스티아, 데메테르, 헤라, 하데스, 포세이돈, 제우스 6명의 자식을 낳았다. 자식에게 지배권을 빼앗긴다는 신탁 때문에 태어난 자식을 차례로 삼켰는데, 마지막 제우스가 태어났을 때는 레아가 크로노스를 속여 돌을 삼키게 했고, 그렇게 살아남은 제우스는 마침내 아버지를 추방했다. __「자신의 아이를 삼키고 있는 크로노스」, 고야, 1812~23년

(왼쪽) 페르세우스는 제우스와 다나에의 아들로 신화적 영웅이다. 괴물 메두사를 처치했다. _「페르세우스」, 바티칸 박물관, 이탈리아

(아래) 클리타이메스트라는 남편 아가멤논이 트로이 원정을 떠난 사이 아이기스토스와 밀통하여, 아가멤논과 그의 애인 카산드라를 함께 살해했다. 결국 아들 오레스테스와 딸 엘렉트라의 손에 아이기스토스와 함께 죽는다. 아이스킬로스와 소포클레스는 그녀를 악녀로 묘사한다. _「클리타이메스트라」

헤파이스토스는 자신의 대장간에서 정교한 황금 작품을 만들고 있다. 절름발이인 헤파이스토스는 한 다리로 서 있고, 그 옆에 아폴론이 서 있다. 헤파이스토스의 아내 아프로디테는 전쟁의 신 아레스와 밀애를 즐기는데 이 사실을 안 헤파이스토스가 불륜의 커플을 잡기 위해 덫을 놓기로 한다. _「헤파이스토스의 대장간」, 디에고 로드리게스 데 실바 이 벨라스케스, 1630년

| 소포클레스 |

소포클레스는 130여 편의 작품을 썼으며, 비극뿐만 아니라 찬가, 엘레게이아, 에피그람, 가무단에 관한 산문도 지었다. 아이스킬로스가 그리스 비극의 창시자라면 그것을 완성시킨 이는 소포클레스였다.

그는 연극의 짜임새를 복잡하게 하고, 각 작품을 하나의 완전한 예술 작품으로 독립시켰으며, 세부의 모티프를 솜씨 있게 구성하였다. 대표작으로는 아리스토텔레스 이후 비극의 짜임새에 있어 아티카 비극의 모범으로 꼽힌 「오이디푸스 왕」, 후속작 「콜로노스의 오이디푸스」, 코로스의 구실이 뚜렷한 「안티고네」, 왕의 딸 엘렉트라와 아들 오레스테스가 아버지의 원수를 갚은 이야기 「엘렉트라」가 있다.

오레스테스는 아가멤논과 클리타이메스트라의 아들이며, 엘렉트라의 남동생이다. 클리타이메스트라(가슴에 칼이 꽂혀 있는 여인)를 죽인 후 복수의 여신 세 자매에게 쫓기는 모습을 형상화했다. 복수의 여신의 머리카락은 뱀으로 되어 있다. _「오레스테스와 복수의 세 여신」, 윌리엄 아돌프 부궤로, 1862년

안티고네는 테베의 왕 오이디푸스의 딸이다. 오이디푸스는 자신의 손으로 눈을 찔러 눈이 멀었다. 안티고네는 오이디푸스가 콜로노스 땅에서 죽은 뒤 테베로 돌아왔다. __「오이디푸스와 안티고네」, 안토니 브로도스키, 1828년

(왼쪽) 하데스는 데메테르의 딸 페르세포네를 납치하여 아내로 삼았다. __「페르세포네를 납치하는 하데스」, 조반니 로렌초 베르니니, 보르게세 미술관, 이탈리아
(오른쪽) 「클리타이메스트라, 에리니에스, 오레스테스, 아폴론의 영혼」, 기원전 350~340년

스핑크스가 테베 사람들에게 수수께끼를 물어 풀지 못하면 잡아먹었다. 그런데 오이디푸스가 수수께끼를 풀자 자살했다. __「오이디푸스와 스핑크스」, 프랑수아 사비에르 파브르, 1806~08년

대지의 어머니신으로 알려진 데메테르는 크로노스와 레아의 딸, 제우스의 누나이다. 제우스와의 사이에 딸 페르세포네를 낳았다.
__「데메테르」, 빅토리아 알버트 박물관, 영국

| 에우리피데스 |

에우리피데스는 심리 묘사의 대가이자 그리스 3대 비극 작가 중 가장 근대적이라고 평가받는 천재 작가이다. 아르고 선 원정의 후일담인 「메디아」, 가장 비극적인 작품 「트로이의 여인들」, 전형적인 에우리피데스 특징을 지닌 「안드로마케」, 치밀한 구성이 돋보이는 「엘렉트라」, 「아울리스의 이피게네이아」, 「타우리케의 이피게네이아」, 「히폴리토스」, 「바코스의 여신도들」을 통해 그의 작품 세계를 들여다볼 수 있다. 명백한 감정적, 선정적 효과로 인간성과 그 기저에 깔린 악의 정체를 심오하게 통찰한다. 에우리피데스는 종교를 중심적으로 다루었는데, 신의 절대적인 권력을 인정하기보다는 오히려 인간의 어리석음의 말로를 제시한 것이 현대인의 구미에 맞는다.

이피게네이아는 아가멤논과 클리타이메스트라 사이에 태어난 딸이다. 그녀는 아킬레우스와 결혼한다는 구실로 불려 와 제물로 바쳐질 뻔했다. __「이피게네이아의 희생」, 펠리체 토렐리, 17~18세기

「오레스테스와 에리니에스」, 구스타브 모로, 1893년

「레다와 백조」,
기원전 350~340년경

레다 왕비는 백조가 된 제우스의 사랑을 받고 알을 두 개 낳았는데, 그 중 한 개에서 카스토르와 폴리데우케스 쌍둥이가 나왔다. 이들 형제는 헬레네와 클리타이메스트라와는 남매였다. __「레다와 백조」, 자코포 틴토레토, 1555년경

「트로이 전쟁」, 기원전 485~480년

「아스티아낙스를 보호하는 안드로마케」, 기원전 480년

「아킬레우스에게 아들 헥토르의 시신을 찾으러 간 프리아모스 왕」

(위) 안드로마케가 전장에서 시체로 돌아온 남편 헥토르의 죽음을 애도하고 있다. _「헥토르를 애도하는 안드로마케」, 자크 루이 다비드, 1783년
(오른쪽 위) 헥토르가 아킬레우스에게 패하여 죽고, 안드로마케의 아들 아스티아낙스도 그리스 군에게 죽었다. 안드로마케는 포로가 되어 아킬레우스의 아들 네오프톨레모스의 첩이 되었다. _「사로잡힌 안드로마케」, 로드 프레더릭 레이턴, 1886~88년
(오른쪽 아래) 「안드로마케와 아스티아낙스」, 피에르 파울 프뤼돈, 1814년

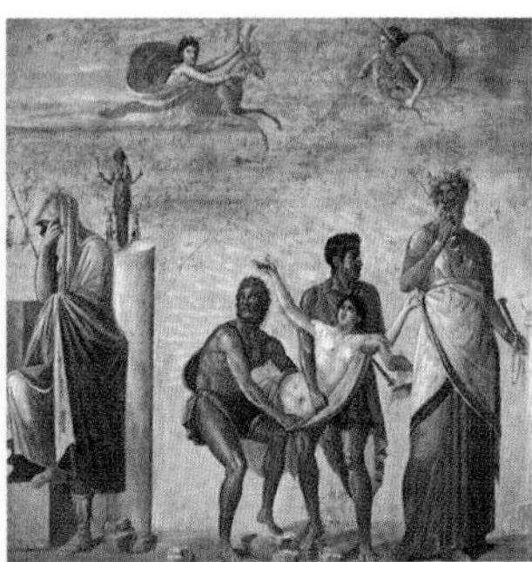

(왼쪽)「이피게네이아 앞에 선 오레스테스와 필라데스」, 벤저민 웨스트, 1766년
(오른쪽)「이피게네이아의 희생」, 폼페이 벽화, 1세기, 이탈리아

오레스테스는 친구 필라데스와 아르테미스의 신상을 찾으러 타우리스에 갔다. 그러나 이피게네이아는 오레스테스가 자신의 동생인지도 모르고 그를 제물로 바치려 했다. __「오레스테스와 필라데스를 만난 이피게네이아」, 앙겔리카 카우프만, 1787년

사티로스는 온갖 음탕한 특성을 지닌 가공적인 종족이다. __「두 명의 사티로스」, 페테르 파울 루벤스, 1618~19년

아레스와 아테나는 둘 다 전쟁의 신이지만 큰 차이가 있다. 아레스는 난폭한 전술을, 아테나는 지적인 전술을 구사한다. __「아레스와 아테나의 싸움」, 조제프 베누아 수베, 1771년

힐라스의 아름다움에 반한 님프들이 그를 물속으로 끌고 들어갔다. __「힐라스와 님프」, 존 윌리엄 워터하우스, 1896년

암피트리테는 바다의 신 포세이돈의 아내이다. __「포세이돈과 암피트리테」, 람베르트 지기스버트 아담, 1740년

악타이온이 처녀신 아르테미스가 목욕하는 광경을 엿보자, 순결에 상처를 입은 아르테미스는 화가 나 악타이온을 사슴으로 변하게 하였다. __「아르테미스와 악타이온」, 발두치 마테오, 16세기

그리스 인들은 파리스가 데려간 헬레네를 되찾기 위해 트로이 원정을 하여 트로이 전쟁이 시작되었다. 헥토르는 파리스와 형제 사이이다. __「파리스를 꾸짖는 헥토르」, 피에르 클로드 프랑수아 델롬, 19세기경

제우스는 올림포스의 왕좌에 앉아 있고, 테티스가 제우스에게 트로이 전쟁에 참가한 자신의 아들 아킬레우스를 도와 달라고 간청하고 있다. __「제우스와 테티스」, 장 오귀스트 도미니크 앵그르, 1811년

파리스에게 황금사과를 전달하는 헤르메스 _「헤르메스와 파리스」, 도나토 크레티, 1745년

이아손이 황금양모피를 훔쳐 달아나며 아레스 신의 신성한 숲에 있는 동상을 은밀한 눈길로 훔쳐 보고 있다. __「이아손과 황금양모피」, 에라스무스 쿠엘리누스, 1670년

아르고나우타이의 축복을 받은 영웅 이아손은 마법사 메디아의 사랑을 받는다. 메디아의 마법 덕분에 이아손은 황금양모피를 지키는 용을 죽일 수 있었다. __「이아손과 메디아」, 구스타브 모로, 1865년

| 아리스토파네스 · 메난드로스 |

그리스 희극은 아테네 민주 정치가 융성하던 페리클레스 시대와 펠로폰네소스 전쟁의 소용돌이 속에서 전성기를 이루었다. 아리스토파네스는 그리스 최대의 희극 작가로 풍자와 해학을 통해 교육, 사회, 정치 문제를 비판했다. 「벌」에서는 선동 정치가와 당시 법정과의 밀접한 관계를 통렬하게 풍자하며 무식하고 줏대 없는 배심원을 비웃었다. 사건을 다루는 방법과 작품의 분위기가 가장 신선한 「평화」에서는 평화를 갈망하는 시민의 뜨거운 염원을 표현하였다. 남자들이 전쟁을 그만두지 않으면 남편과 동침하지 않겠다고 선언한 「리시스트라테」에서는 여성들의 성적 스트라이크라는 기발한 발상을 통해 평화에 대한 갈망을 담았다. 「구름」에서는 궤변을 비난하고 「새」에서는 펠로폰네소스 전쟁으로 혼란스러운 나라를 걱정하는 마음을 표현하였다.

메난드로스는 희극의 완성자이다. 신희극의 형식을 따른 작가로, 신희극 중에는 그의 작품만이 전해진다. 그러나 그것도 완전하지 못하고, 중간 혹은 앞뒤가 빠진 불완전한 것들만 전해 내려온다. 「사모스의 여인」은 메난드로스의 초기 작품이며, 이 작품에서 크리시스라는 여성의 상황과 성격이 부각된다.

아리스토파네스 「새」의 한 장면 _「그리스 화병」, 기원전 415~400년, J.Paul Getty 박물관, 미국

(위) 테레우스의 아내 프로크네와 프로크네의 여동생 필로멜라는 테레우스에게 복수하기 위해 이티스를 죽인 뒤 그 살로 요리를 하여 테레우스에게 먹였다. __「테레우스에게 이티스의 머리를 보여 주는 두 여인」, 페테르 파울 루벤스, 1636~38년
(아래) 파리스는 아프로디테의 도움을 받아 헬레네를 트로이로 데려왔다. __「파리스와 헬레네」, 자크 루이 다비드, 1788년

바코스(디오니소스)는 술의 신이면서 대지의 풍요를 주재하는 신이다. 바코스는 포도의 재배법과 과즙을 짜내는 법을 발견했다. __「바코스」, 페테르 파울 루벤스, 1638~40년

대지의 어머니신, 농업의 여신이다. _「데메테르」, 조반니 프란체스코 로마넬리, 1660년

아르테미스는 처녀 사냥꾼이다. __「아르테미스의 사냥」, 카마세이 안드레아, 1638~39년

「사냥을 마친 아르테미스」, 프랑수아 부셰, 1745년

괴물 고르곤 중 하나인 메두사의 머리를 본 사람은 누구나 돌로 변했다. __「메두사의 머리」, 페테르 파울 루벤스, 1617년

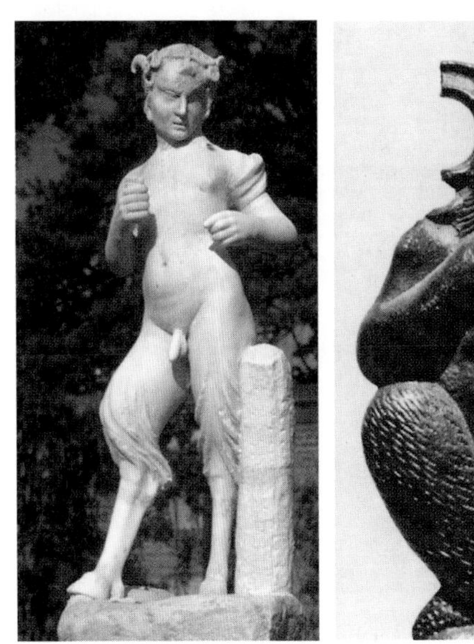

(왼쪽) 상반신은 사람, 다리와 꼬리는 염소 모양이며 이마에 뿔이 있는 양과 목동의 신이다.
__「판」, Hever Castle에 있는 조각상, 영국
(오른쪽) 「피리를 불고 있는 판」, 브리티시 박물관, 영국

「헤라클레스의 첫번째 과업-네메아의 사자 퇴치」

「헤라클레스의 두 번째 과업-히드라 퇴치」

「헤라클레스의 세 번째 과업-케리네이아의 사슴 포획」

그리스 로마 신화에서 가장 힘이 세고, 가장 유명한 영웅 헤라클레스 _「술 취한 헤라클레스」, 페테르 파울 루벤스, 1611년

크로노스와 레아 사이에서 태어난 맏딸 헤스티아는 불과 화로, 가정의 여신이며 처녀신이다. __「제물을 바치는 헤스티아 신녀」, 이그나치오 콜리노, 1754년

아폴론은 제우스와 레토의 아들로 치유, 예언, 음악의 신이다. _「아폴론」, 기원전 360~340년, 루브르 박물관, 프랑스

「헬레네를 잡은 메넬라오스」, 기원전 520년, 루브르 박물관, 프랑스

「메넬라오스가 헬레네의 아름다움에 매혹되어 칼을 떨어뜨리다.」, 기원전 440년, 톨레도 박물관, 스페인

「메넬라오스와 헬레네의 재결합」, 기원전 450년

| 그리스 극 공연 |

오늘날 그리스 극 공연은 옛날과 상당한 차이가 있다. 언어가 다른 우리나라뿐만 아니라 미국, 유럽 극계에서도, 본고장인 그리스에서도 마찬가지다. 사람 얼굴의 배 이상쯤 되는 가면과 '온코스' 라는 가발이 없어졌다. 그리스 극장에는 무대 장치가 거의 없었는데, 오늘날의 무대에는 많은 장치가 생겼고 캔버스로 만든 것도 나왔다. 고대 그리스 극에서의 코로스는 극중 인물이 되는 특수한 역할이 있었다. 그러나 오늘날의 코로스는 그 비중이 약해져서 관객에게 작가의 말을 전하거나, 연기자가 관객에게 극중 인물과 상황을 설명하는 역할로 변하였다.

오늘날 공연은 코로스의 처리는 물론 연기면에서도 재미있어졌다. 그렇지만 극이 씌어진 당시 공연과는 많이 다르므로 수많은 사람이 그리스 극의 본질을 살리면서도 관객에게 감동을 주려고 노력하고 있다. 지금도 세계 각지에서 그리스 극이 상연되고 있다.

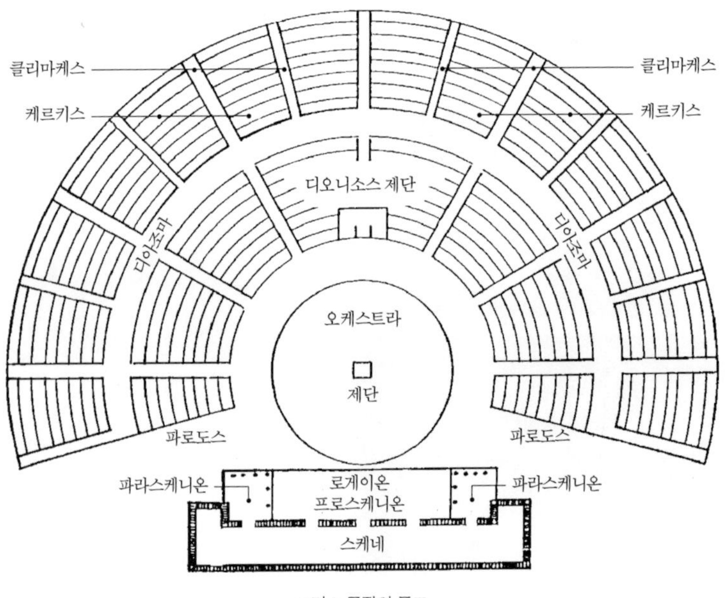

그리스 극장의 구조

아이스킬로스 「결박당한 프로메테우스」, Keith Scales 연출, 2004년 ⓒ Photo by Rebecca J. Becker, Classic Greek Theatre of Oregon
1. 프로메테우스와 바다의 딸들로 구성된 코로스 2. 오케아노스와 바다의 딸들로 구성된 코로스

소포클레스 「콜로노스의 오이디푸스」, Keith Scales 연출, 2000년 © Photo by Rebecca J. Becker, Classic Greek Theatre of Oregon

1. 코로스 2. 이스메네, 오이디푸스, 안티고네 3. 이스메네, 오이디푸스, 안티고네, 폴리네이케스

코로스 __ 소포클레스 「엘렉트라」, Stephanie Sertich 연출, 2005년 ⓒ Photo by Rebecca J. Becker, Classic Greek Theatre of Oregon

에우리디케와 코로스 __ 소포클레스 「안티고네」, Rebecca J. Becker 연출, 1999년 ⓒ Photo by Rebecca J. Becker, Classic Greek Theatre of Oregon

바코스의 신도들로 구성된 코로스 __에우리피데스 「바코스의 여신도들」, Keith Scales 연출, 2001년 © Photo by Rebecca J. Becker, Classic Greek Theatre of Oregon

메디아 __에우리피데스 「메디아」, Keith Scales 연출, 2003년 © Photo by Rebecca J. Becker, Classic Greek Theatre of Oregon

엘렉트라와 코로스 __에우리피데스 「오레스테스」, Keith Scales 연출, 2006년 © Photo by Rebecca J. Becker, Classic Greek Theatre of Oregon

아리스토파네스 「리시스트라테」,
Rich Perloff 연출, 2000년
© Ohio University

아리스토파네스 「리시스트라테」, Thomas Riccio 연출, 2002년, Salisbury Theatre © Photo by Kade Mendelowitz, University of Alaska Fairbanks Theatre Department

아리스토파네스 「리시스트라테」, Thomas Riccio 연출, 2002년, Salisbury Theatre © Photo by Kade Mendelowitz, University of Alaska Fairbanks Theatre Department

1부

그리스 비극 연표

그리스 극시의 시대적 배경

그리스 비극의 본바탕

그리스 시극의 구성과 특징

그리스 극의 재평가

그리스 비극의 변모

그리스 비극 연표

* 연도는 기원전

비극 외의 문학·철학 등	비극	역사적 사건
600~550년경 서정 시인 알카이오스, 사포, 스테시코로스, 철학자 탈레스, 아낙시만드로스, 아낙시메네스 활약.	**626~625년** 아리온, 디시람보스를 창시.	**594/593년** 솔론의 개혁. **560년** 페이시스트라토스, 아테네의 참주가 됨(~527년).
583~560년경 스사리온 희극 창시.		**550년** 키로스, 페르시아 제국을 건설.
556년 서정 시인 시모니데스 탄생.		**546년** 소아시아의 그리스 식민지 페르시아의 지배하에 듦.
530년경 철학자 크세노파네스, 피타고라스, 서정 시인 아나크레온의 전성기.	**534년** 이즈음부터 비극 경연이 시작되어 테스피스 우승.	**529년** 캄비세스, 키로스의 뒤를 이어 페르시아의 왕이 됨.
	525/524년 아이스킬로스 탄생(~456년).	**525년** 페르시아, 이집트를 정복.
	523년 코이리로스, 처음으로 비극 상연(468년경까지 활약).	
522/518년 핀다로스 탄생(~440년경).		**521년** 다레이오스, 페르시아 왕이 됨.
	511년 피리니코스 처음으로 우승(476년경까지 활약).	**508/507년** 클레이스테네스의 개혁으로 아테네 민주 제도 확립.
505년경 서정 시인 바킬리데스 탄생(~450년경).		
500년경 서정 시인 코린나, 철학자 헤라클레이토스, 희극 시인 에피카르모스의 전성기.	**500년경** 프라티나스, 최초의 사티로스 극 상연.	
	499년 아이스킬로스 처	**499~493년** 이오니아 식

비극 외의 문학·철학 등	비극	역사적 사건
498년경 서정 시인 핀다로스, 송가로 문학 활동 시작.	음으로 극을 상연. 목조 극장이 무너져 관객이 부상한 사건이 일어남.	민지, 페르시아에 대해 반란.
	499/495년 소포클레스 탄생(~406년).	**494년** 밀레토스, 페르시아에 함락.
493년경 철학자 엠페도클레스 탄생(~433년경).	**493년** 프리니코스 「밀레토스의 함락」을 상연. 비참한 모습을 묘사했으므로 천 드라크마의 벌금을 물고 재상연이 정지됨.	**492/491년** 페르시아 군, 트라키아와 마케도니아에 침입.
490년 엘레아 학파의 철학자 제논 탄생.	**490년경** 이온 탄생(~421년경).	**490년** 마라톤 전투에서 페르시아 군 패배.
487년 희극 경연이 처음으로 디오니시아 대제에서 개최됨.	**487년** 법령에 따라 합창단(코로스)의 경비를 부유한 시민이 부담하기 시작함(코레고스 제도).	
485년경 웅변가 고르기아스 탄생(~375년경).		**486/485년** 다레이오스 사망. 크세르크세스, 페르시아의 왕위를 계승.
484년 역사가 헤로도토스 탄생(~430년 이후).	**484년** 아이스킬로스 첫 우승.	
481년 소피스트의 거두 프로타고라스 탄생(~411년).	**484/480년경** 에우리피데스 탄생(~406년).	**480년** 크세르크세스, 페르시아 군을 이끌고 그리스에 침공. 살라미스 해전에서 참패.
		479년 플라타이아 전투에서 페르시아 군 참패.
478년 핀다로스, 시모니데스, 바킬리데스, 시칠리아의 히에론 궁정으로 감.		**478/477년** 히에론, 시칠리아 시라쿠사의 참주가 됨. 에트나 화산 대폭발. 델로스 동맹 결성.
	476년 프리니코스 「페니키아의 여인」을 상연,	**476/475년** 히에론, 아이토나 시를 건설.

비극 외의 문학·철학 등	비극	역사적 사건
	처음으로 여자 가면을 사용. 아이스킬로스, 히에론의 궁정으로 감. 이때 「아이토나의 여인」 상연. 삼부작 「불을 가져다주는 프로메테우스」, 「결박당한 프로메테우스」, 「해방되는 프로메테우스」를 상연.	**474년** 히에론, 에트루리아 함대를 쿠마이 바다에서 격파함.
470년경 미모스 극(무언극)의 창시자 소프론 탄생(~400년경). 역사가 투키디데스 탄생(~400년경). 엘레아 학파의 시조 파르메니데스의 전성기. **469년** 소크라테스 탄생(~399년).	**472년** 아이스킬로스 삼부작 「피네우스」, 「페르시아 인들」, 「글라우코스」, 사티로스 극 「프로메테우스·피르카에우스」 우승.	**472/471년** 아크라가스의 참주 테론 죽음. 히에론에 병합됨. **470년** 테미스토클레스 추방됨.
	468년 소포클레스, 처음으로 극을 상연해서 우승. **468~458년경** 극장에서 처음으로 무대 배경이 사용됨.	**468년** 아테네의 장군 키몬, 에우리메돈 전투에서 페르시아 군을 격파.
	467년 아이스킬로스 삼부작 「라이오스」, 「오이디푸스」, 「테베에 항거하는 일곱 장군」, 사티로스 극 「스핑크스」 우승.	**466년** 히에론 사망. **465년** 크세르크세스 사망. 아르타크세르크세스, 페르시아 왕위를 계승.
462년 철학자 아낙사고라스 아테네에 옴. 이즈음 의학자 히포크라테스, 철학자 데모크리토스 탄생.	**460년** 30인 참주의 한 사람 크리티아스 탄생(~403년). 비극 시인으	**462/461년** 에피알테스의 개혁으로 아레이오스 파고스 법정의 권위 실추. **459~446년** 아테네, 펠로

비극 외의 문학·철학 등	비극	역사적 사건
	로도 활약.	폰네소스 동맹과 싸움.
	458년 아이스킬로스 삼부작 「아가멤논」,「제주를 바치는 여인들」,「자비로운 여신들」, 사티로스 극 「프로메테우스」 우승. 이즈음 다시 시칠리아를 방문.	**457/456년** 아이기나, 아테네에 항복.
	456/455년 아이스킬로스 시칠리아의 겔라에서 객사.	**456/455년** 아테네, 외항 페이라이에우스에 이르는 장성을 완성.
	455년 에우리피데스의 최초의 극 「펠리아스의 딸들」 3등.	**454년** 아테네 군, 이집트에 원정하여 괴멸당함.
	451년 이온, 처음으로 극을 상연, 421년경까지 활약.	
	450~430년 아카이오스의 전성기.	**449/448년** 카리아스의 화약(和約). 키몬 사망.
445년 아리스토파네스 탄생(~385년).	**446년** 아가톤 탄생(~401년).	
442년 레나이아제에서 처음으로 희극 경연 개최.	**443/442년** 소포클레스, 헬레노타미아스의 직에 앉음. 「안티고네」상연(441?년).	**443~429년** 페리클레스, 정권을 잡음(페리클레스 시대).
	441년 에우리피데스 첫 우승.	
440년 희극에서 개인적 풍자를 금지한 법령이 제정됨. 프로타고라스, 프로디코스 등 소피스트의 활동	**440년** 소포클레스 장군으로서 사모스에 출정.	**440년** 사모스의 반란.
	438년 에우리피데스 사부작 「크레타의 여인」,	**438년** 파르테논 신전 완성. **437~432년** 프로피라이아

비극 외의 문학 · 철학 등	비극	역사적 사건
이 시작됨.	「포소피스의 알크마이온」,「텔레포스」,「알케스티스」 2등.	의 건조 개시.
436년 웅변가 이소크라테스 탄생.		**432년** 포티다이아의 반란.
	431년 에우포리온(아이스킬로스의 아들) 우승. 소포클레스 2등. 에우리피데스 삼부작 「필로크테테스」,「딕티스」,「메디아」, 사티로스 극 「수확하는 사람들」 3등.	**431년** 펠로폰네소스 전쟁 발발(~404년).
430년경 크세노폰 탄생(~354년 이후).		**430년** 아테네에 전염병 만연함.
	429년경 소포클레스 「오이디푸스 왕」을 상연. 필로크레스(아이스킬로스의 조카)에게 패배당함. 이즈음 에우리피데스의 「헤라클레스의 아이들」, 소포클레스의 「트라키스의 여인들」.	**429년** 페리클레스, 전염병으로 죽음.
428년 희극 시인의 활동을 제한하는 법령이 제정됨. **427년** 아리스토파네스의 최초의 극 「잔치의 손님들」. 플라톤 탄생(~348/347년). **426년** 아리스토파네스 「바빌로니아 인들」, 정치가 클레온을 풍자했으므로 고소당함.	**428년** 에우리피데스 「히폴리토스」 우승. 이오폰(소포클레스의 아들) 2등. 이온 3등.	
425년 아리스토파네스 「아카르나이의 사람들」.	**425년** 에우리피데스 「헤카베」(423?년).	**425년** 아테네 군, 스팍테리아를 공략. 클레온의 전성기.
424년 아리스토파네스 「기사」.		**424년** 스파르타 군, 암피폴리스를 공략. 이로 인해 투키디데스 추방됨.
423년 아리스토파네스 「구름」.	**423년** 에우리피데스 「스테노보이아」. 이즈음 카르키노스의 전성기.	
422년 아리스토파네스 「벌」, 「평화」.		**422년** 클레온과 브라시다스, 암피폴리스 전투에서 전사.

비극 외의 문학·철학 등	비극	역사적 사건
421년 데모크리토스, 히포크라테스의 전성기.	**421년** 에우리피데스 「에렉테우스」, 「크레스폰테스」.	**421년** 니키아스의 평화 조약.
	420년 에우리피데스 「구원을 바라는 여인들」.	
	419년 에우리피데스 「안드로마케」.	**419년** 펠로폰네소스 전쟁 재개.
	418년 소포클레스 「엘렉트라」(410?년).	**418년** 만티네이아 전투에서 스파르타 군 승리.
	416년 아가톤, 레나이아제에서 처녀작으로 우승. 에우리피데스 「미친 헤라클레스」(423?년).	**416/415년** 아테네 군 멜로스를 공략하여 전 시민을 학살.
	415년 크세노클레스 우승. 에우리피데스의 삼부작 「알렉산드로스」, 「팔라메데스」, 「트로이의 여인들」, 사티로스극 「시시포스」 2등.	**415년** 아테네의 시칠리아 원정. 알키비아데스, 스파르타 측에 가담.
	413년 에우리피데스 「엘렉트라」. 이즈음 에루리피데스 「이온」, 「타우리케의 이피게네이아」(~408년).	**413년** 시칠리아 원정군 전멸.
	412년 에우리피데스 「헬레네」, 「안드로메다」.	**412년** 아테네 동맹하의 제도시 반란.
411년 아리스토파네스 「리시스트라테」, 「여인들만의 축제」.		**411년** 5월 400인 정권 수립, 9월에 붕괴.
		410년 키지코스 해전에서 아테네 해군, 스파르타를 격파.
	409년 소포클레스 「필로	

비극 외의 문학·철학 등	비극	역사적 사건
	크테테스」. 에우리피데스 「페니키아의 여인들」, 「히프시피레」(407?년).	
	408년 에우리피데스 삼부작 「오이노마오스」, 「크리시포스」, 「오레스테스」.	
	407년 에우리피데스, 아가톤, 마케도니아 왕 아르케라오스의 궁정으로 감.	
	406년 에우리피데스 사망. 소포클레스 사망.	**406년** 아르기노사이 해전에서 아테네 해군 승리. 디오니시오스 1세 시라쿠사의 참주가 됨.
405년 아리스토파네스 「개구리」, 프리니코스 「무사이」.	**405년** 에우리피데스의 유작 「바코스의 여신도들」, 「아울리스의 이피게네이아」, 「코린토스의 알크마이온」 상연.	**405년** 아이고스포타모이 해전에서 아테네 함대 전멸당함.
	404년 디오게네스의 전성기.	**404년** 아테네의 항복으로 펠로폰네소스 전쟁 종결. 장성의 파괴, 추방자의 귀국, 30인 정권 수립. 스파르타 전 그리스의 패권을 잡음(~371년).
		403년 30인 정권 실각. 민주 정체 회복됨.
	401년 소포클레스의 유작 「콜로노스의 오이디푸스」 상연. 아가톤, 마케도니아에서 객사.	**401/400년** 페르시아 왕자 키로스의 반란.
400년경 디시람보스 작가 티모테오스의 전성기.		**400년** 스파르타와 페르시아의 전쟁(~386년).

비극 외의 문학·철학 등	비극	역사적 사건
399년 소크라테스 독을 마시고 처형당함.		
		395년 코린토스 전쟁 시작됨(~386년).
		394년 코린토스 해전에서 아테네 군 스파르타 함대를 격파. 코로네이아 전투.
	393년 아스티다마스(아이스킬로스의 조카·필로클레스의 손자) 처음으로 극을 상연.	
392년 아리스토파네스 「여인의회」.		
389/388년 아리스토파네스 「복신」.		
	387년 테오피로스, 디오니시아 대제에서 우승.	
386년 플라톤, 아카데메이아를 창설.	386년 디오니시아 대제에서 처음으로 기존 작품이 재상연됨.	386년 안탈키다스의 평화. 코린토스 전쟁 종결.
385년경 아리스토파네스 사망.		
384년 아리스토텔레스 탄생(~322년).		
383년 데모스테네스 탄생.		
		378/377년 제2차 아테네 동맹 결성.
		376년 아테네 해군, 낙소스 해전에서 스파르타 함대를 격파.
	375년경 수사학자 테오데크테스 탄생(~334년). 비극 시인으로도 활약.	
	372년 아스티다마스 처음으로 우승.	
371년 테오프라스토스 탄생(~287년).		371년 테베의 전성기(~362년).
		370~369년 아르카디아 동맹 성립.
	368~341년 아파레우스의 전성기.	
367년 아리스토텔레스, 아테네에 옴(17세).	367년 시라쿠스의 참주 디오니시오스 1세 레나이아제에서 「헥토르의 시체 인수」를 상연하여	

비극 외의 문학·철학 등	비극	역사적 사건
	첫 우승.	
	365년경 철학자 크라테스 탄생(~285년). 비극 시인으로도 활약.	
364/363년 데모스테네스의 최초의 연설.		
361년 신희극 시인 필레몬 탄생(~263년).		
		359년 필리포스 2세 마케도니아 왕이 됨(~336년). 마케도니아의 융성.
356년경 이즈음부터 데모스테네스, 이소크라테스, 아이스키네스 등의 변론이 성해짐.		**357~356년** 필리포스와 아테네의 전쟁.
		357~354년 아테네와 동맹 도시와의 전쟁.
		356~346년 신성전쟁. 필리포스, 그리스에 침입.
		356년 알렉산드로스 대왕 탄생.
		353년 필리포스, 테살리아에 침입.
350년 신희극 시인 디필로스 탄생(~263년).	**350년** 카타네의 참주 마메르코스, 비극을 씀. 카이레몬, 카르키노스의 전성기. 이즈음부터 각지에 상설극장이 설치되어 배우협회가 결성됨.	**348년** 마케도니아 군에게 올린토스 함락.
347년 플라톤 사망. 아리스토텔레스, 아테네를 떠남.		**346년** 필로크라테스의 평화. 필리포스, 델포이의 경기를 주최.
343/342년 아리스토텔레스, 알렉산드로스의 스승으로서 마케도니아로 감.		
342년 신희극 시인 메난드로스 탄생(~291/290년). 철학자 에피쿠로스 탄생(~270년).	**340년** 아스티다마스의 「파르테노파이오스」, 「리카온」, 디오니시아 대제에서 우승. 에우아레테스 3등. 티모클레스의 사티로스 극 「리쿠르고스」 우승. 이즈음부터	
339년 크세노크라테스, 스페우시트포스의 뒤를 이어 아카데메이아의 장이 됨.		**338년** 아테네와 테베의 동맹군 카이로네이아에서 필리포스에게 패함.

비극 외의 문학·철학 등	비극	역사적 사건
338년 이소크라테스 사망. **335년** 아리스토텔레스, 아테네의 리케이온에서 학교를 엶.	3대 비극 시인의 작품이 종종 재상연됨.	**336년** 필리포스 암살. 알렉산드로스 왕위에 오름(~323년). **334년** 알렉산드로스, 아시아에 침입. 페르시아 군을 각지에서 격파.
	332년 파노스트라토스 우승.	
		331년 알렉산드리아 건설.
327년 필레몬 첫 우승.	**330년** 디오니소스 극장 재건. 3대 비극 시인의 작품의 필사보존에 관한 법령.	**327년** 알렉산드로스, 인도에 침입.
324년 데모스테네스 추방당함.	**324년** 피톤 「아겐」 상연.	
323년 디필로스 「제비뽑는 사람들」. 에피쿠로스, 아테네에 옴. **322년** 데모스테네스, 아리스토텔레스 사망. 테오프라스토스 리케이온의 뒤를 이음. **321년** 메난드로스의 처녀작 「분노」.		**323년** 알렉산드로스 대왕 바빌론에서 사망. **323~283년** 이집트의 프톨레마이오스 1세.
	320년 리코프론 탄생.	
316년 디필로스 첫 우승. **315년** 메난드로스 첫 우승. **310년경** 필레몬 「상인」. 미모스 극작가 데오크리토스(~250년경), 시인 칼리마코스 탄생(~240년경). **306년** 에피쿠로스, 아테네에서 개교. **300년경** 미모스 극작가 헤		**317년** 팔레롬의 데메트리오스, 아테네를 지배(~307년).

비극 외의 문학·철학 등	비극	역사적 사건
로다스 탄생(~250년경). 린톤, 프리아케스 극(남부 이탈리아 지방 기원의 민중극)으로 활약. **285년** 필레몬 「보물」. 희극 시인 아폴로도로스 초연. **281~265년** 아폴로도로스 「시어머니」.	**285~247년** 리코프론, 호메로스, 피리코스, 소시테우스, 알렉산드로스 등 7 비극 시인(플레이아데스)의 전성기. **273년** 리코프론 「알렉산드라」.	**285년** 프톨레마이오스 2세(~247년). 도서관, 박물관을 창설. 학술의 번성.

* 작품 중에는 연대를 정하기 어려운 것, 이론이 있는 것들이 많은데, 여기 수록한 것에도 잠정적으로 연대를 붙여 놓은 것이 상당수 있다. 각 작품의 해설과 해제가 일치하지 않는 것도 있을 수 있다.

그리스 극시의 시대적 배경

조의설

그리스 문학사에서 보면 극시는 서사·서정 시대를 거쳐 발달하였으며, 그 뒤에 산문이 나타났다. 이것들은 각각 그 시대의 산물로 서로 다른 정신적 풍토를 갖고 있다. 이 중에서도 극시, 특히 비극은 기원전 5세기 아테네의 특산물이었다는 점을 기억해야 한다.

이 사실을 구명하기 위하여 풍토·사상·신화 등 모든 문제를 언급하고, 그 뒤에 극시의 기원 등을 논하려고 한다.

풍토

그리스 극시의 정신의 발달에는 그 원인으로 여러 요소가 있으나, 그 중에도 자연적인 풍토의 영향을 빼놓을 수 없다. 그리스는 아시아에서 유럽으로의 교량이었으며, 이 교량을 통하여 소아시아와 이집트의 문화는 서방으로 이식되어 왔다. 많은 섬을 가지고 있는 에게 해는 고대 동방의 선진 문물과의 접촉을 쉽게 하였다.

그리스 세계는 에게 해를 중심으로 남부 이탈리아·시칠리아를 포함하는 대 그리스로 전개되었다. 이 과정에서 크레타 문명과 접촉하여 미케네 문명을 만들었고, 페니키아와 접촉하여 알파벳을 만들었으며, 소아시아의 제철 기술과 화폐의 사용으로 생활을 향상시켰다. 페르시아와는 평화적으로 혹은 전쟁을 통하여 접촉하였고, 이집트와도 교섭이 있었으며, 시칠리아에서 카르타고와 접촉하였다.

그리스는 고대 동방의 세계와 접촉하면서 무엇을 얻었던가. 이집트의 피라미드는 왕명을 상징하는 것이었고, 오벨리스크는 왕의 위력을 표시하는 것이었다. 그렇지만 그리스의 도시는 인민의 자유를 창조하였고, 각각 다른 개성을 나타냈으며, 분석의 논리를 알아냈다.

그리스를 여행하면 금세 평야가 적고 산이 많다는 것을 알 수 있다. 사실이 그렇다. 해안선의 굴곡이 많으며 근처에는 좋은 항구가 많다. 자연적으로도 전 지역은 많은 산악 지구로 이루어져 있다. 여기에서 그리스가 여러 폴리스로 형성되었던 이유를 짐작할 수 있다. 그리스에는 이집트의 나일 강이나 바빌론의 티그리스·유프라테스 강과 같은 큰 강이 없다.

유유히 흐르는 나일 강은 이집트 인에게 인간의 유구성悠久性을 길러 주었고, 마침내 신을 신앙하게 하였다. 그리스에는 이집트에서와 같은 큰 강은 없으나 해안선의 굴곡이 자연미를 조장하였으며, 그것은 그리스 인에게 어디서 와서 어디로 가는지를 생각해 보게 하여 자기를 한정하는 정신을 북돋아 주었다. 그리고 지형의 소지구 분거分據는 자급자족을 가능케 하였다. 그들은 대부분 농업에 종사하였으며 때때로 항해도 하였다. 폴리스 시민의 대부분이 농민이었다는 것을 잊어서는 안 된다.

그리스의 전 국토는 석회암질의 지질이며, 양질의 대리석이 생산된다. 특히 그리스에서 조각이 발달한 것은 여기에도 한 가지의 원인이 있다. 산과 산 사이에는 많은 계곡이 있으며 토지도 매우 척박하여 곡식 재배에는 적당하지 않고, 물이 잘 빠져서 과수 재배에, 즉 올리브, 포도, 무화과 등의 재배에 적당하였다. 이 과수 재배와 맥류麥類의 생산은 그리스 농업에서 불가결한 일이었다. 그러나 곡물의 생산은 늘 부족하여 이것을 멀리 흑해 연안 지역과 이집트에서 수입하였다. 인구가 늘어감에 따라 식량문제는 더욱 심각한 문제가 되었다. 그리스 인의 해외 소식민 활동으로 축산업과 상공업의 발달이 촉진되었으나 역시, 그리스 사회는 과수 재배를 기초로 하였으며 양과 산양을 사육하는 농업사회였다.

그리스는 지중해성 기후이다. 지중해성 기후의 특색은 겨울이 우기이고, 나머지는 대체로 건기에 속한다. 그리스에서는 11월부터 3월까지는 장마 때와 비슷하며, 경작은 우기를 기다려서 한다. 그리스의 기후는 덥지도 않고 춥지도 않으며 해가 잘 난다. 거의 1년 내내 실외생활에 적당하다. 시민들은 실외생활을 즐겨 한다. 노천에서 민회를 열며 극을 공연하였음은 이 모든 기후의 탓이다. 노천극장이 유달리 그리스에서 발달한 것은 이러한 이유에서였다. 도시와 섬에 가면 광장에는 의자와 테이블이 놓여 있다. 그리스의 인간철학은 실내에서가 아니라, 또는 은둔하는 명상에서가 아니라 실외생활에서였다. 그들의 실외생활은 정말로 놀라웠다.

연중 쾌청한 날씨! 강렬한 햇빛과 그림자의 대조가 뚜렷하며, 우울이나 신비적인 것보다 명랑하고 실제적이며, 이러한 자연환경은 그리스 인의 성격에도 큰 영향을 끼쳤다. 그리스 인이 건강하고, 어려운 일을 해내고, 모험 정신을 가지게 된 것은 태양, 산, 척박한 토지, 바다의 영향으로 형성된 산물이다. 그리스의 기후는 그리스 예술의 시각성을 발달시켜 주었다. 그리스 문화에 있어 로고스(지성)와 파토스(격정), 즉 그리스의 사상은 그리스의 태양 속에서, 서로 상반되는 두 면의 보합에서 발달하였던 것이다.

그렇다면 그리스의 역사, 그리스의 정신은 풍토에만 의존하여 발달하였던가? 물론 풍토가 이들에게 영향을 준 것은 틀림없는 사실이나, 인적 요소를 무시할 수 없다. 그리스에서는 펜델리콘의 대리석처럼 좋은 품질의 훌륭한 대리석 없이는 파르테논 신전을 생각할 수 없다. 그러나 익티노스나 피디아스와 같은 천재를 빼놓고도 파르테논을 생각할 수 없다. 그리스 인은 천재적인 민족이었다. 건축뿐 아니라 문학, 예술, 철학, 과학도 마찬가지였다.

이 천재들은 폴리스의 산물이었다. 그리스의 폴리스는 특별한 기질을 가진 정치형태로 고대 동방의 신정 독재정치, 특권 관료와 사제가 지배하는 정치와는 완전히 다른 자유시민단의 정치였다. 그들은 자체 방위를 위하여 아크로폴리스 주변에 집합하였다. 아크로폴리스는 종교의 중심이었고, 여기에서 아고라(시장)도 발전하였다. 아고라는 단순히 경제적인 기능만을 가지고 있었던 것이 아니라 언론의 사유가 있어 민주사상 창달에도 큰 역할을 하였다. 그리스의 문화는 도시(폴리스)적인 것이 초기 조건이었다. 그리스의 폴리스는 도시가 국가로 발전하여도 늘 도시적이었다는 점을 잊어서는 안 된다.

왜 폴리스는 더 큰 정치적 통일체로 발전하지 못하였나? 왜 아테네가 로마가 되지 못했는가 하는 문제와 같다. 그리스의 폴리스 형성 문제는 더 넓은 시야에서 취급해야 한다. 그리스 인은 폴리스 공동체를 이상적 국가형태로 택하였다. 그 이유가 무엇이었는지 정치적·경제적으로 설명할 수 없다면 결국 그리스 인의 성향으로 돌릴 수밖에 없다.

플라톤의 이상국가에서도, 아리스토텔레스의 정치학에서도 소시민 국가를 이상으로 하였다. 그들은 정치적으로 자유독립의 자유시민임을 자부하였고, 시민의 자유가 허용되지 않는 오리엔트적 전제 국가를 노예제 국가로 배격하였다.

그리스 인이 폴리스를 그렇게도 고집한 성향은 어디서 생겨났던가? 이것은 필경 폴리스 시민의식에서였으며 이 의식은 폴리스 사회에서 육성되었다.

폴리스에는 대체로 귀족과 평민이 살았다. 평민은 농민과 상공업자였으며, 이 중에서 중소농민은 노예와 더불어 자작농에 종사하였다. 그리스의 농민은 고대 동방의 농민과 같이 예속농이 아니라 민회의 구성원, 정치와 군사를 담당하고 있었으며, 재판관, 관리로서 그야말로 국가의 주인공이었다. 그리스의 시민은 모두 농민이었다. 그리스 인이 페르시아 전쟁에서 끝까지 성의를 다하여 싸운 것은 그리스의 자유를 위한 것이라고 하였다. 바꾸어 말하면 페르시아의 노예가 될 수 없다는 것이었다. 그들은 정치적으로 자치를 원리로 하였고, 경제적으로 자급자족이 가능하였다.

그리스 인은 자기들의 거주지를 오이쿠메네라고 불러 이방인(바르바로이)이 사는 지역과 구별하였다. 그들이 사는 지역을 한정하였던 것이다. 성벽으로 둘러싸서 자기네의 거주지와 외부인의 것을 엄연히 구별하였다. 이것은 어디까지나 외부인에 대하여 자기의 수호를 의미한다. 성벽에는 성문을 달았다. 그러나 성문은 폐쇄를 목적으로 하지 않고 이방인에게도 통행을 허가하였다. 그러나 외부인은 어디까지나 외부인이었다. 외부인에게는 시민권을 부여하지 않았다. 노예도 사람 취급을 하지 않았다. 그러므로 오이쿠메네는 단순히 지리적인 지역이라기보다 문화적인 사회 영역을 의미한다.

헤라클레이토스는 "인간은 성벽을 수호하듯이 노모스(법률)를 지켜야 한다."고 하였다. 노모스가 그들의 신조로 되어, 이 신조가 살아 있을 때 비로소 폴리스가 성립된다. 노모스는 인간과 인간을 결합시키는 유대이며, 인간관계의 원리로 존재하였다. 도시는 집단이나 단순한 군거가 아니라 사람들을 있을 곳에 있게 하고, 할 것을 하게 하는 공공적인 존재였다. 노모스에 의하여 지배되는 영역이 바로 오이쿠메네였다. 자연환경이 정신생활에 전적인 지배력을 가진다고는 못한다 하더라도, 자연환경이 다르면 생각하는 것, 생활하는 것도 달라진다. 예컨대 사막의 사람은 바다를 모르며, 몬순 지대의 사람은 사막을 모르듯이 그리스의 경우를 보더라도 그리스의 육지가 폴리스 문화를 형성시키고 발전시켰다고 하면 그리스의 바다가 그 지방성을 타파한 것도 무시할 수 없다. 이와 같이 자연이 정신생활에도 영향을 주는 것이다. 그러나 자연은 본질적으로 변화하지 않지만 사회는 변한다. 그러므로 사회의 발전을 규정하는 것은 자연이 아니라 사회인 것이다.

사상

그리스 인은 남의 지배를 받지 않는 것, 자율적으로 사는 것, 자유롭게 사는 것을 최대의 보람으로 생각하였다. '자유를 잃을 바에야 차라리 죽는 것이 낫다.' 는 정신은 그들의 인간관이었다. 그들은 자유를 가장 존중하였고, 생활에서 이것을 실천하였다. 그 다음으로 그리스 사상에서 위대한 점을 든다면 그들은 합리주의에 투철하였다는 것이다. 이집트 인은 해마다 나일 강의 범람을 보고 토지측량의 필요를 느꼈고, 토지측량술도 알아냈다. 그렇지만 이집트 인들은 그것뿐이었다. 왜 이것이 그런지를 생각하고 증명해 내어 이집트 인의 토지측량술을 유클리드 기하학에까지 발전시킨 것은 그리스 인이었다.

그들은 어디까지나 공상적인 추리를 배격하고, 관찰과 추리를 존중하였다. 관찰에서의 추리를 정당한 것으로 여겼고, 경험을 토대로 하지 않은 추리를 전적으로 믿지 않았다. 모두 과학적 정신이었다. 그리스 인은 천지개벽에 관한 신화를 만들었다. 물론 불충분하다. 하지만 그들은 이것을 과학적으로 설명하였다. 또한 인륜의 도를 불멸의 그리스 비극에까지 파고들어 철저히 탐구하여 인생의 의의를 찾아내려고 하였다.

다음은 그리스 사상의 연원을 더듬어 보자.

그리스 사상은 이오니아 식민지에서 기원한다. 아테네에서 동쪽으로 향하여 항해하면 거의 일직선 지점에 있는 밀레토스에 도착한다. 밀레토스의 위치는 바다의 명랑성을 드러내는 한편 음울한 무기미無氣味의 무한성을 드러내는 아시아 대륙과도 접촉되어 있다. 밀레토스 출생의 탈레스(기원전 6세기 중반경)는 이 무한감에서 우주의 본체를 물水이라고 규정하였다. 그의 제자 아낙시만드로스도 무한자라는 것을 증명하였다. 눈앞에 보이는 해양의 직관에서 무한의 어떤 것을 형성하였다. 탈레스가 우주의 본체를 물이라고 한 것은 즉, 무한적인 어떤 것을 규정하기 위하여 물을 말한 것은 밀레토스가 해양적 성격을 잘 드러내는 지점에 있었기 때문이다. 이오니아 인은 물을 건넜고 물과 같이 살았으므로 물을 무한자의 어떤 구체적 형상으로 생각한 것은 당연한 일이었다. 그들은 눈앞에 흐르며 움직이는 바다뿐 아니라 마음속에 있는 부동의 바다도 상정하였다. 그들은 변화의 세계를, 동시에 불변의 세계를 그대로 구상하고 있었다. 이오니아 정신의 해양적 성격은 탈레스에 와서 뚜렷이 드러나 있으며, 그리스 사상의 해양성도 여기에서 유래하였다.

밀레토스의 아낙시메네스도 우주의 원리를 공기라고 하였다. 탈레스의 생각과 비슷하게 밖에 있는 공기뿐 아니라 우리 속에 있는 공기도 경험하였다. 호흡의 작용으로 인간이 살아 있는 동물이 되듯이 우주는 공기의 유통으로 산 존재가 된다는 것이었다. 공기는 생명의 원리이며, 움직이는 것은 생명의 특징이라는 것이다.

밀레토스 학자들의 설은 모두 무한자를 구하는 점에서는 일관되어 있다. 무한적인 것이 물이냐 공기냐는 지엽적인 문제이다. 물이나 공기로 파악된 것은 구상성을 추구하는 이오니아 정신에서였다.

에페소스의 사상가 헤라클레이토스는 만물의 유전을 역설하였고, 상극에서의 투쟁의 원리를 밝혔다. 언뜻 보면 헤라클레이토스의 사상은 밀레토스의 사상가들과 상반되는 듯하나 밀레토스의 무한자가 결코 정적이 아닌 점에서 상통하고 있었다.

헤라클레이토스가 파악한 우주의 본체는 불이었다. 밀레토스의 무한자는 찬물이었으나 헤라클레이토스의 실존자는 타는 뜨거운 불이었다. 불에서 세계의 본질을 추구할 뿐 아니라 불에 의하여 세계의 본질을 직관하려고 하였다. 이런 경향은 밀레토스인과 같았다. 그들은 만물의 본원과 생명의 근원을 찾으려고 하였으며 이오니아의 사상은 극치에 이르렀다.

콜로폰 출신의 크세노파네스는 고고한 정열의 사상가로서 일찍이 고향을 떠나 40년간이나 그리스 세계를 편력하였다. 그는 이오니아 정신을 소아시아 식민지에서 남부 이탈리아로 옮겼다. 이것은 단순히 장소의 이전이 아니라 이오니아 정신사에 일대 전환기를 형성하였다. 그는 인간 지식이 서로 다른 것을 알았고, 무엇인지를 알며, 비판 정신이 강하였다. 그는 소아시아적인 영역에서 탈피한 코스모폴리탄(세계 시민)이었다. 호메로스의 시에 대하여서도, 제신에 대하여서도 비판적이었다. 그는 '바닷물이 사람에게는 짜나 어류에게는 유익하다.' 고 하였으며, 모든 경험에서 초월하여 상주불변의 모든 것을 포섭하는 진리를 탐구하기에 노력하였다.

피타고라스는 사모스에서 출생하여 남부 이탈리아로 이주하였다. 그는 동방적인 정열과 서방적인 토리스의 조화를 논하였다. 헤라클레이토스는 만물의 유전, 투쟁의 원리를 주장하였으나 피타고라스는 상대하는 중에서 조화를 찾았다. 우주의 구성은 지나치게 규칙적이며 수리적이기 때문에 신비적이라고 하였다. 수가 존재의 원질이라 하였으며, 감성에서 이성을 내세웠다. 이것이 이오니아적인 감각주의에서 이탈리아적인 이성주의로 전환된 것이었다. 무한자를 한정하는 것은 감각이 아니라 이성에 의한 것이었다. 피타고라스가 우주를 처음으로 코스모스라고 불렀으며, 질서와 법칙이 있는 데에 지배와 이성이 있다는 것이었다.

이와 같은 조류의 이성주의자로서 엘레아의 파르메니데스가 있었는데, 그는 존재를 규정하기를 '물도, 불도, 공기도 아니다. 모든 것은 포함한 어떤 것도 아니다. 다만 존재한다는 사실, A는 A라는 것, 이것은 논리의 제일 원리일 뿐 아니라 존재의 기초 조건'이라고 하였다. 사유의 근본 법칙일 뿐 아니라 존재의 원시 양식이다. 이 이치는 너무 자명하므로 도리어 불명하다고 하였다. 결국 파르메니데스는 존재는 사유에 의해서만 포착되는 것이라고 하였다. 이오니아의 사상은 밀레토스의 감각에서 엘레아의 논리에까지 발전하였다.

엘레아의 제논은 파르메니데스의 제자로서 스승의 사상을 충실히 계승하였으며, 이오니아적인 논리에서 벗어나 학문을 전적으로 논리 위에서 입증하려고 하였다. 그는 자기의 설을 논증하기 위하여 모순의 원리를 끄집어냈다.

크세노파네스나 피타고라스도 세계적인 경향을 가졌으나, 그들은 소아시아 이오니아 식민지에서 남부 이탈리아로 이주한 사람들이었다. 파르메니데스나 제논은 본시 엘레아에서 자라난 인물들이었다. 전자나 후자가 다 같이 세계적 경향을 가졌다고 하더라도 후자의 경우 더욱 뚜렷하며, 논리의 보편성이 있었다.

기원전 5세기는 그리스 역사상 중요한 시대라기보다 창조적인 시기였다. 그리스 극시의 발달도 이 시대에 이루어졌다. 소아시아의 식민지도 점점 쇠퇴하여 가고, 그리스는 아테네를 중심으로 하여 국가 구성을 목표로 하고 있던 시대였다. 페르시아와의 전쟁에서 헬라스(그리스)의 승리는 아테네를 위대한 존재로 만들었다. 참주 정치에서 민주 정치로 옮아가는 시기였다.

그리스의 사상은 위에서 본 바와 같이 이오니아적인 것에서 벗어나 이탈리아의 엘레아적인 것으로 옮아가고 있었다. 즉 이오니아의 감성주의에서 이성주의 혹은 세계주의로 전환하여 가고 있었다. 이 시기에 와서는 모든 것이 다시 폴리스로 환원하려는 대세가 생겨났다. 사상사에서도 종래의 이오니아 정신을 고유한 기반으로 하려는 젊은 자연 사상가들이 새로 나왔다.

엘레아의 사상은 지나치게 논리적이었다. 이 사상은 아테네인에게 맞지 않았으며, 그들은 신이오니아 사상가를 요구하고 있었다. 당시에 자연 사상가로서는 아르겐티움의 엠페도클레스, 아낙사고라스, 데모크리토스 등이 등장하였다. 이들은 엘레아 사상과 이오니아 사상의 종합으로서 새 시대의 자연관을 대표하였다.

이들 중에서 자연 사상의 최후의 완성자는 데모크리토스였다. 그를 유물론의 시조라고 일컫는다. 그는 엠페도클레스의 애증愛

惛이나 아낙사고라스의 누스(이성)와 같은 의인적인 것이 아니라 철저히 유물론적이었다. 무엇이든지 이유 없이는 일어날 수 없다는 것이다. 모든 것이 필연성에 따라 생기는 것이라고 주장하였다. 이것은 자연 사상의 출발점이며, 동시에 도달점이었다.

데모크리토스는 플라톤과 마찬가지로 이데아의 세계를 가졌다. 그러나 플라톤의 이데아와는 달리 관념적이 아니고 물질적이며, 보는 것이 아니라 만지는 것, 위에서 생기는 것이 아니라 아래에서 생기는 것, 시각이 아니라 촉각이 유효하여 작용하는 것이었다.

데모크리토스는 자연과 노모스를 엄격히 구별하였다. 자연은 인간의 관습과 주관적 성질에서 완전히 탈피한 세계라고 하였다. 의인화를 떠나 필연성에 의하여 생기는 세계, 즉 필연적인 사멸의 세계를 말하였다. 그는 어디까지나 객관적 세계를 찾았다. 차다, 덥다 하는 것은 노모스에 속하므로, 이 세계는 주관적이었다. 그는 원자론의 세계를 만들었다. 노모스에서 벗어나 자연의 세계, 객관적 세계상을 찾기에 전력을 다하였다. 그는 실천의 인물이기도 하였다. 저 하늘에 있는 태양이 다만 몇 자의 원圓으로 보이는 감각이므로 자기의 눈을 찔러 스스로 맹인이 되었다.

데모크리토스의 사상은 자연과학에 철저하였다. 객관주의를 완성하였으나 시대는 벌써 달라졌다. 데모크리토스가 배척한 노모스의 세계가 피시스(자연)를 경솔히 보려는 경향이 생겼다. 인간의 자연에서의 해방이었다. 개체적인 것에 대한 추구는 자연에서가 아니라 정신적인 것에서였다. 기원전 5세기는 사상의 전환기였다. 자연에서 인간으로, 피시스에서 노모스로 전환하고 있었다. 자연에서 인간의 해방을 부르짖은 이들은 소피스트 철학자들이었다. 그러나 진정한 의미에서의 인간 해방은 소크라테스에 이르러서였다.

소피스트의 주장에 대해서는 사상사에 있어 여러 모로 평가할 수 있다. 그들의 출현은 역사적 필연성에서였으며, 그들의 사상은 이오니아 정신에 깊이 뿌리를 박고 있었던 것도 부인할 수 없다.

그들은 인간에서 인간을 추구하였다. 인간에서 결국 얻은 것은 개개의 인간이었다. 사실 그들의 출생지를 따져 보면 모두 지방의 작은 도시였다. 그러므로 그들은 모두 특출한 재인이며 지식인이었으나 시골 사람을 면치 못하였으며, 학파라기보다는 각각의 개인이었다. 소피스트의 출생지를 살펴보면, 고르기아스는 시칠리아의 작은 도시 레온티니에서, 히피아스는 펠로폰네소스의 엘리스에서, 프로디코스는 케오스 섬의 율리스에서, 프로타고라스는 트라키아의 압데라에서 각각 출생하여 아테네에 왔다. 그들 간의 어떤 일관된 사상을 주장한다기보다 각각 자기들의 견해(독사)를 고취하는 데에 불과하였다. 그러나 그들은 사상적 영향력은 컸다.

프로타고라스는 '인간은 만물의 척도'라고 외쳤다. 이 사상은 소피스트 사상의 근거였다. 그렇지만 그들의 입장은 각각 달랐다. 서로의 견해를 양보하지 않았다. 마치 데모크리토스가 자연을 일일이 아톰(원자)으로 분화하듯이 소피스트는 인간을 하나하나의 개인으로 분화하였다. 데모크리토스는 감각을 부인하였으나 소피스트는 감각을 긍정하였다. 그들은 여기에서 노모스를 발견하였으며, 감각적인 노모스는 개별적인 것을 특색으로 하였다. 예컨대 내게 뜨거운 것이 남에게도 반드시 뜨거울 수는 없다. 사람들은 각각 다른 개인적인 노모스를 가지고 있다. 소피스트의 주장은 아무런 종합이 없다. 예컨대 그들의 이론은 얄팍한 지식이며 상식에 불과하였다. 그들이 자기 고향에서는 모두 훌륭한 학자이며 웅변가이며 정치가였지만, 아테네와 같은 문화적인 도시에서는 공연히 떠드는 궤변론자에 불과하였다. 프로타고라스는 반박술로, 고르기아스는 수사학으로, 히피아스는 백과전서가로 유명하였다. 정녕 그들은 유능한 인재들이었다. 그렇지만 덕이 있는 인물들은 아니었다. 그리스의 유덕有德이란 실천을 수반하였다. 그들의 주안점은 이것이 진리냐 아니냐이며, 실제로 효과가 있는가 없는가에 있었다.

소피스트는 결론적으로 회의론적 입장에 빠지지 않을 수 없었다. 이제 아테네 사회는 진정으로 진리를 구하는 인물, 아테네를 사랑하는 인물을 찾고 있었다. 지방 출신의 소피스트로는 그들의 요구를 충족할 수 없었다. 여기에서 소크라테스의 출현이 기대되었다.

소크라테스는 그리스 사상에서뿐만 아니라 서양 사상사에서도 아주 유명하다. 아리스토텔레스에 따르면, 소크라테스의 학문상의 공적은 정의법과 귀납법에 있었다고 한다. 소피스트는 각각 사물의 현상 상태를 말하였고, 사물 자체가 무엇인가 하는, 본질이 무엇인가 하는 것을 제시하지 않았다. 이에 대하여 소크라테스는 정의적으로 사물을 파악하려고 하였다. 그는 여러 가지가 있지만 여전히 하나인 것을 예증하였다. 덕에는 정의, 경상, 사려, 용기 등 여러 가지가 있지만 모두 덕의 일종으로, 이것을 포함해서 덕(아레테)으로 규정하였다. 즉, 여러 덕에 대하여 덕이 무엇인가를 밝혀 주었다. 그러므로 정의법이란 여러 현상을 하나로 만드는, 하나의 어떤 것이 무엇인가를 한정하는 일이다.

소크라테스는 사물의 본질을 규정하기 위하여 학문의 방법론으로 귀납법을 사용하였다. 귀납법이란 단순히 여러 가지를 수집하여, 이것들을 서로 비교하여 차별을 없애고 유사를 취하는 것이 아니라, 잡다한 것에서 통일을 찾는 것이었다. 많은 견해 중에서 하나의 진리를 찾는 일이다. 소크라테스는 소피스트들이 개개인으로 분리한 인간을 하나의 결합을 가지게 하고, 이 힘으로 도시 생활을 영위하며 국가를 형성하게 하였다. 이와 같이 그는 통일의 원리를 제시하였다. 소크라테스는 이오니아 사상가들이 다양화한 세계상에 통일을 주며, 소피스트들이 개개인으로 분리한 인간에게 도시 국가 생활의 중요성을 가르쳐 주었다. 그는 통일의 원리는 로고스라고 하였으며, 인간으로 하여금 도시 국가 생활에서의 국민적 자각을 향상시켜 주었다. 소크라테스의 사상은 이 도시 국가에서 탄생하여 이 속에서 성장하였고, 이것을 기초로 하여 세워졌다. 이오니아의 사상이 도시적이라고 하면 아테네의 사상은 도시 국가적이었다. 전자는 다양화를, 후자는 통일을 의미한다. 도시에서는 개인이 있고 뒤에 통일이 생각되나, 도시 국가에서는 먼저 통일이고 개인은 이에 예속한다. 인간의 고유한 작용은 아는 것이고知, 국가의 고유한 기능은 통일이며 지배하는 일이다. 통일이 없고 지배가 없는 데에는 국가가 형성될 수 없다. 그래서 국가의 위정자는 애지자·철인이 되어야 한다. 여기에서 철인정치론이 대두되었다. 국가에 특유한 것이 통일이듯이 개인에 특유한 것은 정신이며, 로고스이고 지식이었다. 인간에게 고유한 것이 덕이라면 덕은 지에 불과하며 지는 행에 이르지 않아서는 안 된다. 지행일치의 사상이었다. 가장 현명한 인간은 자기의 무지를 안다는 것이다. 소크라테스의 철학은 이 무지에서 출발하였다.

그리스 사상이 그리스 사상사에서 완성의 단계에 도달한 것은 플라톤에서였다. 그는 아테네에서 출생하였으며, 귀족적 교양을 가졌고 시민적 성격도 많이 있었다. 그리고 아테네의 시민이 된 것, 국가의 일원으로 생활하는 것을 자랑하였다. 그는 먼저 정치가가 되려고 시칠리아에 가서 자기의 정치적 이상을 실현하려고 하였다. 그의 이데아론은 이런 현실에서 이해해야 한다. 그의 이데아론은 도시 국가적인 관념 위에 서 있었다. 국가란 인간의 집단이기는 하지만 단순한 집합으로는 국가가 형성될 수 없는 것이다.

플라톤은 소크라테스의 훌륭한 계승자였다. 학문의 방법으로 소크라테스는 귀납법을 사용하였으나 플라톤은 변증법을 사용하였다. 변증법이란 로고스를 분리함으로써 또는 분리된 로고스에서 성립되는 논리이다. 여러 가지 상이한 것이 있다고 해서 변증법이 성립되는 것이 아니라 모든 사물이 전연 상반된 두 세계가 분리되었을 때에 비로소 변증법이 성립되는 것이다. 그는 표현의 형식으로 대화법을 썼다. 플라톤의 사상이 늘 대화의 형식에서 논한 것도 우연한 일은 아니었다. 대화는 사상의 직접이며, 산 표현으로 생각하였다.

플라톤의 이데아는 변증법에 의하여 제시된 하나의 존재였다. 모든 사물이 이상적인 존재에 대하여 이데아는 관념적 존재이어야 했다. 개개의 사물이 늘 변화 생멸하는 데 대하여 이데아는 상주 불변이었다. 현상적인 것은 차안적이나 이데아는 피안적인 존재가 되어야 했다. 세상의 사물은 개별적이고 다양한 데 비하여 이데아의 세계는 일반적이고 전체적인 것이었고, 이러한 의미에서 이데아는 초월적인 것이었다. 여러 가지 아름다운 것을 아름답다고 보는 것은 즉 그 자체를 직관하는 일이다. 이런 뜻에서 미美의 이데아는 일반적인 것이다. 개개의 아름다움은 이 이데아 미의 일부에 불과한 것이다.

플라톤은 다음의 세 가지를 사랑하였다. 인간으로 태어난 것, 아테네 시민으로 태어난 것, 소크라테스의 제자로 태어난 것을 가장 큰 기쁨으로 여겼다. 그러나 인간은 시민이 됨으로써 비로소 구체적인 생활을 영위할 수 있는 것이라고 하였다. 그가 이상 국가론에서 가장 중요시한 도덕은 정의였다. 정의는 모든 덕(지혜·용기·절제·정의) 중에서도 가장 중요한 덕으로 다루었다. 정직이 개인에 대한 덕이라면 정의는 개인적인 덕이 아니라 국가적인 덕이라고 하였다. 정의는 지·정·의 어느 것에도 대응이 아니고 도리어 어느 것에도 관련이 되어 있는 덕이며, 정치인·군인·실업가 어느 계급에 속하지 않았다. 그러므로 정의는 모든 계급에 침투하는 주덕이라고 하였다.

그리스 사상은 아리스토텔레스 시대에 이르러 근본적으로 전환하였다. 아리스토텔레스는 일찍이 아버지를 잃고 아버지의 친구 집에서 자라났으며, 18세에 아테네에 가서 플라톤의 아카데메이아에 들어가 약 20년간이나 수학하였다. 그동안 그는 비범한 재능으로 인정을 받았다. 초기에는 물론이고 말년에까지 플라톤의 영향을 받았다. 아리스토텔레스의 사상은 플라톤에게서 계승받았으나 양자 간에는 거리가 있다. 플라톤의 사상이 도시 국가적이라면 아리스토텔레스의 사상은 세계 국가적이었다. 아리스토텔레스는 북방 마케도니아 출생이라 플라톤에 비하면 시골 사람이었다. 아리스토텔레스에 이르러 다시 이오니아적인 것이 회복되었다. 그러나 그의 정신이 과거의 형태로 환원된 것이 아니라 한 번은 도시 국가를 거쳐서 새로운 형태, 즉 세계 국가로 나간 것이다. 한편 여기에서 생각해 둘 것은 벌써 그리스 전국에는 국가적인 도시의 장벽이 무너져 가고 있었고, 마케도니아의 세력이 침투하고 있었다는 사실이다. 그들이 건설하려는 것은 도시 국가가 아니라 세계 국가였다. 알렉산더의 정복은 아티카가 흥성할 때와는 달리 도리어 로마의 세계 국가적 입장과 접선되어 있었다. 아리스토텔레스에게서 전환의 실현까지는 몰라도 전형의 방향을 제시하였다 함은 잘못이 없을 것 같다.

일찍이 아리스토텔레스는, 인간은 사회적 동물이라고 선언하였다. 이제 사회는 변질되었다. 폐쇄적인 폴리스가 아니라 개방적인 세계로 되었다. 인간을 시민으로서가 아니라 인간을 인간으로 규정하려고 하였다. 여기에서 상대한 것은 도시나 시민이 아니라 개인이었다. 인간은 아테네 시민이라고 자랑하고 아니라고 슬퍼할 필요는 없었다. 일정한 지역에 제한된 시민으로서 만족하지 않고 국가 외에 또 다른 국가를 정복 내지 병합으로써 기쁨을 얻었다. 이와 같이 아리스토텔레스의 세계상은 자유인 개성의 무한한 발전에서 구축된 것이다.

기원전 5세기

기원전 5세기는 그리스 사상에서 위대한 창조적인 세기였고, 다음에 온 4세기는 비판적인 시기로 유명하였다. 그리스의 극시는 이 시기에 완성되었다.

아테네의 유명한 정치가 솔론이 정계에 나온 것도 이때(기원전 594년)였으며, 그 뒤 민주적 정책을 취한 페이시스트라토스를 거쳐 아테네 민주 정치에 확고한 터전을 마련한 클레이스테네스의 개혁도 이때(기원전 508년)였다. 그리스 민주주의의 발전 과정에서 중요한 세기였다.

무엇보다도 이 세기에서 중시하여야 할 사건은 페르시아 전쟁에 관한 것이다. 이 전쟁은 동서세계가 대립한 최초의 세계 전쟁이었다. 페르시아 군의 그리스 침입은 기원전 490년이며 그리스 군의 마라톤 승리도 같은 해였다. 그 뒤 페르시아 군이 다시 침입한 것이 기원전 480년이었으나 살라미스 해전에서 참패하였고, 페르시아의 육군은 이듬해 플라타이아에서 참패하였다. 일시적이나마 그리스의 자유제국은 단결하여 페르시아의 침입을 막아냈고 최후의 승리를 거두었다. 이 승리는 그리스 인에게 무한한 사기를 고취하여 주었고 국가계획에도 막대한 자극을 주었다. 기원전 477년에는 아테네를 맹주로 하는 델로스 동맹이 조직되었다. 여기에 참가한 국가는 200국 이상이나 되며, 이 국가들 대부분은 에게 해와 소아시아에 있었으며, 동맹 결성의 목적은 앞으로 페르시아의 침입을 막자는 데에 있었다. 아테네는 경제적으로 군사적으로 빠르게 성장하였으며 영도권을 잡았다. 페리클레스가 쿠데타로 지금까지 정계의 지도자인 키몬을 타도하고 등장한 것이 기원전 462년이었다. 아테네는 스파르타와의 관계가 악화되어 전쟁을 선포하였으나(기원전 461년), 그 뒤 스파르타와는 30년간의 평화 조약을 체결하였다(기원전 446년). 그동안 페르시아와는 전쟁 상태에 있었으나 기원전 449년 해전에서 그리스군이 승리하여 페르시아와도 정식으로 강화 조약을 체결하였다.

페리클레스 시대의 아테네는 다채로웠다. 민주제가 발전되었고, 건축 계획도 대규모였다. 아크로폴리스의 파르테논의 건립(기원전 447~438년)도 페리클레스의 명령에 의한 것이었다. 이뿐아니라 극시·문예·역사학·웅변학·의학·철학도 상당히 발달하였다. 이와 같이 짧은 시기에 또 적은 지역에서 다수의 창조적인 천재가 나와 실제로 활동하였다는 것은 지금까지의 역사에는 없던 일이다. 이미 위에서 언급한 바와 같이 소피스트가 각지에서 아테네로 모여든 것도 이때였다.

아테네는 델로스 동맹을 이용하여 아테네 제국을 형성하였다. 이것이 화근이 되어 스파르타·코린토스·테베 등과 불화가 생겨 기원전 431년에 치명적인 펠로폰네소스 전쟁이 터졌다. 당시 아테네의 제해권은 코린토스의 상업을 위협하였고, 아테네의 민주주의는 사상적으로 스파르타의 과두 정치를 위태롭게 만들었던 것이다. 이런 것들이 아테네와의 불화의 원인으로 조성되었다. 이 전쟁은 기원전 404년 아이고스 포타모이 해전에서 아테네의 패전으로 끝이 났다.

그 뒤 아테네는 기원전 4세기에 경제적으로 성공적인 민주주의를 육성하였고, 그리스 모든 국가 간에 세력의 균형을 유지하는 데에 큰 기능을 발휘하였다고 하더라도 다시 옛날과 같은 정치적, 군사적 세력은 회복하지 못하였다. 그 후 아테네는 정신적으로 물질적으로 많은 상처를 입었으며, 옛날에 그들이 가졌던 창조적 정열은 점점 냉각되고 있었다.

이렇게 볼 때, 기원전 5세기는 아테네 문화의 절정이기도 하였지만, 한편 하락의 시기도 되었다. 이러한 조류 속에서 세 명의 위대한 비극 작가가 나왔다. 아이스킬로스는 아테네의 상승기에, 소포클레스는 절정기에, 에우리피데스는 하락기에 활동하였다.

그 뒤 기원전 4세기에 들어오면서부터는 국가 의식이 전보다 박약해졌고, 국가 사업이 부진하였다. 그러나 이 대신에 기원전 400년 후부터는 개인 사업이 활발해졌다. 비즈니스가 번창하였고, 미술은 개인의 보호로 되었고, 인상주의의 새 기술이 발달하였다. 극적 또는 현실성을 가진 조각이 발달하였으며, 정치에 대한 풍자 희극이 일어났다. 아리스토파네스가 그 대표였다. 철학은 사상과 제도를 분석하는 데에 전념하였다.

일찍이 아리스토텔레스가 '사람은 폴리스에서 나서 폴리스에서 생활하는 동물'이라고 정의했듯이, 그리스 인은 폴리스의 시민인 것을 자부하였다. 개인과 폴리스는 일상생활에서도, 정신생활에서도 일체가 되어 있었으므로 현대와 같은 거리감이 없었다. 사실 당시 폴리스의 거리란 걸어서 하룻길 정도였고, 인구가 가장 많다고 자랑하던 코린토스나 아테네, 아르고스의 인구도 10만을 넘지 못하였다. 데모크라시를 확립한 아테네에서는 시민 전체가 폴리스를 직접 운영하였으며, 자기의 살처럼 이것을 아꼈다. 그리스의 극시도 이러한 분위기에서 발달하였다. 그리스 비극에서는 폴리스적 동물로서의 인간 존재의 의의를 파악하는 것을 큰일로 알았다. 또한 그들은 자유인으로서 인간의 존엄을 엄호하였다. 결국 비극은 운명의 필연에서 인간 존재의 여러 모습, 특히 고난을 시간적인 국면에서 탐구하는 것이었다. 그들이 문제로 삼은 것은 우주의 본체도 아니고, 만물의 원시를 찾으려는 것도 아니고, 이 세상에서 사는 인간의 진상을 찾으려는 데에 있었다. 문제는 언제나 인간 그 자체였으며, 실존 그 자체였다. 인간 그 자체의 탐구가 극시의 궁극적인 목표였다.

신화

그리스의 비극에서는 극히 소수를 제외하고는 신화(미토스)를 많은 소재로 하였다. 신화는 그리스 인의 정신적인 양식이었다. 신화 자체에는 변화가 없었지만 그리스 인의 신화에 대한 태도는 시대마다 변해 갔다. 신화의 세계에는 불륜이 있다. 그리스 인은 그리스적인 갈등의 세계를 묘사하여 그 속에서 미의 세계, 조화의 세계를 찾으려고 하였던 것이다. 사실상 그들은 크로노스가 아버지를 살해하였다는 장면보다도 미의 여신, 아프로디테에 대하여 더 흥미를 갖고 있었다. 신화란 그 민족의 문화가 상당한 정도에 이르렀을 때에 비로소 조직적으로 체계를 세운 것이라면, 신화 자체는 벌써 그 민족의 문화생활의 반영이다. 올림포스의 신들이 연회를 일삼고 노동생산을 무시한 것은 당시 귀족 생활의 측면을 제시하는 것이었다.

호메로스의 세계는 신화의 세계이다. 그렇지만 현실의 세계와 대체되는 단순히 전설적인 허공의 세계는 아니었다. 호메로스의 시편은 적어도 그리스 인에게는 현실 세계로 간주되었다. 비극에서 신화를 소재로 하였다는 것은 현실 세계를 묘사하기 위하여 편의상 이것을 이용한 것은 아니었다. 맨 처음 비극의 발생 과정에서 디오니소스 제례 때에 혹시 신을 즐겁게 하기 위한 가무가 있었는지는 모르지만, 그 자체가 본연의 모습으로 발전하였을 단계에서는 최초의 것과는 다른 형태가 있었다. 적어도 비극은 호메로스나 서정시의 경우와도 다른 독특한 자기 자신의 세계를 구성하고 있었다. 그러므로 비극은 현실 세계의 신화적 표현은 아니다. 현실의 인간계에서 동떨어진 단순한 허구의 세계도 아니다. 결국 비극의 세계에서도 인간의 존재를 탐구하여 인간 존재의 밑바닥에까지 꿰뚫고 들어가 우리의 실재의 세계, 본질의 세계를 찾으려고 하였다. 그러므로 현실의 세계와는 별개의 세계가 아니라 진실로 현실적인 인간계였으며, 그 진수였다. 단순한 현실 그대로의 인간계가 아니라 좀더 고차적인 세계였다. 그리스의 비극은 평범한 인간의 탐구가 아니라 인간의 장엄성, 숭고성을 제시하려는 데에 그 목적이 있었다. 그러므로 신화에서 비극의 표제를 택할 때 일정한 것, 예를 든다면 테베의 랍다코스 집안(오이디푸스, 안티고네, 에테오클레스 등), 아르고스의 아트레우스 집안(아가멤논, 오레스테스, 엘렉트라 등)을 소재로 하였다.

그리스에서는 예부터 전설의 영웅을 제사 지냈으며, 혹은 그들이 지방의 수호신도 되곤 하였다. 그 제례를 소재로 이것을 극적으로 표현한 것이 극시의 원형이 되었다. 물론 이 제례는 디오니소스 신 숭배 이전부터 있었다. 영웅의 숭배는 그리스 비극의 핵심으로 되어 있다. 사람들이 열렬히 디오니소스를 숭배하였다 함은 결국 디오니소스가 영웅이었다는 사실을 증명해 주며, 여기에서 그리스 인의 영웅숭배 사상과 디오니소스 숭배가 합류하였다는 것도 충분히 짐작할 수 있는 일이다. 따라서 그리스 비극이 영웅을 주제로 한 호메로스의 서사시를 원천으로 삼은 것도 이해가 된다.

요컨대 그리스 비극에서는 인간탐구가 주요한 역할로 되어 있다. 그리스 비극에서 코로스(가무 합창대)가 중요한 위치를 차지하는 것도 당연한 일이었다. 극장의 중심은 원형의 가무의 장소(오케스트라)였다. 코로스는 한 번 등장하면 극이 끝날 때까지 퇴장하지 않고, 때로는 배우가 되기도 하고, 때로는 그들만으로 가무를 하기도 한다. 코로스는 배우의 역할도 하지만 관객의 입장을 가지기도 한다. 그러나 코로스는 이런 일보다도 그 근본에 있어 극이나 관중의 바깥 세계에서보다 고차적인 영원의 세계를 노래하며 춤추었던 것이다. 코로스가 퇴장하면 극도 끝이 나는 것이다. 코로스는 보통 12명 내지 15명으로 구성되었으며, 장방형의 대열을 지어 가무하였다. 그리스 비극에서 가무 합창대가 중요한 위치를 지니게 된 것은 무엇보다 그 배우에 음악이 중심되어 있다는 사실을 잊어서는 안 된다. 그리스 인은 음악을 다루는 데에 매우 이성적이었다. 음악을 통하여 인간의 심리와 이성을 포착하였다. 음악은 매력적이며, 그리스 인은 음악에 매우 민감하였다. 음악의 힘으로 인심을 별다른 정서의 세계로 이끌어 갔던 것이다. 그야말로 그리스 비극은 서사시, 서정시, 음악 등 모든 예술의 종합이기도 하였다. 이 종합·통일은 그리스 정신의 정화인 인간탐구의 심화였다. 그리고 이것의 심화는 기원전 5세기, 특히 아테네에서 그 위대한 성과를 거두었다.

극시의 기원과 전개

아리스토텔레스의 『시학』 제4장에 의하면 비극과 희극의 출현에 대하여 다음과 같이 서술하였다.

"두 종류의 시인이 있었는데, 각각 그들의 성질에 따라 한 사람은 풍자시를 버리고 희극시의 작자가 되었고, 또 한 사람은 서사시를 버리고 비극시의 작자가 되었다."

이들의 극시가 종래의 서사시나 풍자시보다 위대하며 고상했기 때문이다. 비극은 디시람보스(디오니소스 신에 관한 찬가)에서 일어났고, 희극은 이와는 반대로 생식기를 숭배하는 노래에서 발단되었다. 현재도 여러 도시에 이들의 노래가 남아 있다.

위에서 언급하였지만, 코로스는 비극에서 중요한 것으로, 코로스의 지휘자가 합창대 중 한 사람에게 말을 던져서 대화가 생겼으며 하나의 민요가 극으로, 서정시가 극시로 진전되었다.

아리스토텔레스에 의하면, '예술가는 행동하는 인간을 모방하는 자' 라고 하였다. 예술 활동이 모방이라고 하는 사상은 그리스인의 통념이었다. 모방의 대상이 행동하는 인간이라면 여기에는 세 가지의 인간이 있다. 잘난 인간, 못난 인간, 동등의 인간이다. 이 중에서 제1의 인간을 대상으로 한 것이 비극이며, 호메로스이며, 또한 조각가 폴리클레이토스였다. 모방이란 형식에서 보면 서술적인 것에 대하여 인물이 현재 행동하고 있는 모습인데, 이것이 바로 극이다. 극을 드라마(본래는 행위 행동의 뜻)라고 일컫는 것도 이러한 이유에서였다. 엄숙한 시혼을 가진 시인은 고귀한 행위와 고귀한 사람들의 행위를 묘사하였다. 극이란 '행동하는 인간' 을 모방하는 것이었으며, 비극은 엄중한 소재로 행동하는 인간을 다루는 것이었다.

극의 본질은 '드라마' 라는 데에 있다. '드라마' 에서 행동하는 것은 사람뿐이므로 극이 인간의 행동을 대상으로 하는 이외에 표현의 형식을 취할 때, 극은 자연히 인간탐구의 방향을 가지게 된다. 행동이 되기까지에는 선택의 자유와 결의를 전제로 하며, 또한 여기에서 행동의 주체성을 인정하지 않으면 안 된다. 진실 속에는 자유가 없다. 신의 지배, 인간의 신적인 의지에는 인간으로서 어쩔 수 없다는 운명사상은 그리스 인의 전통 정신이다. 자유와 필연, 운명과 인간, 신과 인간의 관계를 행위를 매개로 꿰뚫어 보려는 것이 그리스의 비극이다. 인간의 주체성에 대한 반성이 아니고 무엇일까. 비극이 성립되기 전에 오랫동안 인간에 대한 반성이 있었으며, 이러한 토대 위에 열매를 맺은 것이 그리스의 비극이었다. 인간 생활의 심화이며, 이 심화는 일시적이거나 개별적인 것이 아니라 영원하며 보편적인 것이었다.

그리스 비극을 처음에 상연한 것은 기원전 534년 페이시스트라토스 시대 디오니소스 제사에서였다. 기원전 5세기, 비극의 상연은 국가적 행사로서 한 번 상연하려면 막대한 비용이 들었는데, 시민 중에서 유력한 이가 모두 이것을 부담하였다. 아이스킬로스의 작품인 「테베에 항거하는 일곱 장군」은 기원전 467년에 상연하였는데, 페리클레스가 모든 비용을 냈다고 한다. 당시의 폴리스는 지금과 달리 시민과 별개의 것이 아니고 일체로 되어 있었으며, 비극의 상연은 다 같이 '우리'의 경연이라고 자처하였다. 매년 세 명의 비극 작가가 선출되어 각각 비극 3편, 그리고 일종의 바클레스인 반인반수의 명랑한 사티로스 극 1편을 더하여 전부 4편을 가지고 경연하였다. 시민들은 경연에 대한 관심이 컸으며, 여기에서 배우는 바 수확이 많았다.

이와 같이 비극은 그리스, 특히 아테네의 정신적 풍토에서 성장하였던 것이다. 희극의 경우도 마찬가지로 설명이 된다.

그리스의 비극은 미국의 비극과는 본질적으로 양상이 다르다. 다르다는 점을 이해하는 데에서 비로소 그리스 극시의 특수성을 해득할 수 있다. 그리스의 극시는 단순히 기원전 5세기 그리스의 일시적인 풍조로만 다룰 수 없다. 만일 이것이 일시적이었다면 영원히 인류에게 감화를 줄 수 없었을 것이다. 보편적이고 영원한 것이 되기 위해서는 특수한 형태를 구비하지 않으면 안 된다. 이렇게 특수한 형태를 가짐으로써 영원불변의 보편성을 갖게 된다. 바꾸어 말하면, 구체적인 측면을 이해하지 않고서는 내포되어 있는 보편성을 파악할 수 없다. 이 구체적인 면의 전개를 보여 주기 위해서는 극시 작가들의 작품을 일일이 소개해야 하지만 여기에서는 생략하기로 한다.

대체로 이른 봄, 디오니소스 제례 때에는 그리스 비극을 상연하였고, 주로 겨울, 한창 추울 때 정월 말에 거행하는 레나이아 제례(레나이아란 말은 레이노스 즉, 포도즙 짜는 통이란 뜻에서 유래) 때에는 희극을 주로 상연하였다. 기원전 467년에 희극 작가 키오니데스가 여기에 작품을 제출하였다. 그 뒤 기원전 425년, 아리스토파네스가 「아카르나이의 사람들」이란 작품을 제출하였으므로 이에 의하여 레나이아에서의 희극 경기의 연대를 가장 정확하게 알게 되었다. 레나이아 제례에는 본래는 비극도 제출하게 되어 있었으나 별로 이름이 없는 사람들이었고, 이름 있는 사람들은 대제 때에 작품을 내어 경쟁하였다. 이와 같이 겨울 제례 때에는 희극이 위주였고, 기원전 4세기 이후부터는 레나이아 제례에 비극 작가의 기록이 나오지 않았다.

희극의 코로스는 특히 변화가 심하였다. 코로스 대원은 24명으로 증가하였다. 인물은 가지각색으로 신화상의 인물에서 현재 살아 있는 사람, 모든 계급의 인물도 포함되어 있었다. 시인·무인·상인·철학자를 비롯하여 무녀·노동자가 있었다. 페르시아, 마케도니아, 트라키아 등 외국인도 있었다. 희극에서는 웃옷으로 인물의 사회적 지위, 직업, 국적을 구별하였다. 여기에 사용한 가면도 매우 복잡하였다.

가면의 주목적은 웃게 하는 데에 있었다. 사람을 비롯하여 신화상의 인물은 말할 것도 없고 거리, 섬, 상선, 구름, 온갖 동물 등을 의인화했다. 그리스 희극은 사람들로 하여금 많이 웃게 하였으나 그 정신은 현실 사회 비판에 있었으며, 위정자들에 대한 풍자가 위주였다. 아리스토파네스의 작품인 「여인의회」(기원전 392년 또는 389년)는 당시 사회극으로서 적절한 예이다.

그리스 희극은 3기로 나눈다. 고희극은 기원전 5세기, 아리스토파네스가 이를 대표하며, 중기 희극은 기원전 4세기 30년경까지, 그 이후를 신희극이라고 부르며 이를 대표하는 이는 메난드로스였다. 고희극과 신희극은 전체적으로 보아 서로 매우 다르며, 중기 희극은 양자 간의 과도기에 속한다. 그리스 비극에서는 시기를 나누거나 성질의 차이를 찾을 수 없다. 그리스 비·희극의 쇠퇴기를 따진다면, 대체로 비극은 기원전 4세기 이후이며, 희극은 기원전 3세기 이후이다.

그리스의 비극과 신희극은 다 같이 바다를 건너 신흥국가인 로마로 들어가 로마의 말, 즉 라틴어의 제한을 받기도 하였으나, 로마의 연극은 전적으로 그리스의 극을 모방한 데에 지나지 않았다.

그리스 비극의 본바탕
-그 사상과 아름다움

조우현

1

한 문예 작품을 낳은 시대나 그 사회상이나, 그 밖에 그 작품에 따른 여러 조건은 세월의 흐름과 더불어 변하지 않을 수 없다. 그것이 곧 역사의 변천이다. 그러나 위대한 작품은 그 변천 속에서 생명을 이어 오고 있다.

그리스 비극을 낳은 시대나 사회는 이미 아득한 옛날에 속한다. 작가들도 땅 위에 없는 지 이미 오래다. 작품에 쓰인 말도 오늘의 것은 아니다. 소재부터가 오늘의 우리에게는 생소한 것이다. 시대도 아득할뿐더러, 땅도 우리에게서는 멀리 떨어져 있기 때문이다.

어떤 나라의 문예 작품도 독자성을 가지고 있지만, 특히 그리스 문예는 유럽의 문예 중에서도 가장 독자성이 강하다. 지금으로부터 2,500년을 넘는 당시에는 남을 모방하거나 견줄 만한 것이 없었으므로 그리스 사람은 거의 모든 문예의 형식을 스스로 만들어 냈던 것이다. 서사시와 서정시에서 그랬고, 소설이나 역사, 웅변술 등에서 그러했다.

그렇다고 해서 그들이 함부로 법칙을 꾸며 냈거나, 그 민족의 어떤 버릇 같은 것에 맹종하던 것은 아니었다. 만약 그랬다면 그것은 그릇된 독자성은 낳았을지 모르지만, 그리스 문예를 보편성으로 통하는 길을 막고 있었을 것이다. 따라서 그리스 사람이 창조한 문예의 장르는 영원성을 잃고 말았을 것이 분명하다.

그들은 사람의 정신 속에 있는 어떤 예술적 법칙에 따르고 있었던 것이다. 그리스 사람의 작품이 사상에서 그리고 아름다움에서 영원성을 지니고 있는 까닭도 거기서 찾을 수 있다. 흔히 우리는 완성된 문예의 형식만을 보고 있으므로, 그것을 이루어 내기까지의 거듭된 여러 실험이나 실패를 잊고 있지만, 그리스 사람에 대한 경우에도 그것이 예외일 수는 없다.

그리스의 천재들은 결코 무에서 유를 창조하던 것은 아니었다. 그들은 주어진 소재를 새로운 눈으로 볼 줄 알았고, 그 창조력으로 모든 소재를 소화해서 그리스적인 것을 만들어 냈다.

특히 비극 작품의 경우, 소재의 거의 전부가 예부터 전하는 영웅의 신화나 전설에서 따왔다. 대체로 테베의 전설, 아트레우스 집안 얘기, 트로이 얘기가 각 비극 작가의 소재의 중심이 된다. 자기들 시대의 얘깃거리를 다룬 것이 더러 있지만, 그것은 전혀 예외의 일이었다.

그런 만큼 그들에게 소재의 자유라는 것이 별로 허락되지 못했다. 아이스킬로스나 소포클레스에게서는 별반 그랬던 자취가 보이지 않지만, 에우리피데스에 이르러서는 신화에서 떠나 보려는 움직임이 있었으면서도 필경은 떠나질 못했다.

이렇듯 서사시에서 친숙하게 노래로 듣던 얘기를 소재로 한 것은, 신의 제사에서 비롯된 그리스 비극이 종교와 무슨 관계가 있기 때문이라는 해석도 나오게 되었다.

그래서 얘기의 줄거리를 이미 다 알고 있는 관중에게, 작가가 할 수 있는 특유한 창조 활동이 나오지 않을 수 없게 되었다. 관중이 전혀 모르는 새로운 줄거리로 얘기를 엮어 감에 관중의 흥미를 이끄는 작가의 역량이 있겠는데, 이미 아는 얘기로 새로 줄거리를 꾸며서, 그것을 관중에게 어떻게 극적으로 보여 주느냐는 것은 작가의 큰 고심 거리가 아닐 수 없었다. 그들의 창작 활동의 중심은 바로 여기에 있던 것이다. 그와 동시에 작가는 말과 춤과 음악의 효과로 얘기를 커다란 서사시의 세계로 이끌고 들어갈 수 있었다.

주어진 소재 앞에서, 비극 작가들에게 허락된 길이란 이 두 가지밖에 없었다. 여기서 그들은 엄격한 법칙과 타고난 자발적인 활동을 조화하여, 일정한 형식을 창조해 내게 되었다.

이를테면 엘렉트라를 다룬 작품이 아이스킬로스, 소포클레스, 에우리피데스 세 작가에게 다 있기는 하지만, 같은 얘기로도 세 작가가 각각 제 나름의 새로운 극적 구성을 보여 주기에 얼마나 고심하였는지 그 작품들을 비교해 읽으면 족히 짐작할 수 있다.

이렇듯 그들은 주어진 소재를 어떻게 소화하느냐, 그것을 어떻게 극적으로 전개하느냐, 극적 효과를 어떻게 거두는가에 그들의 독창성의 세계가 있었고, 이러한 세계는 오늘에 이르기까지 그리스 극만의 영원성을 지니는 것이다. 그리스 극의 형식적인 아름다움도 거기서 찾아볼 수 있다.

2

비극 작가들이 기술면에서도 각기 크나큰 발전적 개혁을 이루어냈지만, 사상면에서는 그보다도 더욱 뚜렷한 차이를 보여 주었다.

아이스킬로스는 종교적인 명상의 경향을 강하게 나타냈다. 그의 이러한 특징은 철학보다 앞서서, 사람들을 사색의 길로 이끈 것 같다. 그만큼 그의 종교적인 깊이나 크기는, 그의 작품의 시적 형식조차도 누르고 있는 듯하다.

그는 자기보다 앞서는 종교 사상의 영향을 받기는 했으나, 얽히고설킨 종교 사상을 고르게 해서 하나의 완전한 전체로 통일해 보려는 데에 그의 목적이 있었다.

이를테면 그 이전의 서사시에서는 제우스 신을 본능적이며 방조한 신으로 그려 놓았지만, 아이스킬로스에게서는 정의를 대표하는 최고의 강력한 지배자였다. 그러나 그런 제우스 신도 우주의 큰 섭리에는 따르지 않으면 안 되었다. 말하자면 제우스는 그 섭리를 대행하는 신이었다. 그래서 제우스 신은 인간의 죄에 대해서 벌을 내리는 복수의 여신들(에리니에스)을 조정하는 구실을 하였다.

죄와 벌과 그 조정, 여기에 아이스킬로스 비극의 근본 사상이 있었다. 죄는 인간의 교만에서 나오고, 거기에 대한 벌은 정의의 나타남이었다. 그리고 그 조정이 곧 구원이 된다. 아이스킬로스의 비극이 삼부작의 형식을 갖게 된 것도 까닭이 있었다.

아이스킬로스 작품의 사상적인 특징을 종교적인 분위기에서 찾아볼 수 있다면, 소포클레스에게서는 인간 심리에 대한 깊은 관찰을 볼 수 있다. 소포클레스는 비극의 형식을 완성한 사람이라고 불릴 만큼 극적인 아름다움과 조화를 이룬 전곡의 형식으로 하여, 윤리라든가 종교 같은 것들은 오히려 뒤로 밀려난 느낌이 없지 않다. 그의 관심의 초점은 인간 본성의 고찰에 있었다.

그렇다고 해서 그에게 종교나 윤리 사상이 없던 것은 아니었다. 다만 당시의 아테네 사람들의 일반적인 사조가 그에게는 표준이 되고 있었다. 예술가나 사상가가 일반 대중보다 정신적으로 앞서는 경우가 많지만, 그렇다고 해서 소포클레스는 대중을 낮춰 보지는 않았다. 부정이나 불의에 대해서 아이스킬로스 못지않게 강한 증오심을 가지고 있었지만, 일반 대중의 표준을 굳이 벗어나려고 하지는 않았다.

그래서 그도 그런 생각의 근거로서, 이 세상을 지배하는 최고의 힘을 믿고 있었다. 그 힘이란 때로는 제우스가 대표하는 것이었다. 신을 숭상하는 것이 근본이며, 신들은 성실한 마음씨를 가진 사람을 사랑하고 악행을 하는 자를 미워한다. 위로 신을 공경하여 스스로의 악행을 누르고, 사람 사이에서는 겸손한 것이 소포클레스에게는 최고의 미덕이었다.

그의 사상은 그의 희곡 형식과 완전히 조화를 이루었다. 아름다운 말과 교묘한 무대 기술이 그의 큰 특징이었다. 아리스토텔레스가 소포클레스를 비극의 본으로 삼고 있는 까닭도 여기서 찾을 수 있다.

에우리피데스에 이르러서는 아이스킬로스의 종교적인 명상의 세계라든가, 소포클레스의 심리적인 세계는 훨씬 뒤로 물러서고, 매우 합리적이며 사실적인 특징으로 기울게 되었다. 아이스킬로스의 사상, 소포클레스의 극적 형식은 에우리피데스에게서는 전혀 새로운 것으로 바뀌려는 노력이 보인다.

그는, 신화나 전설은 필경 사람이 지어낸 것이고, 신들이 가지고 있는 추악한 면도 사람이 덧붙인 것이므로 그것이 비록 전통처럼 되고 있다 하더라도 결코 용서될 수는 없는 것이라고 생각했다.

물론 에우리피데스도 비극의 소재를 신화나 전설에서 구하지 않았던 것은 아니다. 그러나 그는 전통적인 해석에서 벗어나 그 나름의 이지적인 발판을 거침없이 내렸던 것이다. 여기에 그의 노력의 중심이 있긴 하지만, 오히려 그것은 그리스 비극의 비극다움을 죽이는 결과가 되었다. 따라서 그의 노력에 비해서 성과는 없었던 셈이다. 아이스킬로스와 소포클레스는 언제나 사람을 자연의 법칙과 묶어서 생각했으므로 사람은 운명이라는 크나큰 힘에 눌리고 마는 희생자였다. 그러나 에우리피데스는 사람 마음 안에 서로 엇갈리는 것이 있어서, 그것이 충돌을 일으키는 것으로 보았다. 말하자면 앞의 두 작가는 비극다운 근원을 신의 섭리에다 두고 있었지만, 에우리피데스는 그것을 사람 사이의 관계로 끌어내린 셈이 되었다.

3

위에서 그리스 비극 작가의 공통적인 특징이 무엇이며 그들의 작품에 나타난 사상적인 면이 어떠한 것인가를 대충 간추려 보았다.

그러나 이 경우의 사상이란 사상가로서의 사상, 즉 사상 서적에 실려 있는 것을 말하는 것은 아니다. 어디까지나 예술가의 예술 작품에 나타난 사상적인 면이다. 예술 작품에 나타난 사상은 예술 작품을 예술 작품으로 놓고서 보아야 한다.

여기서 우리는 비극이란 무엇인가 생각해 보아야 한다. 그러기 위해서는 이미 아리스토텔레스(Aristoteles, 기원전 384~322년)가 그 당시의 서사시, 비극, 희극의 본질과 그 창작술을 깊이 고찰한 『시학(詩學, peri poiētikēs, De Arte Poetica)』에 따르는 것이 가장 온당한 길일 것이다.

본시 『시학』은 그의 스승인 플라톤(Platon, 기원전 427~347년)이 예술을 비난한 사상에 비판을 가하여, 자기의 독자적인 예술관을 세우기 위해서 씌어진 것이다.

플라톤은 예술을 모방(mimesis)이라고는 했지만, 엄밀히 말해서 이중의 모방이란 점에 비난받아야 할 까닭이 있다고 생각했다. 시인이나 화가는 땅, 나무, 짐승, 사람 등의 모습을 그려 내려고 한다. 그러나 이런 것은 이미, 참으로 있는 것(이데아)을 모방해서 우리에게 나타난 것에 지나지 않는다. 우리 둘레에 있는 모든 것은 겨우 이데아를 본으로 삼고 나타난 모상이다. 그런데 이런 모상들을 모방해서 그려 내는 예술은 이데아의 세계에서 훨씬 더 멀리 있는 것이다. 이데아를 모방해서 있는 현실 세계를 또다시 모방한 것이 예술이기 때문이다. 그래서 예술가란 사물의 겉만 알 뿐 그 참모습은 모르고 만다. 그림이나 시는 늘 속기 쉬운 우리의 감각의 약점을 노린 것이고 따라서 우리의 이성적인 덕을 키우기에 좋지 않은 영향을 주는 것이다.

플라톤의 이러한 생각에 대해서 아리스토텔레스는 예술을 두둔하려 했다. 플라톤을 비판하면서 자기의 예술관 또한 철학적인 해석을 발전시킨 것이 곧, 그의 『시학』이었다. 아리스토텔레스도 예술을 모방이라고 보는 출발점에서는 플라톤과 다를 바 없었다. 그는 모방은 사람의 본성이며, 모방하는 것은 기쁨이라 하여 모든 예술은 이 인간의 모방성과 거기에 관한 기쁨에서 생기는 것이라고 보았다. 글을 배우건, 음악이나 그림을 배우건, 우선 본을 흉내 내는 데서 지식은 그 첫걸음을 딛기 시작한다. 배운다 함은 곧, 흉내 낸다는 것이다. 사람은 본성적으로 모방하고 싫어한다. 이를테면 새 한 마리를 그렸지만, 그려진 새는 우리에게 기쁨을 주고, 그뿐만 아니라 그린다는 자체에서 기쁨을 느끼기 때문이다. 이런 기쁨을 한번 맛본 사람은, 다음에는 일정한 목적을 가지고 모방한다. 그것은 실물을 그대로 그리는 데에 중심이 있는 모방이라기보다, 거기서 우러나오는 기쁨에다 무게를 둔 모방이다. 모방이란 있는 대로 나타내는 것이 아니라, 오히려 밖에 있는 실물이 우리 마음에 비추는 모습에다 구체적인 꼴을 붙여 주는 것이다. 비록 현실에서는 우리에게 괴로움을 주는 것이라도, 한번 그림이 되면 그것은 도리어 기쁨을 준다. 그 그림은 실물이 아니라 실물의 모방이기 때문이다.

아리스토텔레스가 그런 그림의 경우를 기쁨이라고 말한 것은 무슨 까닭일까. 그리스 사람들에게 가장 큰 기쁨이란 앎의 기쁨이었다. 한 폭의 그림을 보고 기쁨을 느끼는 것은 실물의 의미를 미루어 알 수 있기 때문이다. 그림이 현실보다도 더욱 좋은 모습을 더욱 완전하게 우리 눈앞에 그려 내 주며, 우리는 그림에서 비로소 사물의 참다운 모습을 찾을 수 있기 때문이다. 시인의 경우도 그렇다. 시인은 지금 있는 세계보다 있어야 할 세계를 모방함으로써 현실에서는 좀체 나타날 수 없는 이상적인 꼴을 그려 낸다.

예술 속에 그려진 세계야말로 아리스토텔레스에게는 바로 이데아의 세계였다. 그가 모방을 중요하게 여기고, 모방으로써 그려 낸 예술의 세계를 존중한 것도 오직 그런 까닭에서였다. 아리스토텔레스에게는 자연보다도 사람의 예술이 더욱 참다운 것이었다.

풍부한 예술적 기질을 타고난 플라톤은 예술보다 자연을, 그러나 가장 자연스런 성품을 가진 아리스토텔레스는 도리어 자연보다 예술을 숭상했다.

4

예술은 모방이었다. 모방이었기에 예술은 오히려 현실보다 더욱 진실했다. 모방은 어떠한 방식으로 이루어지는 것일까.

세 가지로 나눌 수 있다. '거기서, 또는 그것으로써 모방하는 방식', '무엇을 모방하는가의 방식', '어떻게 모방하는가의 방식'이다. 모방의 대상이 되는 것에도 여러 차이점이 있다. 일반적으로 말하면 행위이지만, 모방의 대상이 되는 행위도 단순한 실천적인 행위여서는 안 된다. 행위라기보다는 지어서 하는 것作爲이라야 한다. 지어서 하는 행위가 draō이다. drama는 draō에서 나온 말이다. 극이란 이렇듯 지어진 것, 만들어진 것이다. 일반적으로 행위라고 할 경우에, 우리는 거기서 윤리적인 세계를 본다. 그러나 예술의 세계란 짓는 것, 만드는 것이다. 행동을 만드는 것이다.

그런데 모방의 대상은 사람의 행동이기보다는 선하고 악함이다. 다만 예술에서 나타난 선과 악은 결코 윤리적인 기준으로 가르는 선악과 같은 것이 아니다. 선하다 해서 칭찬받고, 악하다 해서 욕을 먹는 것이 아니다. 선하거나 악한 행동이 그대로 그려지고 나타날 따름이다.

여기서 비극과 희극은 갈라진다. 대상을 다르게 그려 냄으로써, 서로 다른 예술이 이루어진다. 아리스토텔레스에게는 보통 사람들보다 나쁘게 그려진 것은 희극, 좀더 좋게 그려진 것은 비극이었다.

희극에서 보통 사람보다 나쁜 사람들의 모방이란, 결코 모든 나쁜 것에 관해서가 아니라 어떤 하나의 특수한 나쁜 것에 관해서, 즉 우스운 것에 관해서만 말하는 것이다. 우스운 것은 정녕 보기 싫은 것의 한 가지이지만, 그것은 남에게 괴로움을 주지 않는 잘못 또는 보기 싫은 것이다.

그러면 비극이란 어떤 바탕을 가졌을까. 아리스토텔레스는 그의 『시학』 제6장에서 특히 비극에 관해 말한다. 그에게는 모든 시적인 예술 가운데서 비극이 가장 높은 자리를 차지했기 때문이다.

비극이 어떻게 해서 생겨나게 되었는가의 문제는 상당히 깊은 연구가 필요하겠지만, 아리스토텔레스의 관심은 오히려 이론적인 연구에 있었다. 그가 비극의 역사적 기원에 대해 간단히 언급한 것은 그 때문이었다.

우리도 여기서 비극의 본바탕을 살펴봐야겠다. 아리스토텔레스는 비극을 이렇게 정의한다. '비극이란, 고귀하고 완결된, 상당한 길이를 가진 행위의 모방이다. 그리고 극의 부분에는 각각 여러 가지로 즐겁게 맛을 들인 말이 따로따로 쓰이고 있다. 그리고 서술하는 형식이 아니라, 등장인물이 연기로 모방하고, 가엾음과 두려움을 일으키는 사건을 진행시키면서, 모든 이러한 정서로부터 카타르시스淨化를 이루어 내는 것이다.'

우선 이렇게 정의를 내리고, 아리스토텔레스는 몇 가지 풀이를 붙였다. '즐겁게 맛을 들인 말'은 '리듬과 화음과 곡조를 가진 말'이다. '각각 여러 가지로 따로따로'라는 말은 '등장인물이 극의 어떤 부분은 운문만을 써서 얘기하며 진행시키는 것, 그리고 딴 부분은 노래하면서 또는 낭송하면서 이루어가는 것'을 의미한다.

그런데 등장인물들은 연기를 하면서 모방하는 것이므로 비극을 지어내기에는, 어떤 부분은 겉보기를 치장하는 것(배경, 탈, 의상 따위)이 필요하다. 또한 다른 부분은 노래와 대사가 있어야 한다. 등장인물은 이런 것들을 통해서 모방을 하기 때문이다. 대사란 시구를 입으로 외는 것을 의미한다. 노래란 그 효과를 전적으로 드러내는 것을 말한다. 노래는 듣는 사람에게 직접 호소하는 것이기 때문이다. 또한 그것은 사람의 행동을 모방하는 것이며, 행동에는 행동하는 인물이 따른다. 그리고 행동하는 사람은 성격적으로나 사상적으로나, 무엇인가 이렇다 할 특징이 있어야 한다. 왜냐하면 그들의 행동은 이 특징으로 하여 비로소 선악이라든가 성공이나 실패의 특색 있는 성질을 갖게 된다. 그래서 성격이나 사상은 그들의 행동의 두 가지 원인이 되고, 따라서 그들의 일생의 성공과 실패도 거기 달렸다.

그런데 사람의 행동은 줄거리로 꿰뚫고 있다. 줄거리란 여러 가지 사건의 이음을 말한다. 성격이란 우리가 행동하는 사람에게 이러이러한 성질을 가지고 있다고 붙여 주는 어떤 특징을 말한다. 사상이란 그들이 어떤 사실을 증명하거나, 생각을 나타내거나 하는 것을 말한다.

이렇게 보면 비극은 대체로 여섯 가지 요소로 이루어지고, 그 요소에 따라서 우리는 작품의 성격을 판단하는 것이다.

5

여섯 가지 요소란 바로 얘기 줄거리(mythos), 성격(ēthos), 대사(lexis), 사상(dianoia), 장면(opsis), 노래(melopoiia)이다. 대사와 노래는 모방을 할 수 있게 하는 재료이며, 장면은 모방의 형식이며, 줄거리, 성격, 사상은 모방의 대상이다. 이러한 것들 없이는 어떠한 극도 성립될 수 없다.

여섯 가지 요소 중 가장 중요한 것은 여러 사건을 마무려 가기, 즉 극의 줄거리이다. 비극이란 사람들을 모방하는 것이 아니라, 사람의 행동과 일생, 행복이나 불행을 모방하는 것이다. 그 행·불행이라는 것은, 사람의 행동 안에 있다. 그리고 어떤 사람들이 이러이러한 성질을 가지고 있음은 성격에 따르는 것이지만, 행복하다든가 그렇지 못하다는 것은 행동으로 정해진다. 따라서 성격을 모방하기 위해서 배우들이 연기하는 것이 아니라, 행동을 위해서 성격을 끌어들이는 것이다. 그래서 비극의 목적은 사건의 진행과 줄거리에 있다. 이 목적이 모든 것 중에서 가장 중요하다.

이렇듯 행동 없이는 비극이 이루어지지 않지만, 성격이 없어도 비극은 이루어지지 않는다. 그러나 때로는 성격이 없는 것이 그리스 비극의 한 가지 특색이다. 아리스토텔레스는 에우리피데스 이후의 비극 작가들이 대개 성격 없는 비극을 지어냈다고 생각했다.

만약 성격을 나타내는 대사나, 아름답게 만들어진 말씨가 사상을 끊임없이 늘어놓고 이어 갈 수 있다 하더라도, 그것으로 본래의 비극이 이루어질 수 없다. 게다가 그런 것들이 서투르게 씌어 있다 해도 줄거리, 즉 사건이 짜여 있으면, 훨씬 훌륭하게 비극 본래의 구실을 다할 수 있다.

그 밖에 비극이 사람의 심혼을 가장 강하게 움직이는 것은, 줄거리의 부분인 '갑자기 변함'과 '알아챔'이다. 이 두 가지에 관해서는 나중에 말하기로 한다.

비극에서 무엇보다도 중요한 것은 줄거리이다. 처음으로 비극을 지어 보려는 사람이, 대사나 성격은 정확하게 쓸 수 있지만, 사건의 구성은 그 다음에야 비로소 할 수 있다는 것을 보아도 알 수 있다. 줄거리야말로 비극을 만드는 근본이요, 생명이다. 거기

비하면 성격은 둘째이다.

사상은 셋째 자리를 차지한다. 사상이란 등장인물이 품는 생각이며, 때와 장소에 따라 거기 맞는 것을 말할 수 있는 능력이다. 사상이 대사에 있는 한, 그것은 정치학(윤리학을 포함한다.)과 변론술에 속한다. 왜냐하면 옛날 시인들은, 그들이 그려 낸 인물로 하여금 정치적(윤리적)으로 말하게 했고, 근래의 시인들은 변론술처럼 말하게 하고 있기 때문이라고 아리스토텔레스는 설명한다.

또한 성격이란 선택하는 의지, 즉 행동하는 사람이 어떤 성질의 것을 고르는가를 분명하게 보여 주는 것이다. 이것은 대사를 통해서 나타난다. 따라서 말하는 사람이 고르거나 물리치는 것이 아무것도 없을 경우, 그런 대사에는 성격이 없다.

문학적인 요소의 넷째는, 등장인물의 대사의 구성, 즉 말씨이다. 말씨라 함은, 말을 써서 의미(사상과 인격)를 나타내는 것이다. 이것은 시구에서도 대사에서도 효과는 사실상 마찬가지다.

다섯째, 노래를 짓는 것은 극을 아름답게 장식하므로 역시 중요하다.

마지막으로 장면(즉 무대, 의상 같은 것)은 관객의 흥미를 돋우는 것이긴 하지만, 예술성이 가장 적은 요소이고 시학의 본질에서는 멀리 있는 것이다. 배우가 연기하지 않더라도 비극의 효과를 거둘 수 있기 때문이다. 그러나 무대 장치(탈이나 의상)를 만들 때는 옷 짓는 사람의 기술이 시인의 기술보다 훨씬 중요하다.

6

극에서 가장 중요한 것은 줄거리이므로 사건이 어떻게 짜여야 하는가에 대해 좀더 살펴보자.

비극이란 이미 말했듯이, 일정한 크기를 가진 완전하고 전체적인 행동의 모방이다. 왜냐하면 전체적인 것이라 해도 전혀 크기가 없는 것도 있고, 지나치게 큰 것도 있기 때문이다. 그런데 '전체'란 시작과 중간과 끝이 있는 것을 말한다. 따라서 잘 마무려진 얘기의 줄거리란 아무 데서나 시작되고, 아무 데서나 끝나는 것이어서는 안 된다. 시작과 끝이 분명하게 진행되어야 한다.

또한 아름다운 것은, 생물이든 부분으로 이루어진 어떤 것이든 그 부분들이 고르게 되어 있을 뿐만 아니라, 적당한 크기를 갖추고 있어야 한다. 왜냐하면 아름다움이란 크기와 질서 속에 있기 때문이다. 따라서 얘기의 줄거리도 어떤 길이, 즉 기억하기 쉬운 정도의 길이를 가져야 한다.

그러면 줄거리는 어느 정도의 길이가 적당한가. 줄거리의 길이는 매우 분명하게 이해되는 정도에서는 길면 길수록 크기라는 점에서 더욱 아름다운 것이 된다. 주인공에게서 있을 수 있는, 또는 반드시 있어야 하는 사건이 일어나면서, 불행에서 행운으로, 또는 행운에서 불행으로 옮겨 갈 수 있을 만한 길이를 가지고 있으면 충분하다.

줄거리란 한 사람을 다루고 있다고 해서 통일이 되는 것은 아니다. 수많은 일이 한 사람에게서 일어날 수도 있다. 한 사람의 행동도 여럿이 있는데, 그것들을 하나의 행동으로 통일하기 어려운 경우도 있다.

호메로스의 뛰어난 점이 여기에 있다. 그는 기술적인 지식이 있었고, 자질도 훌륭했다. 그는 『오디세이아』를 지으면서 주인공에게서 일어난 일을 모조리 그려 내려고 하지 않았다. 이를테면 주인공이 파르나소스의 산속에서 상처를 입은 일, 사람을 그리스 전쟁에 동원했을 때 미친 체했던 일이 있지만, 이 두 가지 사건은 서로 아무 상관도 없으므로, 호메로스는 그런 모든 사건을 다 그려 내지는 않았다. 그는 오디세우스의 행동을 통일하는 사건만을 그려 냈다.

일반적으로 예술에서 모방이라는 것은, 언제나 한 가지 일이나 물건을 모방하는 것을 말하듯이 시에서도 얘기라는 것은 사람 행동의 모방이므로, 하나이면서 전체인 행동을 그려 내는 것이라야 한다. 그래서 그 얘기가 품고 있는 몇 개의 요소는 서로 매우 밀접한 관계로 맺어지고, 그 요소 중의 어느 하나라도 그럴 수밖에 없는 것이라야 한다. 그 하나의 자리를 바꾸거나 빼내면 전체가 어수선하게 흔들리도록 짜여야 한다. 있어도 좋고 없어도 좋은 것은 완전한 것을 만듦에 있어서 참다운 요소일 수 없다.

줄거리에는 외줄거리와 겹줄거리가 있다. 외줄거리는 계속적이면서 완전히 한 덩어리가 되어 진행되는 행동이다. 거기서는 갑자기 변함急轉도 알아챔認知도 없이 주인공의 운명이 변화하고 진전되어 간다. 겹줄거리는 급전이나 발견, 또는 이 두 가지로써 주인공의 운명이 걷잡을 수 없이 바뀌어 가는 경우이다. 그러면 급전이라든가 발견이란 무엇인가.

갑자기 변함(peripeteia)이란 극에서 그려진 사건이 반대 방향으로, 즉 행운에서 불행으로 또는 불행에서 행운으로 갑자기 바뀌고, 게다가 그 변화가 그럴 수도 있게, 또는 그럴 수밖에 없게 일어나는 것을 말한다. 이를테면 소포클레스의 「오이디푸스 왕」에서, 한 사자가 오이디푸스가 누군지를 밝힘으로써 오이디푸스를 기쁘게 하고, 어머니에 대한 두려움에서 해방하리라고 생각하였을 때, 사건이 전혀 반대 방향으로 갑작스럽게 바뀐다. 이렇듯 운명으로 또는 우연하게 사건이 갑자기 뒤집히는 것이 곧 갑자기 변함이다. 이런 갑자기 변함이 극의 줄거리를 복잡하게 할 뿐만 아니라, 두드러지게 하는 것은 분명하다.

알아챔(anagnōrisis)이란, 그 단어가 나타내고 있듯이 모르던 것이 알려지게 변화하는 것을 말한다. 다시 말하면 행복이나 불행으로 운명의 손에 노는 인물이 지금까지 모르고 있던 신상의 비밀을 처음으로 알고, 그 결과 상대방에게 사랑하는 마음이 생기거나 미움을 느껴 복잡한 사태를 나타내는 것이다.

이 알아챔의 가장 대표적인 것은 「오이디푸스 왕」에서와 같이 갑자기 변함이 따르는 경우이다. 물론 그 밖에도 여러 가지 형식의 알아챔이 있다. 어떤 사람이 어떤 행위를 했다, 또는 안 했다고 알아차리는 수도 있다. 그러나 사람의 행동과 떠날 수 없이 맺어진 알아챔은 사람과 사람과의 관계이다. 지금까지 전혀 몰랐던 우연한 일에서 남매인 것을 알게 된다. 그것은 그저 아는 것이 아니라, 그 근원으로 거슬러 올라가서 운명의 얽힘을 찾아내는 것이다. anagnōrisis란, 운명에 관한 지식을 의미한다. 운명이란 사람들의 의사와는 상관없이 이미 처음부터 정해져서 사람들이 제아무리 어기려 해도 이 정해진 방향으로밖에 움직일 수 없는 것을 말한다. 그러면서도 사람들은 이것을 모르고 있다. 행복하려고 몸부림치면 칠수록 불행의 수렁으로 이끌려 들어간다. 이러한 운명의 줄기를 아는 것이 곧, 알아챔이다. 이런 알아챔은 갑자기 변함과 함께 가엾음이나 두려움의 감정을 일으키게 한다. 비극은 그러한 성질의 행동을 모방하는 것이다. 그리고 그런 종류의 알아챔은 불행하거나 행복한 결과를 일으키는 실마리도 된다. 또한 알아챔이란 사람과 사람과의 관계에 관한 것이므로 어떤 한편이 다른 편의 정체에 대해서만 알아차리는 수가 있다. 그와 반대로 양편이 서로 알아차리는 경우도 있다. 이를테면 에우리피데스의 「타우리케의 이피게네이아」에서 이피게네이아는 편지를 보냄으로써 오레스테스에게 알려지게 되었다. 그러나 오레스테스 편에서는 이피게네이아에게 알려지는 데, 달리 알아차리는 방법이 필요했던 것이다.

이야기의 줄거리란 그렇듯 복잡하지만, 복잡하니까 오히려 훌륭한 줄거리가 이루어질 수 있다. 갑자기 변함과 알아챔은 얘기를 엮는 두 부분이다.

갑자기 변하는 데 따르는 감정은 괴로움(pathos)이다. 괴로움이란 파괴적이거나 상심적인 행위이다. 이를테면 이 세상에 있어서의 여러 가지 죽음, 심한 고통, 깊은 상처, 몸을 망치고 괴롭히는 행위가 괴로움이다. 이 괴로움은 비극을 이루는 요소로서, 어떻게 말하면 괴로움 없이는 비극도 없다.

비극이란 모든 점에서 한 부분은 갈등이고 다른 부분은 해결이다. 갈등이란 이야기 첫머리부터 주인공의 운명이 변하기 시작하기까지의 곡절 전부를 의미한다. 해결이란 그 변화가 시작되어 마지막에 이르기까지를 말한다. 이런 갈등과 해결이 극의 줄거리를 이룬다. 극작가 대부분은 훌륭하게 갈등을 짜내면서도 해결에서는 실패하기가 쉽다. 극작가는 언제나 갈등과 해결에서 훌륭한 솜씨를 보여야 한다.

성격에 관해서는 네 가지 조건이 있다. 첫째, 가장 중요한 것은 성격이 유익한 것이라야 한다. 인물의 말이나 행동이 어떤 한 가지 선택을 나타낸다면, 그 극에는 하나의 성격이 나오고 있다고 말할 수 있다. 유익한 선택을 나타내면, 유익한 성격이 나온다고 볼 수 있다. 여기서 유익하다는 것은 도덕적인 것만은 아니다. 그저 인물에 있어야 할 성격을 말하는 것이다. 둘째, 성격은 적합한 것이라야 한다. 이를테면 늠름한 성격이 있을 수는 있지만, 여자가 늠름하거나 거센 것은 적당하지 않다. 셋째, 성격을 참답게 하는 일이다. 이것은 성격을 유익하게 하는 것, 또는 적합하게 하는 것과 다른 일이다. 넷째, 성격에 모순이 있어서는 안 된다. 비록 실제의 인물이 모순투성이의 사람이라 하더라도 시에서는 모순이 없게 그려져야 한다. 극에 나타나는 성격은 처음부터 끝까지 한결같아야 한다.

성격의 경우에도 사건의 줄거리를 이룰 때와 마찬가지로, 언제나 그래야 하는 것 또는 있을 수 있는 것을 그려야 한다. 따라서 이런 사람은 이런 것을 말하거나 행동함에, 그것이 반드시 그래야 하거나 또는 있을 수 있는 결과를 얻도록 그려져야 한다. 그래서 줄거리의 해결도 성격 그 자체에서 이끌어 내야 한다.

우리는 극의 요소 가운데 중요한 것만을 살펴보았다. 그러나 비극의 바탕을 이루는 것 중에는 아직도 중요한 것이 남아 있다.

7

우리는 앞서 비극의 정의 가운데서, '가엾음과 두려움을 일으키는 사건을 진행시키면서, 모든 이러한 정서로부터의 카타르시스淨化를 이루어 내는 것이다.' 라는 부분을 읽었다.

비극에 대한 아리스토텔레스의 정의 중 이 마지막 규정은 19세기 이래로 가장 많은 관심을 모으고 있다.

이것은 극을 보는 사람에게 '가엾음' 이나 '두려움' 이라는 감정을 일으켜서, 그것으로 도리어 그러한 감정의 카타르시스를 이루는 것이 비극의 마지막 목적이라고 말하는 것 같다.

그러면 아리스토텔레스에게서 '가엾음' 이란 어떠한 의미였던가. 가엾음이란 eleos를 옮긴 말이다. 일반적으로는 감정을 한가지로 한다同情든가, 느낌을 같이한다同感는 뜻이었다. 더욱 일반적으로는 한 사물이 다른 사물에 영향을 주는 경우, 이를테면 달月의 위치가 바닷물의 조수간만潮水干滿에 영향을 주는 것 같은 경우에 쓰였다. 이것이 사람에 관해서는 파토스(감정, 고난)를 함께함을 의미했다. 여기서 동정이란 함께 괴로움을 겪는다는 것으로서, 엘레오스의 참뜻과는 거리가 멀다. 동정이라고 하면, 대개는 남의 감정에 동조하는 것이지만 가엾어 한다는 것은, 특히 그 사람의 불행에 대해서 슬픔을 함께 느끼는 것이라야 한다.

사람의 운명이란 행복에서 불행으로 옮겨지거나 불행에서 행복으로 바뀌거나 하는데, 우리가 가엾음을 느끼는 것은 주로 앞의 경우에서이다. 뒷경우와 같이 행복하게 될 때는 오히려 부럽게 느낄망정 가엾음의 감정을 느끼지 않는 것이 보통이다. 엘레오스란 오로지 그것을 받기에 적합하지 않게 그 사람을 덮치는 불행에 대한 우리의 동정이다. 악인이 마땅히 받아야 할 벌을 받고 불에 빠지는 것에 대해서는 오히려 우리는 만족을 느낀다. 그러나 죄 없는 사람이 자기 의사와는 달리 화를 입고 불행에 잠기는 것은 견딜 수 없는 슬픔이다. 당하는 사람은 물론이고, 이것을 보는 사람에게도 심한 슬픔과 고통을 맛보게 할 것이다. 이러한 감정에 대한 동정이 곧 가엾음이었다. 이 감정은 도덕적인 것이라기보다는 오히려 인간의 본성에서 솟아나서 온몸을 사로잡는 자연적인 감정이라고 보아야 한다.

엘레오스의 감정을 이루기 위해 세 가지 요소가 필요하다. 첫째, 거기에 우리를 덮치고 위협하는 악이 있다는 것, 둘째, 같은 형편에서는 그 사람이 받은 해악을 자기도 받을지 모른다는 위험이 있고, 또한 이 위험을 의식하고 있는 것, 셋째, 그가 받고 있는 고뇌가 분명히 부당한 것이라는 의식이다. 엘레오스에 도덕적인 뜻이 있다면 주로 세 번째 점을 의미한다. 부당한 고난을 겪고 있는 사람에 대해서는 그 부당함을 분하게 느끼는 감정이 솟아나오고, 그것에 대해서 가엾은 감정을 품게 된다. 그것은 구체적이며 직접적인 감정이다. 이 감정을 통해서 우리 마음의 카타르시스를 받는 것은 반드시 도덕적으로 높여지는 것이 아니라 우리 본연의 감정으로써 씻기고 정화된 느낌을 받는 것을 의미한다.

두려움(phobos)의 감정에 관해서는 이미 플라톤이, 두려움을 일으키는 것은 지난 것이나 지금의 모든 악이 아니라 오히려 앞날에 예상되는 모든 악임을 말했다. 이런 생각을 아리스토텔레스는 포보스의 의미에 끌어들였다. 현재의 두려운 사건에 대한 겁보다는 장차 일어나려는 위협에 대한 불안을 의미함에 더욱 가까울 것이다. 지금의 두려움은 비록 급하고 심하다 하더라도 지나가면 이미 잊고 마는 것이다. 그러나 앞날의 불안은 쉴 새 없이 우리를 위협하므로, 그 무게에 견디다 못해 거기서 벗어나기를 원한다. 비극이 우리에게 주는 효과는 이러한 무거움으로부터 벗어나는 것이다. 나아가서는, 그것으로 인한 우리 감정의 정화이어야 한다. 아리스토텔레스의 포보스는, 한편으로는 지금의 전율을 뜻하지만, 다른 편으로는 미래에 대한 예상과 거기에 대한 고뇌를 품고 있다. 앞의 것은 카타르시스의 사출작용으로 풀릴 수 있지만, 뒤의 것의 불안을 제쳐 내는 것은 한층 더 높여진 심혼의 정화를 기다려야 한다.

가엾음과 두려움이란 그런 뜻을 가진 것이었다. 하지만 사람의 온갖 감정 중에서, 유별히 가엾음과 두려움이 비극적 정서로 선택된 까닭은 무엇일까. 아리스토텔레스는 그것에 대해서 아무 말도 하지 않았지만, 우리는 이렇게 생각해 볼 수 있다.

비극은 인생에서 불행한 일을 중심으로 한 것이다. 불행에서 행복으로 옮아가는 것도 극의 한 줄거리를 이룰 수 있지만, 비극에서는 반대로 행복에서 불행으로 빠지는 것이, 따라서 그것 때문에 주인공이 괴로워하며 번민하는 것이 특히 주제가 된다. 이 불행이 주인공의 성격에서 스스로 일어난 것이라면, 우리는 그다지 동정을 느끼지 않는다. 그러나 운명으로 말미암아 주인공의 성격과는 상관없이 불행에 떨어지게 되면, 우리는 이것에 대해서 무한한 가엾음을 느낀다.

게다가 그리스 비극은 대개 운명극이었다. 정해진 운명은 사람의 의지나 노력을 외면하면서, 마치 조종되는 인형처럼 주인공을 농락한다. 운명의 힘의 위대함에 비해서, 사람의 노력이란 얼마나 속절없고 애처로운 것인가. 무서운 것은 정녕 운명의 힘이다. 우리는 온갖 것에 놀라기도 하고 두려워하기도 하지만, 그것이 제아무리 강렬한 것이라 해도 그저 한때의 일일 뿐, 운명처럼 우리가 태어나기 전을 정하고, 우리가 이승의 삶을 다하기까지 그리고 우리의 장래조차도 흔드는 힘을 가지고 있지는 못하다. 우리는 운명을 두려워하면서 살아가고 있다. 그것이 삶의 불안이다. 그리고 사람은 이 불안을 견디어 신에 빌고, 종교에 기대려 한다. 비극을 보면서 불안의 압력에서 벗어나려는 것도 이러한 근원적인 무서움에서 오는 것이 아닌가. 비극의 주인공은 운명으로 묶이고 시달림을 받아 괴로워한다. 그것을 보는 사람들의 마음은 무엇보다도 그 무서운 힘을 느끼면서, 주인공에 대해서 깊은 가엾음을 느낀다.

가엾음과 두려움이 비극에서 생기는 두 가지의 중심적인 감정임은 상식으로도 이해할 수 있고, 두 감정이 서로 얽혀서 하나의 비극적인 정서를 이루는 것도 분명하다. 어느 하나가 더하고 덜함이 있을 수 없다. 비극에서는 이 두 정서가 서로 떠날 수 없이 맺어져 있다고 보아야 한다.

8

위에서 우리는 비극에서 가엾음과 두려움이라는 두 감정이 어떤 것이며, 서로 어떤 관계에 있는가를 살펴보았지만, 그런 감정에서 오는 카타르시스라는 것이 무엇인가는 아직 말하지 않았다.

카타르시스라는 작용에 대해서는 예부터 수많은 주석가가 제나름의 해석을 가지고 다투어 왔다. 『시학』에는 단 한 번만 나타난 말인데도, 그리스 이래로 오늘에 이르기까지 아직도 충분히 해결되지 않은 역사적 문제 중 하나가 바로 카타르시스이다.

카타르시스의 문제에 관해서는 근대에 이르기까지 대체로 세 가지 주장으로 나뉜다. 첫째는 카타르시스를 일종의 정신적인 닦음鍊磨으로 해석하는 입장이다. 우리의 강렬한 감정을 일부러 자극해서 정신을 그것에 익숙하게 하거나, 그것에 대한 일종의 저항력을 높여 준다는 뜻이다. 둘째는 철학적으로 정신을 가라앉히는 작용이라 하여, 스토아 철학적인 해석을 내린 입장이다. 이를테면 비극을 보고 누구나 인간에게는 고뇌가 있음을 깨닫게 하고, 또한 인간 자체의 약점을 알고, 거기서 스토아 철학이 이상으로 삼고 있는 바와 같은, 달관한 정안靜安의 심경으로 이끌려 들어간다는 것이다. 이러한 체관의 태도에서 자연히 셋째의 해석이 생기게 된다. 즉 실천적인 교양이 그것이다. 비극을 본다는 것은, 다만 가엾음과 두려움을 순화할 뿐만 아니라, 사람을 여러 가지 불행으로 이끄는 온갖 격정에 관해서도, 그 비극적인 본보기를 눈앞에 나타냄으로써 우리의 정신을 깨우치고, 그러한 여러 가지 자연적인 격정을 순화하고 다스리는 길을 가르치기에 도움이 된다는 것이다.

르네상스 시대에는 대체로 이 세 가지의 해석이 갈라져 있었지만, 그것이 다 사람의 모든 감정과 관련시켜서 생각했다는 점에서는 공통적인 입장을 가졌다고 볼 수 있다.

그러던 것이 독일의 레싱(G. E. Lessing, 1729~1781년)에 이르러서는 한층 더 도덕적인 입장을 날카롭게 하여 카타르시스란 두려움이나 가엾음 같은 감정이 일종의 도덕적인 완전성으로 높여지는 작용이라고 해석되었다. 두려움도 가엾음도 다 극단적인 감정이므로, 적당함中庸을 잃기가 쉽다. 그런 적당함을 얻도록 하는 것이 곧 카타르시스라고 해석되었던 것이다.

이것은 감정의 정화로써 일종의 윤리적인 효과를 거두자는 생각으로, 그 후에도 오늘날에 이르기까지 꼬리를 끌어 오고 있다.

그런가 하면 카타르시스에 관한 획기적인 해결로서는, 1858년에 발표한 논문에서 베르나이스(J. Bernays)가 전적으로 의학적 생리학적인 의미로 해석한 것이었다. 베르나이스의 견해에 따르면, 카타르시스에는 두 가지 의미가 있다. 하나는 종교적 의식으로 속죄한다는 의미, 다른 하나는 의술로 병을 고친다는 의미이다. 그런데 아리스토텔레스의 카타르시스는 이 둘째 의미로서, 비극은 가엾음과 두려움의 감정을 자극하여, 이것을 쌓이고 쌓이게 했다가 마지막 판국에 이르러서, 그것을 급격하게 사출함으로써 우리의 정신에 일종의 상쾌한 효과를 일으키는 것이라 한다.

여기서는 카타르시스가 '깨끗이 한다', '정화한다'는 생각을 밑바탕에 놓고 있음이 분명하다. 모든 것을 순수한 본질로 돌려놓는다는 것을 의미한다. 그것은 마치 생리적으로 씻어 내는 것과 같다. 이를테면 토하거나 설사를 하는 것은 몸의 본질에 맞지 않는 것의 침입을 깨끗이 물리치는 작용이다. 몸은 이렇게 함으로써 본성을 돌이키고, 자기에게 고유한 생명의 움직임을 무난히

치러 갈 수 있는 것이다.

우리는 연기를 보고 주인공과 함께 울고 함께 괴로워하지만, 그와 동시에 그 고뇌는 본시 자기 것이 아니라 주인공이 연기하고 있음을 알아차리게 된다. 말하자면 우리는 주인공의 고뇌를 통해서 널리 인간 전반의 고뇌에 참여하는 셈이다. 고뇌 자체는 불쾌한 것이지만, 한번 이러한 전기에 서면, 갑자기 고통은 깨끗이 씻긴 감정이 되고, 높여진 정서로 변한다. 카타르시스란 그러한 감정 자체의 정화 작용을 말하는 것이다. 물론 그렇다고 해서 감정에서 벗어나는 것이 아니라 감정을 지닌 채 그것을 정화하는 것이라야 한다. 고뇌를 떠나서 기쁨으로 옮아가는 것이 아니라 괴로움 그 스스로가 기쁨으로 변하는 것이다. 사람들은 서로 괴로워하면서 이 세상의 미묘한 데를 건드리고, 사람 사는 길의 준엄함에 우는 것이다. 카타르시스란 정신의 바로 그러한 작용에 있다고 보아야 한다.

참으로 심혼의 정화로써만 누구나 다 가지고 있는 인간성이 바르고 아름답게 파악될 것이다. 그것 없이는 예술의 본질은 영원히 닫힌 수수께끼로 남을 것이다. 아리스토텔레스의 예술론은 모방이라는 생각에서 시작되고, 그의 비극론은 카타르시스의 사상에서 절정에 이른다. 그러나 그 자신은 단 한마디밖에 말하지 않은 것을 가지고 우리의 얘기가 너무 길어졌는지도 모른다.

그리스 시극의 구성과 특징

이근삼

기원·극장·구성

오늘날의 관객에게는 그리스 시극이 극이라기보다는 오히려 인형극과 무용의 혼합작처럼 어색하게 느껴질 때가 있을지도 모른다. 우리가 흔히 보아 온 연극에서처럼 숨 막힐 듯한 사건이나 행동도 없고, 화려한 무대 장치도 없으며, 그나마 동적인 요소가 있을 것 같은 코로스도 제한된 행동선에서 움직이는 데 그친다. 우리에게 가장 큰 충격을 줄 수 있는 살인, 폭행, 결투의 장면도 무대에서, 즉 관객이 볼 수 있는 장소에서 이루어지는 것이 아니라 무대 밖에서 일어나며, 우리는 다만 사자의 입을 통해 이러한 사실을 보고받을 뿐이다. 현대극에서처럼 외면상의 아기자기한 사건과 화려한 시각적 구도에 만족을 느낄 수가 없다. 더구나 우리나라의 경우, 그리스 극이 신파극을 해 온 사람들에 의해 멋대로 다루어진 경우가 있어 그리스 극을 이해하는 데 도움을 주기는커녕 더 큰 혼란을 줄 뿐이었다.

외견상 다양한 요소를 갖고 있는, 퍽 동적인 현대극과는 대조적으로 그리스 극의 생명은 오히려 인간 감정을 관객이나 독자가 거의 의식 못할 정도로 섬세하게 표현하고 전개시키는 데 있다. 극의 진행에 따라 인간의 심리며 성격의 변화가 서서히 외부로 표현된다.

겉으로 보기에는 퍽 단조로운 인상을 주지만 그리스 극은 대단히 기교적이고 착잡한 면을 갖고 있다. 거의 동작이 없는 코로스라든가 제한된 수의 배우, 텅 빈 것 같은 인상을 주는 무대가 단조로운 연극밖에 못할 것 같지만, 이러한 단순하고 평범한 외부 형식 테두리 안에서 현대극에서도 도저히 볼 수 없는 짙은 지적, 감정적 밀도를 조성해 나가는 것이 그리스 극이다. 그리스 시극 작가들을 천재라고 흔히 말하는 이유도 이런 데 있다. 그리스의 시극 작가들은 거의 벌거벗은 것 같은 무대와 현대 작가들이 보면 답답할 만한 당시의 갖가지 연극 공연의 기존법에 어느 정도 제한은 받았지만, 관객들의 무한한 상상력에 크게 의지할 수 있었다.

대낮에 극의 공연을 보기 위해 모여들었던 당시 그리스 극 관객들도 극작가 못지않은 상상의 천재들이었다. 시간·공간의 제약에 구애하지 않고 활달한 상상의 날개를 펴 나간 관객들의 호응이 없었던들 오늘날 우리가 말하는 그리스 극은 존재할 수 없었을 것이라는 평자도 있다. 세부에 이르는 구체적인 설명이 없으면 이해를 못하는 현대 관객과 좋은 대조가 된다.

연극의 역사는 어쩌면 종교 자체보다도 오랜지 모른다. 원시인들은 그들의 기쁨과 슬픔, 또는 경이감을 나타내고자 하는 충동에 사로잡혀 본능적으로 몸짓 손짓을 하였을 것이다. 어떠한 특정 대상을 향해 몸짓 손짓을 한 것은 아니었다. 이 본능적이고 원시적인 제스처가 바로 연극의 시초요, 이것은 어떤 구체화된 종교가 탄생하기 오래전의 일이다.

연극의 기원이 어떻든지 간에 그리스의 연극은 디오니소스 참배에서 시작되었다고 본다. 주신이며 바코스라고도 불리는 디오니소스 신은 뮤즈와 예술의 보호자이기도 했다. 그리스 사람들에게는 이 신은 주신에서 그치는 것이 아니라 자연의 생산력을 상징하는 신이기도 하다. 이른 봄에 잠든 대지를 깨우고 여름철에는 만물이 풍성해지기를 보살피고, 겨울이 되면 외로이 후퇴하는 인간에게 다정한 신이었다. 디오니소스는 동적인 신이다. 그리스 사람들은, 디오니소스를 제우스 신처럼 고장에 신좌를 정하고 엄숙히 앉아 있는 신이 아니라 유쾌하고 요란하게 사람들 사이를 돌아다니는 신으로 생각했다.

포도가 익어 수확할 때가 되면, 포도원의 일꾼들과 동리 사람들은 무리를 이루어 술을 마시고 노래를 부르며, 그들에게 포도와 술을 준 디오니소스 신을 찬미하며 동리를 휩쓸고 다녔다. 지나가는 행인에게 농을 걸고 구경꾼들이 던지는 음담에 즉흥적인 대꾸를 하는 이들은 자연 노래와 춤을 통괄할 수 있는 장을 뽑게 되었을 것이다. 이들은 술에 취하고 노래를 하는 동안, 어떤 개인을 비꼬고 흉내도 냈을 것이다. 이 흉내의 명수가 곧 배우의 입장에 섰을 것이며, 장과 배우 간에 서로 대사가 오갔을 것이다.

이 풍습이 차차 발전해 그리스 희극이 싹트기 시작했다. 희극의 원어의를 '부락가' 라고 하는 설에 반해 '주정꾼들의 노래' 라고 주장하는 사람이 있는 이유가 짐작된다.

그리스 비극의 시작도 디오니소스 신을 찬미하는 디시램브(Dithyramb)라는 디오니소스 찬가에서 찾는 것이 상례로 되어 있다. 아리스토텔레스는 그의 『시학』에서 비극의 기원을 다음과 같이 말한다. "비극은 바코스 송가(Dithyramb)의 지휘자가 생각해 낸 즉흥적 행동에서 시작됐다."

비극의 원어의가 '양의 노래(Tragelaph)' 라는 사실에서 후세의 학자들은 두 가지의 이설을 주장한다. 가장 노래를 잘 부른 사람에게 상으로 양을 주었으므로 tragoedia라는 말이 생겼다는 주장과 노래를 부른 사람들이 양털 또는 양가죽 같은 옷을 입고 있었으므로 그 어원이 생겼다는 주장이다. 예부터 제연 때는 신에게 양을 희생물로 바쳐 왔다는 사실도 아울러 생각할 때, 우리는 비극이라는 말이 양과의 관계에서 생겼다는 것을 알 수 있다. 희극이 늦가을에서 이른 봄 사이의 축연에서 시작된 반면, 비극은 포도가 술이 되는 봄철의 축연에서 생겼다고 한다.

이와 같은 축연이 해를 거듭할수록 각처로 뻗어 나갈 때, 이 축연을 비극으로 발전시키는 데 큰 역할을 한 사람이 아리온(기원전 628~585년)이다. 레이보스 섬 출생인 아리온은 페리안다 왕의 궁정에 자주 드나들며 축연도 관장했다고 한다. 그는 디시램브 합창단의 수를 50명으로 정돈했다. 그 후로는 어떤 비극의 코로스에서도 인원수에는 거의 변동이 없었다. 이 50명이 제단의 주위를 돌며 이른바 원무를 추게 되었다. 물론 이 원무는 후에 테스피스(Thespis)라는 인류 최초의 배우에 의해 폐지되었지만, 축연 때의 그 소잡한 무리에게 질서를 잡게 하여 축연의 순서와 인원수를 정해 주었다는 것이다. 아리온은 합창 도중에 '이야기로 된 시구'를 삽입하였다. 즉 합창 도중에 잠깐 동안 코로스장과 합창단이 가사를 이야기조로 주고받는 새 방법을 창안해 냈다. 코로스장과 단원들 사이에 교환된 이야기는 디오니소스 신의 모험에 관한 이야기였다고 한다.

이리하여 종래 노래로 일관되던 것이 극적 합창으로 변하여 본격적 연극에 한 걸음 더 가깝게 접근하게 되었다. 테스피스는 연극 사상 최초의 배우로 알려져 있다. 테스피스는 합창단으로만 구성되던 디오니소스 신 찬미단에서 배우를 창조했고, 이 배우가 동작을 할 수 있는 무대를 만들어 냈다는 것이다. 이 인류 역사상 최초의 배우는 디시램브를 노래하는 사이사이에 몇 가지 역할을 혼자 도맡아 코로스장과 이야기를 즉, 뒷날의 대사를 주고받았다. 한 배우가 몇 가지 인물 역을 맡게 되면 자연 필요한 것이 가면이다. 테스피스는 부산물로 가면도 고안해 냈다. 테스피스가 만들었다는 무대는 오늘날의 그런 무대가 아니라 배우가 가면을 바꾸어 쓰거나 옷을 갈아입을 수 있는 장소와, 배우가 올라서서 연기를 할 수 있는 장소를 합친 스케네(skene, 오늘날 영어의 scene)라는 조그만 가림대를 두고 말한다.

그 후 하나밖에 없던 배우는 아이스킬로스에 의해 둘로 늘어났다. 그는 합창이 대부분을 이루던 이 축제에서 노래를 줄이고 대사를 대폭 늘였다고 한다. 이어 소포클레스는 대사를 좀더 늘이고 간단한 장치나마 색채감을 내게 했고, 제3의 배우를 만들어 냈다. 에우리피데스는 테스피스, 아이스킬로스, 소포클레스가 발전시킨 무대와 배우들을 구사하여 그리스의 연극을 완성하였다.

그리고 비극이 비교적 단시일 내에 그처럼 빨리 발전할 수 있던 원인에 대해서는 그간 많은 의견이 나왔지만, 무엇보다도 중요한 것은 그 운영을 국가가 맡았다는 사실이다. 연극은 아테네에서 없어서는 안 될 중요한 행사였다. 테스피스가 최초의 비극을 공연한 것은 기원전 560년경이라고 본다. 그러나 이때는 아직 국가의 도움이나 보호를 받지 못하고 있었다. 뒷날에 나타난 경연 제도도 없었던 모양이다. 연극을 위해 국가가 본격적으로 그 운영과 보호에 나선 것은 기원전 536년에서 535년경, 즉 페이시스트라토스가 추방에서 돌아와 다시 집권하게 되었을 무렵이라는 것이다. 연극 경연 제도가 제정된 것은 기원전 535년이라고 한다.

각 촌락에서 시작된 디오니소스 축연이 본격적인 연극으로 발전하기까지에는 장구한 세월이 흘렀지만, 이것이 발전하고 개화하는 시기는 비교적 짧았다. 이 짧은 시기에 그처럼 완벽한 연극을 형성케 한 원인으로 천재적인 극작가들이 속출했다는 점을 들 수도 있겠지만, 이미 언급한 것처럼 무엇보다도 이와 같은 행사를 아테네 국가가 직접 관장하고 후원했다는 데 그 중요한 원인이 있다고 본다. 재정적인 면을 전담했음은 물론, 배우들에 대해서도 특별한 고려를 해주어, 일단 국가가 인정하는 배우가 되면 병역을 면제해 주었고, 대개 해외에 파견하는 사절은 배우로 구성할 정도로 우대했다. 시민들도 배우가 되는 것을 가장 영광스러운 일로 생각하여 배우의 필수 조건인 교양과 인격의 도야를 위해 노력했다. 일단 경쟁시험을 거쳐 국가가 인정하는 배우가 되면 국가가 생활을 책임졌다고 한다.

그러기 때문에 그리스의 연극은 국가적인 행사였다. 정부와 국민과 연출자들이 혼연일체가 되어 연극을 키워 냈다. 디오니소스 신을 찬미하고, 아울러 경연을 통해 연극을 즐기는 데 그치지 않고 국민교육과 한 걸음 더 나아가서는 국민의 단결을 도모한 좀더 큰 의의를 지니고 있던 것이 그리스 연극이었다.

연극은 아테네 시 서남방 언덕에 자리 잡은 아크로폴리스 경사지의 디오니소스 야외극장에서 공연되었다. 이와 흡사한 야외극장이 그리스 각처는 물론 에게 해의 섬들, 아시아, 시칠리아 섬에까지 세워졌다. 오늘날에 이르기까지 가장 잘 보존된 에피다우로스를 비롯해 델포이, 델로스, 에레트리아, 가장 규모가 큰 메가라폴리스, 푸리네, 시칠리아 섬 높은 자리에 있는 세제스타 야외극장에서 활발한 연극의 공연이 있었다.

이리하여 디오니소스 축연에서 시작된 그리스의 연극은 범국민적인 행사가 되어 국민들은 공연을 즐기는 한편 극을 통해 그들의 찬란한 역사와 신과 영웅들을 알고, 그들 국가의 장래를 예언하여 애국심을 고취하였으며, 한 걸음 더 나아가 향토민의 친화와 단결을 약속하였던 것이다. 당시의 그리스 극장은 일반 서민들을 위한 편리한 교육 장소이기도 했다. 그들은 극장에 모여 역사와 철학과 문학을 익히고, 그들 생활의 중요한 부분을 차지했던 음악을 배우기도 했으며, 모임을 통해 민주주의 정신을 배양할 수도 있었다.

막도 없고 조명도 없던 당시의 야외극장에서 동이 틀 무렵부터 아이스킬로스의 「에우메니데스」나 소포클레스의 「안티고네」를 보기 위해 몰려들었던 관객은 하루 일고여덟 시간을 돌계단에 앉아 공연을 지켜보며, 그들의 과거를 알고 미래를 그려 보았던 것이다. 대개의 경우 3, 4월에 걸쳐 이 대축연이 극장에서 계속 공연되었다고 한다.

디오니소스 축연은 5~6일 계속되었다. 첫날에는 행렬로 끝이 난다. 행렬을 주관하는 사제가 배 모양의 수레에 타고 가지각색의 복장을 하고 노래하며 춤추는 사람들 선두에 서서 시내를 일주했다. 다음 날 필요에 따라서는 이틀간에 걸쳐 디시램브 경연이 있었으며, 마지막 날에는 연극 공연이 시작되었다.

기원전 5세기에 이르러서는 극작가들이 세 개의 비극과 세이타(satyr) 극을 묶어서 공연했다. 세이타 극이란 오늘날의 요란스러운 벌레스크(burlesque) 극을 연상케 하는 희극으로 잡신이나 동물의 형태를 나타내는 의상을 입고 농담, 음담을 주고받는 극을 말한다. 이 세 개의 비극과 세이타 극이 다 같이 동일한 신화나 상호관계가 있는 인물 또는 내용을 다루면 사부극 즉, 테트랄로지(tetralogsy)라고 부르는 한 단위로 취급 공연했다.

기원전 458년에 공연되었던 아이스킬로스의 『오레스테이아』 삼부작 「아가멤논」, 「제주를 바치는 여인들」, 「자비로운 여신들」의 세 비극과 이제는 그 형태도 찾아볼 수 없는 세이타 극인 「프로메테우스」는 모두 아트레우스 일가를 그린 작품이므로 사부극이라고 불렀다. 가끔 세이타 극이 제외될 때는 이를 삼부극 즉, 트릴로지(trilogsy)라고 해서 그대로 공연했다.

아이스킬로스는 한 가지 주제를 취급한 극을 썼다. 소포클레스도 같은 주제를 취급하는 수가 간혹 있었지만 에우리피데스는 전혀 다른 주제만을 다루었다.

그리스 극작가들은 그 수가 적었지만 많은 작품을 남겼다. 아이스킬로스는 90여 개의 극을 썼으며, 그 중 13개 작품으로 상을 탔고, 소포클레스는 100여 작품 중 18개 작품이 입상했다. 에우리피데스는 92개의 작품을 썼지만, 신이나 영웅을 소재로 한 전통적인 형식을 타파하고 인간의 문제를 다뤄 전통을 고집하는 심판관에게 노여움을 사 5편의 극만 상을 탔다. 그러나 오늘날 우리 손에 남은 작품으로는 아이스킬로스의 작품 7편, 소포클레스의 작품 8편, 에우리피데스의 작품 18편, 도합 33편의 극이 남아 있을 뿐이다.

형태며 내용에 있어 반전통적이요, 지나치게 실험적이라는 이유 때문에 수상하고는 거리가 멀어진 에우리피데스의 경우를 보면 자연 '배급정신'과 '종파의식'이 지배적이었던 우리나라에서의 연극상을 생각지 않을 수 없다.

그리스의 극장은 연극과 더불어 점차 발전하였다. 최초의 극장은 아무런 시설도 없었고 다만 주신을 위한 제단과 무용단, 합창단이 춤추고 노래할 오케스트라(orchestra)라고 하는 둥근 장소가 있었을 뿐이었다. 관객들은 이 오케스트라를 중심으로 사방 원형으로 된 계단식 돌, 또는 흙으로 된 좌석에 앉아서 축제를 구경하였다.

그러나 배우가 생겨 일인 이, 삼역을 맡게 되니 자연 가면이며 옷을 갈아입을 장소가 필요했다. 이 배우들을 위해 조그만 탈의소, 내지는 대기소를 겸한 장소를 스케네(skene)라고 불렀다. 이미 말한 것처럼 오늘날의 scene이라는 말이 여기서 유래된다. 그리고 이 스케네 양쪽에 배우들의 출퇴장을 위한 길이 생겼는데, 이를 파로도스(parodos)라고 불렀다. 스케네 전면에 관객석 첫 계단 높이 정도에서 배우가 나와 연기를 하는 오늘날의 무대를 연상케 하는 장소가 있었는데, 이를 프로스케니온(proskenion), 또는 로게이온(logeion)이라고 불렀다. 이 장소 양쪽에 돌출한 장소를 파라스케니온(paraskenion)이라고 했는데, 오늘날의 프로시니엄(proscenium), 무대라는 말도 여기서 나왔다고 본다. 관객석은 보는 장소 즉, 테아트론(theatron)이라고 했다.

스케네나 프로스케니온, 또는 파라스케니온은 최초에는 목조

였지만, 연극이 발전하고 국가에서 이를 관리함에 따라 점차 석조로 영구적인 건물로 변해 갔다.

아테네 최초의 극장이라는 디오니소스 극장에 가 본 일이 있었는데, 현재 남아 있는 극장은 거의 완전한 석조였다. 그러나 이 석조 극장이 본래 있던 목조 극장을 헐고 세운 것이라는 말도 있었다.

극장의 크기도 그 지방이나 연극 규모에 따라 차이가 있었다. 아테네 교외 아크로폴리스(acropolis) 구릉 경사진 곳에 아직까지도 그 옛 모습을 보이고 있는 디오니소스 극장에는 1,700명의 관객을 수용할 수 있었다고 한다. 1,700명을 수용하는 그처럼 큰

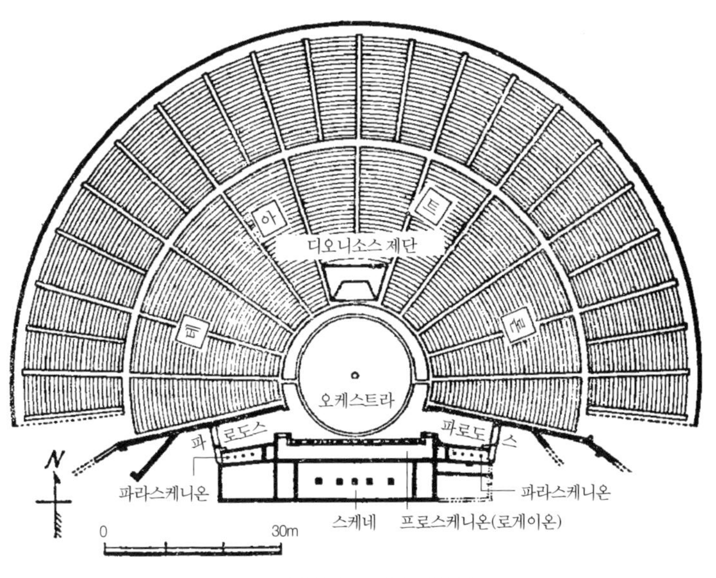

그리스 극장의 구조(에피다우로스)

야외극장에서 어떻게 관객들이 배우의 음성을 들을 수 있었을까 의문이 생긴다. 배우들이 사용한 가면의 입 부분에 붙인 특수한 확성 장치도 효과가 있었겠지만, 극장의 구조가 배우들의 발성을 하나도 놓치지 않고 듣게끔 되어 있어 놀라웠다. 적절히 이용한 경사지형이며, 관객이 밀집해서 자연 이루게 되는 인파방음벽 등, 당시 그리스 인들은 건축에도 천재적 소질이 있었는지 모른다. 20,000명 이상을 수용할 수 있는 극장도 있었다고 하니 극장 구조도 그렇겠지만, 당시의 그리스 배우들은 대단한 성량을 가지고 있었던 모양이다.

극장 구조 때문에 그리스의 극작가들은 극의 장면 대부분을 집외부 또는 야외를 택해야 했다. 중요한 사건들이 집 앞, 사원 앞, 궁정 앞에서 일어나는 이유가 장치가 전혀 없는 당시의 극장 구조 때문이다.

그러나 경우에 따라 옥내, 즉 집 내부에서 일어나야 할 때는 부득이 아키클레마(accyclema)라는 특수한 이동식 장치를 썼다. 기원전 5세기에 극장에 나타나기 시작했다는 이 장치는 바퀴가 달린 조그만 이동식 무대이다. 스케네 뒤에 준비해 두었다가 필요할 때는 배우를 그 위에 태우고 밀고 나왔다. 특히 에우리피데스와 아리스토파네스가 이러한 장치를 즐겨 썼다.

그리스 인들은 페리아크토이(periaktoi)라는 장치도 사용했던 모양이다. 이것은 프리즘처럼 삼면이 있고 각 면에 양식화된 간단한 장치가 그려져 있어 삼면 중 그 일면을 극의 장면 여하에 따라 관객을 향해 세워 둔다. 물론 이것도 이동식으로 되어 있었다. 주로 흑백 두 빛으로만 양식화된 그림을 그렸다고 하는데, 이것이 언제부터 사용되었는지는 알 수 없다. 이 밖에도 메카네(mechane)라는 장치가 있었다. 극이 종말에 가까워져 신의 출현, 즉 최후의 심판을 하기 위해 신이 하늘에서 내려온다든가, 신이나 죽은 신이 지상으로 내려와 인격화될 때 사용한 고안으로 일종의 이동식 기중기를 말한다. 이 기중기가 극장에 나타나 신을 모방하는 배우를 공중에 매달아 놓아 '하늘에 있는 거룩한 존재'를 나타낸다. 아이스킬로스와 에우리피데스가 이 장치를 사용했으며, 아리스토파네스의 걸작 「구름」에서 소크라테스가 '나는 공중을 걸으며 태양을 사색하노라.' 라는 대사를 말하는 장면은 소크라테스가 이 메카네에 몸이 묶여 공중에 매달려 있음을 나타낸다.

거대한 야외극장에서 20,000이라는 큰 관객을 상대로 연기를 한다는 것은 여간 힘든 일이 아니다. 대사의 전달도 그렇고, 웬만한 동작은 눈에 띄지 않는다는 애로도 있었을 것이다.

그러기 때문에 그리스 배우들은 자기네들의 몸을 크게 나타내고, 소리를 좀더 키우는 데 신경을 많이 썼다. 오늘날의 리얼리즘 연극의 연기법으로는 도저히 관객들을 만족시킬 수 없었다. 무대와 관객석 사이의 거리가 하도 멀기 때문에 얼굴 표정이나 섬세한 몸짓으로는 의미가 통하지 않았다.

그들은 우선 큼직한 복면을 고안했다. 셋 정도의 인원으로 일고여덟의 인물역을 맡아야 하니 가면이 필요했다는 것은 앞에서 말했다. 가면을 크게 만들어 쓰면 인물이 확대될 수 있고, 그 원시적인 표정이 더욱 선명해진다. 가면 입 부분에는 메가폰 역할을 할 수 있는 장치를 넣어 음량도 확대할 수 있었다.

섬세한 표정을 나타낼 수 없다는 약점은 있겠지만, 가면은 그런대로 나이, 성, 희喜·비悲 상태는 분명히 나타낼 수 있었다. 비극적 상황하에 있는 인물들이 쓴 가면에는 아름다움마저 있었다고 한다. 극의 내용, 성질 여하에 따라 가지각색의 가면이 생겼고, 아리스토파네스는 그의 코로스 멤버에게 가끔 새, 벌 또는 개구리 가면을 씌우기도 했다.

배우들은 몸을 크게 보이기 위해서 무릎까지 내려오는 치톤(chiton)이라는 의상에다가 신장을 크게 하기 위해 온코스(onkos)라는 과장된 머리 수건을 썼고, 밑창이 두꺼운 코투르노스(cothurnus)라는 신을 신어 관객의 눈에 좀더 크게 보이고, 아울러 비극의 주인공들의 장엄하고 위신 있는 모습을 자아내고자 했다. 대신 코로스 멤버들은 배우들과는 대조적으로 오히려 왜소하게 보이고자 노력했다.

그리스의 희곡에는 까다로운 법이 있었다. 물론 세월이 흐르고 새 작가들이 나타남에 따라 이 법이 다소 달라지기는 했지만, 오늘날의 자유스러운 희곡 형태와 비교하면 엄한 작법이요, 문법이었다.

전형적인 그리스 비극은 우선 프롤로그(prologue)로부터 시작한다. 통상 한 인물이 나타나 앞으로 시작될 극의 상황과 등장할 인물들에 대한 개요를 알려 주는 과정이다. 프롤로그 다음에는 파로도스(parodos)라는 부분이다. 보통 15명쯤으로 구성된 코로스가 노래를 하며 오케스트라로 입장하는 과정을 말한다. 여기서 코로스 멤버들은 노래는 물론 춤도 추며, 사건의 해설자로 관객의 의견을 말하는 역할도 한다. 가끔 코로스는 두 개의 조로 나누어진다. 그들의 노래와 춤이 끝난 뒤에도 코로스는 극이 끝날 때까지 오케스트라에 머물러 있기도 한다.

그 다음에는 에피소드(episode)가 따른다. 현대극의 막과 동일한 것이어서 이제부터 이야기가 시작되는 것이다. 여기서는 '대사'가 이야기되지만, 세 인물은 초과하지 않는 것이 보통이다. 이 이야기하는, 즉 대사의 과정 다음에는 합창 부분인 스타시몬(stasimon)이 따른다. 이것이 극의 주요 부분으로서 에피소드와 스타시몬이 교대로 이루어지는데, 보통 넷 또는 다섯 개의 에피소드와 스타시몬이 교대됨으로써 극의 가장 중요한 이야기가 끝난다. 가끔 스타시몬 대신에 코무스(commus)라는 수법도 쓰인다. 이것은 배우 혼자서 또는 등장한 배우들과 코로스의 합창을 말한다. 이렇게 에피소드와 스타시몬이 너덧 차례 교대된 후에는 엑소도스(exodos)라는 종막 부분이 나온다. 관객들이 보는 가운데 스케네 양쪽 출입로 파로도스를 따라 코로스가 퇴장하는 과정을 말한다. 그리스 희극에서도 아곤(agon)의 과정이 다소 복잡하나, 비극의 경우와 대체로 같은 수법을 쓴다.

코로스와 그 역할에 대해서는 이미 부분적으로 언급했지만,

이 기회에 정리해 보면 첫째, 시의 아름다움과 무용미를 발휘했으며 둘째, 극의 주제와 분위기를 설명했고 셋째, 극도로 고조된 긴장감을 풀어 주었으며 넷째, 경우에 따라 고민하는 또는 무모한 행동을 꿈꾸는 극중 인물에게 솔직하게 충언과 조언을 주었고, 끝으로 진행되는 극의 배경 또는 장치 역할을 해 왔다.

현대극 작가 중에서도 그리스 시대의 이러한 코로스의 역할을 그들의 극에 적용시켜 성공한 사람이 많다. T.S. 엘리엇을 비롯해서 아서 밀러, 유진 오닐 같은 현대 작가의 경우에서 특히 이런 면을 찾아볼 수 있다.

그리스 시극의 이론과 특징

그리스 비극에 대한 이론과 오늘날 '정통적 비극'을 주장하는 사람들의 이론의 근거를 아리스토텔레스의 『시학』에서 들 수 있다. 특히 제6장에서 그는 비극의 정의를 이렇게 말한다.

> 그러기 때문에 비극은 진지하고 완전하고 또, 그 자체에 위엄이 있는 행동의 모방인 것이다. 알맞은 장식에 의한 말로 묘사되고, 각종의 장식은 따로 거기 알맞은 부분에 삽입된다. 비극은 서술로써가 아니라 배우가 행동으로써 나타내는 형태이며, 공포와 애련의 감정을 일으키는 사건으로, 이를 통해 이와 흡사한 감정의 정화를 하는 데 그 목적이 있다.

즉 비극은 첫째로, 대상은 진지한 행동의 모방이어야 하며, 이 행동은 크기와 내용에서 그 자체가 완전해야 한다는 것이다. 은행의 돈을 훔치려는 도둑들의 행동이나 유부녀를 유혹하려는 파렴치한 자들의 행동을 모방하는 것이 아니라, 좀더 차원이 높고 고상한 행동의 모방이어야 한다. 또한 그 행동이 한 부분만을 나타내는 것이 아니라 그 자체가 완벽을 기하여야 한다. 둘째로, 그 수단으로는 리듬, 언어, 멜로디를 써야 한다. 그리스의 극은 근본적으로 시극이며, 대사와 합창이 교대로 나온다. 셋째, 그 방법은 말로 하는 것이 아니라 직접 행동으로 표시되어야 한다. 한 사건, 한 인물을 서술하는 것이 아니라 배우가 무대 또는 오케스트라에 나와 직접 행동으로 표시해야 한다는 주장이다. 넷째로, 그 목적은 공포와 애련의 정을 일으키고, 이 감정을 정화시키는 데 있다.

이 넷째 번의 비극의 목적에 관해서는 아리스토텔레스는 그의 스승인 플라톤과 정반대의 입장에 서 있다. '공포' 란 극중 인물이 당하는 어떤 파괴적인 재난에서 느끼는 불안한 고통감을 말하는 것이요, '애련의 정' 이란 극중 인물이 이 파괴적 재난을 입고 번민하는 모습을 보고 느끼는 고통감을 말하는 것이다. 이상국을 염두에 두고, 이러한 파토스적 요소를 거부해 온 플라톤은 그가 생각한 이상국에 비극 작가가 들어올 자격이 없다고 했다. 이상국이란 '실재' 의 세계를 말한다. 우리가 살고 있는 이 세계란 '실재' 의 그림자에 불과하다. 이 그림자 같은 현실에서 실재의 세계로 들어가기 위해서는 모든 격한 감정을 억제하고 고상하고 평정한 이성, 즉 플라톤이 말하는 에토스를 통해 들어갈 수 있다. 연극은 모방이라고 한다. 다시 말하면 실재의 그림자를 모방한다는 것이다. 그림자를 모방함으로써 인간은 실재의 세계로부터 이중, 삼중으로 거리가 떨어져 나간다. 이리하여 플라톤은 연극을 부정하고, 연극의 목적인 공포와 애련의 감정을 가장 위험한 것이라고 규정하기에 이르렀다.

이에 반해 행동적인 아리스토텔레스는 좀더 적극적이어서 이열치열 격으로 비극이 우리의 감정을 흥분시키는 것은 오히려 이를 진정시키기 위해서라고 주장한다. 인간은 일상생활을 통해 항시 고통을 느낀다. 이 고통감, 즉 공포와 애련의 감정이 우리 마음속 깊이 쌓여 있다. 이 쌓이고 쌓인 불쾌한 감정을 발산시키기 위해서는 좀더 큰 고통감을 불러일으켜 응결된 감정에 자극을 가해야 한다. 그리하여 우리는 더욱더 맑고 시원한 심경을 갖게 된다. 이러한 감정의 정화를 카타르시스(Catharsis)라고 한다. 비극이야말로 이 카타르시스 작용을 일으키는 데 가장 좋은 방법이 된다는 것이다.

아리스토텔레스에 의하면 연극에서 모방의 대상이 될 인물에는 세 가지 형태가 있다. 첫째, 보통 인간보다 나은 인간을 모방하는 것이 이상적인 형태이다. 둘째, 보통 인간을 모방하는 것인데, 이 경우엔 리얼리즘 극이 생길 것이다. 셋째, 보통 인간보다 못한 인간을 모방하는 것이다.

아리스토텔레스는 비극을 구상하는 요소로서 다음 여섯 가지를 들고 있다. 참고로 영어로도 표현한다.

1) 장관(spectacle)

2) 음악(music)

3) 말(diction)

4) 인물의 성격(character)

5) 사상(thought)

6) 이야기 줄거리의 구상(plot)

이 여섯 가지 요소 중에서 가장 중요한 것이 '구상'과 '인물의 성격'이요, 다음이 '사상', '말', '음악', '장관'의 순서로 이어진다. 장관이란 무대장치와 의상, 그리고 관객의 시각을 만족시켜 주는 요소를 말하는데, 아리스토텔레스는 이것을 맨 끝에 묶어 두었다. 이 요소가 없어도 비극이 가능하다는 말로도 바꿀 수 있다. 오늘날의 무대 미술가들에게는 퍽 불쾌한 논법 같지만, 당시의 극장 구조와 사정을 생각하면 수긍이 가는 말이다. 밤에 하는 공연이 아니라 아침과 낮에 축연이 있었고, 야외극장에서 관객과 상당한 거리를 두고 이루어지는 공연이라 아름답고 환상적인 장치며, 화려한 의상이란 있을 수가 없다.

음악의 경우도 마찬가지다. 아리스토텔레스가, 모든 그리스 사람이 일상생활에서도 빼놓을 수 없이 즐겨하는 음악을 비극에서 그리 중요하지 않다고 생각한 이유는, 그리스 극이 시로 되어 있으며 합창으로 되어 있어 음악과 밀접한 관계가 있으나, 이 합창은 오늘날 우리가 생각하는 합창이 아니라 시를 합동으로 읽으면서 어미며 중요한 말에 악센트를 주는 데 그쳤기 때문이다. 워낙 야외극장이 넓고 규모가 크기 때문에 악기며 성악을 통한 공연은 불가능했다.

아리스토텔레스가 가장 중요한 요소를 인물의 성격과 줄거리의 구상에 둔 것은 오늘날 보아도 퍽 타당한 일이다. 한 극에 나오는 인물들, 이를테면 오이디푸스 왕, 엘렉트라, 메디아 같은 성격이 뚜렷한 인물의 창조가 중요함은 물론이요, 작품 「오이디푸스 왕」이 갖고 있는 복잡하면서도 빈틈없이 짜여 있는 줄거리의 구성이 극의 생명이 됨은 두말할 필요도 없다. 그러나 이 두 가지 중요한 요소 중에서 가장 중요한 것은 플롯, 즉 줄거리의 구상이다.

헨릭 입센의 「인형의 집」을 계기로 한, 근대극의 특징은 오히려 성격 위주의 극이라 해도 과언이 아니다. 이 극은 주인공 노라라는 한 여성의 성격 변천사이기도 하다. 오늘날의 반극 또는 서사극의 경우, 19세기 말엽에서 20세기 중엽에 이르는 사실주의에서는 플롯보다 인물, 성격에 더욱 큰 비중을 두고 있다. 그러나 아리스토텔레스는 플롯이 더욱 중요하다고 보았다. 그가 즐겨 예문으로 열거하는 소포클레스의 「오이디푸스 왕」을 읽으면 플롯이 얼마나 큰 비중을 차지할 수 있는지 수긍이 가지만, 무엇보다도 그가 플롯의 중요성을 강조한 원인은 당시 극장이 갖는 불가피한 사정 때문이라고 하겠다. 첫째, 관객과 연기자가 서 있는 장소와의 거리 때문이다. 관객에게 감춤 없이 드러낼 수 있는 얼굴, 그 표정이 없이는 제아무리 훌륭한 연기자일지라도 극중 인물의 성격을 부각시킬 수 없다. 당시 배우들은 너무나 큰 거대감, 너무나 많은 관객수 때문에 가면을 써야만 했다.

가면을 쓴 배우가 자기가 맡은 극중 인물의 성격을 나타내기란 여간 힘든 것이 아니다. 이렇게 생각하면 아리스토텔레스의 주장이 이해된다. 또한 그리스 비극 내용을 관객이 사전에 알고 있다. 신화나 전설 속에 나오는 인물들의 이야기를 펼쳐 놓은 것이 그리스 비극이다. 이야기 속의 인물들이 관객의 마음과 가깝기 때문에 새삼 그들의 성격에 대한 관심이 생기는 것이 아니다. 마음속의 영웅들이나 신이 어떠한 행동을 하는가에 더 큰 관심이 있었다.

아리스토텔레스에 의하면 훌륭한 플롯, 즉 구상이란 이야기 자체가 완전무결하며 시작, 본론, 결론이 있어야 한다. 너무 짧아서도 길어서도 안 된다. 관객의 단 한 번의 기억으로 각 부분은 물론, 그 이야기의 전체 통일성을 정리할 수 있어야 한다. 또한 이 통일된 이야기 속에서 주인공의 운명이 완전히 반대 방향으로 변해야 함은 물론이다. 극중의 각기 독립된 사건들이 중심 주제하에 서로 연관성 있게 배열되어야 한다.

플롯에는 단일 플롯과 복합 플롯이 있는데, 양자 중 복합 플롯이 상위에 선다. 아리스토텔레스의 복합 플롯이란 세 가지 요소 '반전', '발견', '고통' 을 갖고 있는 것을 말한다. 반전(peripety)이란 예상했던 일과는 반대의 현상이 일어날 때 생기는 변화를 말한다. 즉 필연적인 결과로 알고 있던 사실과는 너무나 반대의 상황에 있는 사건이 일어나는 경우이다. 발견(anagnorisis)이란 무식에서 지식으로, 사랑에서 증오로, 부자가 가난뱅이로 변하고, 이로 말미암아 공포와 애련의 정을 일으켜야 하는 것이다. 물론 반전의 과정을 통해 새 사실이 발견되는 경우가 많다. 고통이란 '비극에는 살인, 고문, 부상 등 감각적으로 자극을 주는 요소가 있어야 한다.' 는 사실을 말한다.

그러기에 아리스토텔레스가 말하는 최상의 플롯이란 복합 플롯에다 공포와 애련의 정을 일으킬 수 있는 것을 말한다. 그러나 비극의 종말은 가능한 한 '단순한 불행' 으로 끝나야 하며, 착한 자에게는 행복을, 악한 자에게는 불행을 주는 이중 종말은 그 격이 떨어지는 것이라고 본다. 공포와 애련의 정을 일으키는 방법에서도 플롯 자체에 의한 것이어야 하며, 무대 효과, 즉 돌발적인 기후, 지진, 폭풍, 번개 등의 간편한 수단을 써서는 예술적인 극이 될 수 없다. 잘 짜인 플롯에 의해 이야기가 진행되어 종말에 가까워졌을 때, 주인공이 원수에게 복수를 가할 찰나, 그 원수가 자기와 혈친 관계에 있음을 발견하여 순식간에 불행에 떨어진다는 류의 이야기가 그리스 비극에 많이 나타나는 이유가 이해된다. 아리스토텔레스는 이러한 반전과 발견이 내포된 플롯을 제일 좋아했다.

아리스토텔레스는 비극의 주인공이 될 수 있는 인간을 다음과 같이 규정한다. 첫째, 주인공은 행복에서 불행으로 떨어져야 한다. 그러나 절대 불행에서 행복으로 변해서는 안 된다. 둘째, 주인공은 완전무결한 인격자가 되어서는 안 된다. 비극의 씨를 잉태할 수 없기 때문에 이러한 인물에서 공포와 애련의 정을 자아낼 만한 요소를 발견할 수 없다. 셋째, 주인공의 몰락은 부덕과 천박한 욕망에 기인되어서는 안 된다. 단순히 권력이나 금전에 굶주리거나 타락한 행위가 자아내는 결과로 몰락하는 것이 아니라 좀더 차원이 높은 목적을 위해 일하는 과정에서 몰락해야 한다. 즉, 주인공의 몰락은 그가 숙명적으로 지니고 있는 '비극적 결함'과 '판단에 있어서의 오류'에 의해 이뤄져야 한다. 넷째, 주인공의 신분은 일반 서민이 아니라 고귀한 가문의 일원이어야 한다. 그리스 비극의 주인공들이 대개 왕가 출신이나 장군 또는 제신인 이유도 이런 데 원인이 있다. 셰익스피어의 작품에도 아리스토텔레스의 이 주장은 여전히 반영되어 있다. '고상한' 비극의 주인공들이 무대에서 '평범한' 주인공과 교대된 것은 근대극 이후의 일이다. 아리스토텔레스는 평범한 인간이 몰락하는 것보다는 훌륭한 가문의 일원이 몰락하는 광경이 관객에게 더욱 큰 인상을 준다고 생각했다.

이러한 특징을 갖는 주인공들은 몰락 직전까지 그들의 죽음이나 몰락을 충분히 감지하면서도 있는 힘을 다해 '장해물'인 숙명이나 인간, 또는 제신과 투쟁한다. 죽는 순간까지 투쟁하는 인간의 모습처럼 위대한 것은 없다. 관객은 이러한 모습을 보고 인간이 동물과 결코 다르다는 것을 새삼 느껴 인간 생명의 위대함을 알게 된다. 그러나 관객에게 더욱더 큰 감명을 주는 것은 몰락 일보전, 또는 죽음 일보 전에 선 주인공이 '자기 인식'을 할 수 있는 능력이다. 자기의 과거를 알고 반성하는 초연한 입장에 서서 죽음을 향한다. 인간은 자기 자신을 알고 자기가 처해 있는 과거와 현재를 인식할 때, 최소한 인식 이전의 상태보다는 높은 차원에 임하게 된다. 이리하여 비극의 주인공은 좀더 훌륭한 정신을 갖고 종막을 장식한다. 이러한 고전적 비극을 보면 감상적인 멜로드라마와 달리 인간 생명의 존엄함과 그 생명의 영원함을 깨달아 관객들은 극장에 들어올 때보다는 생에 대한 의욕이 한층 높아져 극장 문을 나서게 된다.

길고 긴 연극사에서 참다운 비극의 시대는 그리스 비극 시대와 셰익스피어 비극 시대 두 번밖에 없었다고 한다. 그러나 이 두 시대에 비극이 전성했다는 데는 그만한 이유가 있다고 본다. 아이스킬로스나 소포클레스, 에우리피데스 같은 그리스 작가들 그리고 셰익스피어 같은 현대적인 작가가 우연히 생겼기 때문이라는 단순한 이유에 앞서 그들이 살고 있던 바로 그 시대에 그리스의 국력이 가장 강했고, 엘리자베스 왕조가 영국 사상 가장 융성했다는 사실을 묵과해서는 안 된다. 나라가 성했기 때문에 그 국민들은 스스로를 자랑했고, 인간 개개인의 생명이 존엄하고 귀중하다는 사실을 지각했기에 그와 같은 비극이 나올 수 있었다고 믿고 싶다.

비극은 우리가 더 좋은 인간이 될 수 있다는 가능성과 자신을 준다. 생명이 귀중함을 입증해 준다. 인간의 생명이 파리 떼처럼 무력하고, 돼지처럼 천대받는 사회에서 아리스토텔레스가 말하는 비극이 나올 리는 만무하다.

그리스 희극의 발생에 대해서는 이미 언급한 바 있다. 당시의 대표적인 희극 작가로 아리스토파네스(Aristophanes)와 메난드로스(Menandros)를 들 수 있다. 아리스토파네스를 '구희극'의 대표적인 작가요, 메난드로스를 '신희극'의 작가라고 부른다. 아리스토파네스의 구희극의 특징은 첫째, 환상적이며 비현실적이다. 둘째, 그 플롯이 비극 작가나, 그의 후배인 메난드로스처럼 앞뒤가 빈틈없이 짜인 것이 아니라 퍽 이완되어 있으며, 거칠고 논리를 어느 정도 무시한 소극의 요소를 갖고 있다. 셋째, 그의 극이 조잡한 인상마저 주며, 상스러운 대사와 사건을 거침없이 내세웠고, 넷째, 주제라는 것이 있다면 당시의 정치, 사회, 도덕 여러 면에 걸친 시대성 있는 문제를 들고 나와 이를 비꼬았다. 전체적인 인상이 오히려 시와 음악을 겸한 유쾌한 오페라 같은 것이었다.

구희극의 구성을 보면 첫 장면이 비극의 경우와 마찬가지로 프롤로그로서 주인공이 유쾌한 생각을 말해 주는 과정이고, 다음이 코로스가 입장하는 파로도스의 과정, 이것이 끝나면 아곤

(agon)이라는 단계에 이른다. 이것은 주인공과 반대자와의 사이에 '유쾌한 생각'에 대한 심한 토론을 하는 장면인데, 늘 반대 측에 선 사람이 패배한다. 이것이 끝나면 코로스가 관객 앞에 나와 주인공의 생각에 대해 관객에게 직접 말한다. 이 단계를 파라바시스(parabasis)라고 한다. 맨 끝이 비극의 경우와 마찬가지로 에피소드인데 여기서는 토론을 통해 얻어진 '생각'을 실제 어떤 사건에 적용하는 것으로 끝난다.

아리스토파네스의 후배요, 불행히도 익사한 메난드로스는 100여 개의 희극을 썼다. '신희극'을 대표하는 메난드로스 작품의 형식과 내용은 그의 선배의 '구희극'과는 상당한 차이가 있다. 그는 플롯이 재치 있고 짜임새 있게 구성된, 전체적으로 통일성 있는 작품을 썼다. 너무나도 완전하기 때문에 오히려 희극성이 결핍되는 결과를 자아낼 정도였다. 시대적 감각을 반영한다든가, 실존 인물을 비꼬는 일은 그와는 거의 관계가 없었다. 그는 여러 종류의 인간을 마치 파노라마처럼 전개시켜 각자가 갖고 있는 '약점'을 보여 주었고 아리스토파네스와는 달리 '약점'이 서로 충돌할 때 생기는 희극적인 상황을 동정적인 눈으로 보았다.

이제 그리스의 연극과 현대 연극의 차이를 정리해 보겠다.

1) 그리스의 연극은 종교적인 의식을 겸했으며, 국가가 관여하는 범국민적 행사였다. 또한 교육의 장이요, 서로 모여 극을 보며 친화와 단결력을 키우고 당시에 싹트기 시작했던 민주주의 정신의

모태의 구실도 했다.

2) 연극의 내용이며 인물이 관객들이 잘 알고 있는 신화나 전설에 근거를 두었기 때문에 관객들은 인물이나 내용에 흥미를 갖는 것보다는 오히려 그 교훈과 '극적 아이러니'에 관심을 가지고 있었다.

3) 고전주의의 중요한 특징인 삼일치법을 지켰다. 즉 모든 극이 한 가지 사건, 행동을 취급했으며, 사건이 일어나는 장소는 동일한 곳, 그리고 모든 사건은 하루 사이에 끝나야 한다는 법을 극소수의 경우를 제하고는 대개 따랐다.

4) 관객 앞에서 살인, 고문 또는 피비린내 나는 격투 같은 장면은 전개하지 않았고, 이런 모든 사건은 무대 밖에서 일어나게 했으며, '사자'를 통해 관객에게 보고하는 형식을 취했다.

5) 사부극 또는 삼부극을 제한된 시간 내에 공연하는 관계상 대개의 극이 짧다. 긴 것도 불과 1,700행 정도이며, 짧은 것은 900행짜리도 있다.

6) 중간 휴식 시간이 없이 공연되었다.

7) 출연 배우수가 최대 세 명으로, 이들이 일고여덟 개의 역할을 맡았다.

8) 모든 극이 시극이었다.

그리스 극 공연의 문제점

한국에서 가끔 공연되는 셰익스피어 극을 보면 셰익스피어가 한

없이 불쌍하게 느껴진다. 셰익스피어 극이 갖는 생명이 없어지고 혈통 불명의 추한 모습만이 무대를 헤맨다. 그리스 극 공연에 있어서는 더욱 한심스럽다. 공연도 거의 없겠지만, 간혹 선을 보이는 「오이디푸스 왕」이나 「메디아」 또한 감격도 재미도 줄 수 없는 따분한 무대만을 보여 준다.

이화여대에서 개교 80년 기념 축하 공연 작품으로 「트로이의 여인들」을 골라 국립극장에서 공연한 일이 있다. 본래 필자는 번역을 부탁받았지만, 과거의 그 어떤 그리스 극 공연을 보고도 실망을 느꼈던 경험에 비추어, 차라리 여학생들에게 알맞게 각색을 하면 어떤가 하고 제의해 보았다. 주최 측의 동의를 얻어 인물을 몇 개 없애고 항상 문제가 되는 코로스의 처리도 간결하게 하여 미니판 「트로이의 여인들」을 만들어 놓았다. 본래 아마추어 학생들, 특히 여학생들만이 나오는 무대를 의식하고 부탁받은 극이라 출연자들의 능력에 맞아 공연은 순조롭고 재미가 있던 것으로 기억한다. 그러나 번역과 각색을 맡은 필자의 마음은 여간 불안하고 죄송스러운 것이 아니었다. 재미있는 공연이었지만, 그리스 극하고는 상당히 거리가 있었기 때문이다.

연극을 구성하는 가장 중요한 요소로 작가와 배우, 관객 이렇게 세 가지를 든다. 이 세 가지 요소가 혼연일체가 될 때, 비로소 옳은 의미의 연극이 된다. 그러나 가끔 상극적인 관계에 설 수도 있다.

어느 시대의 연극이건 그것이 가장 융성했을 때를 보면 작가와 배우, 관객이라는 삼자가 이상적으로 융합되었을 경우를 말한다. 이 삼자란 좀더 크게 말해 당시의 시대정신, 무대연기와 미술, 국민이라고 말할 수 있다. 이 세 가지가 서로 돕고 한 덩어리가 되었을 때, 참다운 연극, 오락의 경지를 넘은 고차원의 연극을 기대할 수 있다. 이 삼자가 잘 융합된 예를 그리스 연극과 셰익스피어 연극에서 찾아볼 수 있다.

그러나 당시 그처럼 극치를 이루었던 그리스 극도 오늘날에 와서는 그 공연 성과가 위태롭다. 이것은 우리나라 그리스 극에서만 문제되는 것이 아니라, 유럽·미국 극계에서는 물론 본고장인 그리스에서도 마찬가지다. 그리스에서 2,500년 전의 극작가들의 작품 공연을 몇 개 보았다. 코로스의 처리는 물론 연기는 재미있었지만, 옛날하고는 그 공연에 있어 상당한 차이가 있었다. 어떤 공연에서는 캔버스로 만든 장치도 나왔다. 가면이 사라졌음은 물론이다.

"글쎄요, 우리는 조상을 위한 제사로 생각하고 보니까요."

같이 연극을 본 어떤 그리스 관객의 말이 생각난다. 싫건 좋건 우리의 찬란했던 옛 예술이니까 하는 '의무감'이 앞선 관객의 솔직한 마음일는지 모른다.

문화적 전통이 같은 유럽과 미국에서도 그리스 극에 대해서는 아직도 여러 가지 문제가 남아 있으니, 우리나라에서는 그 공연이 더욱 힘들다. 우선 작가의 세계가 우리 관객의 상식과는 굉장한 거리에 있으며, 특히 시로 된 대사가 우리말로 옮겨졌을 때,

언어가 갖는 아름다움이나 장엄한 느낌이 대부분 사라진다. 당시의 극장 사정으로 보아 불가피했던 연기면에서의 과장된 표현이 리얼리즘 연극과 속도 있는 연극에만 낯익은 우리 관객들에게 그대로 받아들여질 수는 없다.

그리스 극에서는 가면을 써야만 했다. 거대한 야외극장이고 가면도 우리가 상식적으로 아는 크기가 아니라 보통 사람 안면의 배 이상쯤 되는 것을 써야만 관객이 가면이 갖는 표정을 알아볼 수 있었다. 이 가면에는 오늘날의 메가폰 같은 확성장치도 달아 놓았다. 사람의 키며 폭을 크게 하기 위해 특수한 신을 신고, 머리에는 '온코스'라는 특수 가발도 붙이고, 이 커진 외관에 위신을 주고자 배우들은 폭과 길이가 큰 의상을 걸치고 무대에 나왔다. 왜소한 느낌은 방지했지만 대신 동작이 느려졌다. 그리스 극장에 장치가 거의 없었음은 물론이다. 무엇보다도 중요한 것은 코로스의 문제다.

오늘날의 연극에서 코로스란, 작가가 관객에게 자신의 말을 하기 위한 방편이 아니면 연기자 중의 하나가 관객에게 극중 인물 또는 어떤 상황을 설명하는 방편으로밖에는 쓰이지 않지만 그리스 극에서는 코로스가 극중 인물이 되는 특수한 역할을 갖고 있었다. 같은 그리스 작가들이지만, 코로스의 처리 방법이 시대에 따라 점차 변모했다. 아이스킬로스의 「구원을 바라는 여인들」이라는 작품에는 코로스의 대사와 동작이 전체 극 길이의 5분의 3 이상을 차지한다. 대체로 이 작가의 작품은 「결박당한 프로메테우스」를 제외하고는 코로스가 작품의 반 이상을 차지한다. 그러나 이처럼 코로스에 비중을 많이 두었던 그리스 극도 소포클레스를 거쳐 에우리피데스에 이르면 코로스가 전체 작품 길이의 7분의 1 정도로 대폭 줄어들었다. 본래 코로스가 지니고 있던 종교적인 역할이 점차 희박해졌다. 법률처럼 되어 있던 그리스 극에서 코로스의 존재는 에우리피데스 이후의 그리스 희극 작가들에게는 오히려 인체에 붙어 다니는 맹장처럼 귀찮은 존재가 되었는지도 모른다. 그저 막간을 채우는 합창 또는 무용의 구실밖에 못하게 되었다. 이것이 로마 극에 이르러서는, 특히 세네카의 비극 같은 것을 보면, 코로스는 존재하지만 완전한 장식품 구실밖에 못하게 된다.

그리스 극이 형성될 때의 과정을 보면, 합창단이란 다름 아닌 관객 자신들이었음을 알 수 있다. 본래 관객이라는 것은 없었다. 그리스 극은 노래하고 춤추는 관객들의 모임에서 시작되었다. 노래하고 춤추는 사람 즉, 관객이 무리를 짓고 마을을 돌아다니다 서로 만나면 노래를 주고받았다. 이때 그들은 코로스의 지휘자를 선정하고, 이 사람으로 하여금 노래나 무용의 지휘 또는 다른 무리와의 합창을 관장케 하였다. 이 지휘자들이 곧 배우로 변하게 되었다. 따라서 관객이 곧 합창단이요, 배우를 겸했다. 아이스킬로스가 처음 극을 쓰기 시작할 때는 이러한 특수 상황에서였다. 코로스의 역할이 어떤 단일 인물의 역할을 능가할 만큼 비중이 큰 이유도 이런 데 있다. 그리스 극이 오늘날 우리가 알 수 있는 것과 같은 특수한 형태로 발전한 이유도 이런 데 있다. 다시 말하면 연극의 3대 요소라고 할 작가, 배우, 관객이 하나로 융해된 극이었다.

그러나 이 같은 그리스 극도 오래가지 못했다. 작가와 배우는 중간에 관객이라는 캐스팅 보트를 두고 시대에 따라 서로 부침浮沈을 교대하는 법이다. 작가의 힘이 커지면 위대한 희곡 문학이 탄생하고, 배우의 힘이 커지면 위대한 무대예술이 탄생하고 역사적인 배우가 탄생한다. 관객은 이 양쪽에 대해 간접적이기는 하나 큰 영향력을 발휘한다. 연극사란 관객을 사이에 둔 희곡 문학과 무대예술의 융합과 전쟁의 역사라고 해도 과언이 아니다. 현대는 무대예술이 희곡 문학에 비해 두드러지게 부각된 시대라고 본다. 이 시대에서 삼자가 혼연일치됐던 그리스 극을 공연하는 데 자연 문제가 생기게 마련이다.

로마 시대의 연극에 이르러 그리스 극이 세웠던 공연 전통은 무너지기 시작했다. 무엇보다도 무언극이 성행했다. '미므스' 또는 '판토 미므스'로 알려진 이 무언극에서 언어 표현 대신 몸짓으로 이야기를 꾸며 갔다. 사상과 시에 치중했던 그리스의 연극, 즉 사고적인 연극이 로마에 이르러서는 시각적인 연극으로 변해 버렸다. 따라서 배우술이 가장 큰 비중을 차지했으며, 보는 연극에 불가피한 무대와 그 장치가 웅장해지기 시작했다. 흔히 로마 연극을 타락한 연극의 본보기처럼 취급하지만, 연극 사상으로 볼 때, 로마 연극은 오늘날 '무대 예술의 형성'의 초기 현상이라고 보는 것이 타당할는지 모른다.

로마 사람들이 그리스 극을 외면한 것을 시발점으로 오랜 세월 동안 그리스 극은 읽히는 것으로 끝나고, 그 공연은 보기 힘들었다. 그리스 극의 형식은 셰익스피어를 비롯한 몇몇 유럽 극작가에게 지대한 영향을 주었지만, 그것이 정통적인 공연 방법에 따라 무대에 올려지는 일은 드물었다.

셰익스피어 이후 유럽 연극계는 시대적인 감각에서나 보는 연극의 재미로 보아서나 오히려 셰익스피어 극에 관심을 가졌기 때문에 그리스로부터 더욱 멀어지는 경향을 보여 왔다.

그러나 그리스 극이 오늘날처럼 유럽과 미국 극계에서 빈번이 공연된 적은 없을 것이다. 가까운 일본에도 그리스 극만을 공연하는 단체가 있을 정도다. 공연뿐만 아니라 숱한 현대극작가가 애써 그리스 극의 형식과 줄거리를 모방해서 희곡을 써냈다. 유진 오닐의 삼부작 『상복이 어울리는 엘렉트라』를 비롯해서 사르트르의 「파리 떼」, T.S. 엘리엇의 시극 「가족 재회」, 장 아누이의 「안티고네」 등 헤아릴 수 없을 정도로 수많은 현대판 그리스 극의 서자 격인 극들이 관객에게 호응을 받았다. 물론 이들 연극의 공연 방법이 현대 관객이 따를 수 있는 현대적 방법이기는 하겠지만, 관객들이 최소한 그리스 극에 대한 향수를 느끼고 있다는 말도 된다.

금세기를 과학의 시대요, 기술의 시대라고 부른다. 과학의 발달, 기술의 기하급수적인 향상은 연극에도 적잖은 영향을 미쳐

왔다. 요즈음처럼 무대가 화려해지고 기라성 같은 연기자들이 나온 예는 아마 연극 사상 찾아볼 수 없을 것이다. 그러나 무대에 도입된 무대 기술은 인간을 짓밟았다. 인간이 왜소해지고, 그 정신이 병들게 되었다. 희곡 문학이 기술에 눌려 질식할 지경에 이르렀다. 관객도 생각하는 관객에서 단순히 보는 관객으로 그 자리를 옮겼다. 화려한 무대는 있어도 문학은 자취를 감추었다. 이 양자의 계곡을 메우기 위한 여러 가지 실험이 있었다. 그러나 융합을 위한 실험은 아직까지 상극의 결과밖에 자아내지 못하고 있는 실정이다.

그렇지만 관객이 점차 무대 기술에 싫증을 느끼게 되고, 당사자인 배우들도 순박하고 청명한 옛 무대, 인간이 중심이 되고 정신이 중심 문제가 되는 옛 무대를 동경하게 되었다. 최근 갑작스럽게 그리스 극 부활운동이 퍼져 가는 이유도 이런 데 있는지 모른다. 어떠한 레퍼토리 극단이나 대학 극단의 공연을 보아도 그리스 극이 꼭 끼어 있다.

그리스 극의 공연을 대개 세 가지로 분류한다.

첫째, 공연 장소는 비록 실내이지만 당시의 공연을 그대로 되살리고자 하는 이른바 정통적 공연이다. 극 자체에 조금도 변경이 없이 옛 텍스트를 그대로 쓴다. 전원이 가면을 쓴다. 게다가 그리스의 옛 배우들이 입던 것과 똑같은 의상을 입으며, 무대는 거의 벌거벗은 채로 있다. 항상 두통거리인 코로스의 수도 옛 그대로다. 필자가 작년 미국 미네소타 주의 타이론 가드리 극장을 방문하였을 때, 가드리 경의 연출로 아이스킬로스의 삼부작 『오레스테이아』를 연습하고 있었는데, 의상당에서 공연 때 쓸 의상과 가면을 만들기에 진땀을 빼고 있었다. 가면, 의상 할 것 없이 보통 사람의 신장이나 폭을 배 정도로 확대시켜 보일 수 있게 만들고 있었다. 그리스 야외극장 그대로의 공연을 재연하고자 비교적 원전에 충실한 연극을 하고 있었다. 이들은 자기네들의 공연을 '정통적' 이라고 한다. 그러나 이 공연이 학문적인 의의와 유물 보존이라는 면에서 볼 때 가치가 있겠지만, 현대 관객에게는 잠시 호기심을 일으킬 뿐 극적인 재미를 아직껏 충분히 제공하지 못하고 있다. 특히 극 전체의 5분의 3 정도나 차지하는 코로스의 대사, 노래에 지루함을 느끼지 않을 수 없다. 앞서 말한 것처럼 옛 그리스 극에서는 관객이 참여했었다. 그러나 근세의 연극에서는 관객이 지켜보는 데 그친다. 극의 내용, 사상과의 시간적인 거리, 소시민극에 익숙했기 때문에 일어나는 그리스 극중 인물(제신, 영웅, 제왕)들과의 거리감 - 가면을 쓰고 있기 때문에 더욱 그렇다. - 은 연극의 생명인 '친근감' 을 현대 관객에게 줄 수 없다는 단점도 내포하고 있다.

그러기 때문에 원전을 어느 정도 수정하는 한이 있어도 현대식 무대 공연에 알맞게 공연하고자 하는 두 번째의 공연 방법이 생겨난다. 코로스의 수는 물론 대사, 노래도 대폭 줄이고 그들에게 좀더 동적인 역할을 부여한다. 중요 인물들을 관객과 더욱더 친근한 위치에 놓기 위해 가면 없는 맨얼굴로 등장케 한다. 과장된, 양식화된 연기 대신 오히려 리얼한 속도가 가미된 연기를 강조한다. 그리스 정통 극에서 금물처럼 되어 있던 장치와 효과음향도 끌어들인다. 막에 익숙한 현대 관객의 심리를 생각하여 휴식 없이 공연된 그리스 극에 막을 붙이기도 한다. 그리스 극과 현대 생활의 연관을 강조하는 나머지 아리스토파네스의 「개구리」 공연에서는 출연자들에게 수영복을 입히고, 개구리 모양의 모형을 머리에 달고 수영장에서 공연을 한 극단도 있었다.

시대감각이 다르고 연기술에 큰 차이가 있고 무대가 판이하며, 무엇보다도 관객이 다른 당시의 그리스 극을 오늘날의 관객이 이해하고 즐길 수 있는 것으로 만들기 위한 이와 같은 노력이 어느 정도 성공은 하고 있지만, 현대 관객을 지나치게 의식한 나머지 본래의 그리스 극의 본질(136~147쪽 참조)을 왜곡하는 실험도 있다. 그리스 극작가들을 천재라고 하는 이유가 많겠지만, 그들의 최대 강점은 고전주의 작품의 특징인 불필요한 수식이나 대사의 삽입을 허용 않고 희곡을 완전무결하게 압축할 수 있는 능력이 있었다는 것이다. 즉 그들의 극에는 필요 없는 부분이 없다. 주옥같은 대사와 긴박한 사건으로 일관되어 있다. 삭제할 부분이 없다는 말이다. 그리스 극이 짧다는 것은 그만큼 모든 내용이 압축되어 있다는 말이다.

오늘날의 무대 예술인들이 현대 관객의 구미에 영합하는 나머지 그리스 극이 갖는 가장 중요한 요소에 난도질하는 경우가 가끔 있다. 그리하여 관객은 그리스 극의 완전한 모습을 못 보고 난

도당한 토막 난 사체를 볼 뿐이다.

그리스 시극이 기본 구조가 다른 우리말로 옮겨져 공연될 때는 손상될 위험성이 더욱 크다. 번역 자체에서 이미 시가 갖는 아름다움을 잃게 되고, 번역이 본문의 길이보다 길어질 수밖에 없는 언어석인 차이는 벌써 지루한 공연이 될 것이라는 징조를 말해 준다. 여기에 그리스와 우리의 전설과 세계의 차이 때문에 관객은 적잖은 부담을 느끼게 된다. 자기네들의 신화를 토대로 해서 이루어진 극의 내용이라 우리 관객이 이해하기란 여간 힘든 것이 아니다. 한국에서 공연되는 그리스 극은 고작해야 두 개 정도이다. 「오이디푸스 왕」과 「메디아」일 것이다. 그러나 이 작품을 공연하는 당사자들은 그리스 극을 공연한다는 것이 아니고 오이디푸스 왕과 메디아라는 인물만을 부각시키는 데 신경을 쓸 뿐이다. 코로스는 귀찮다. 긴 토론도 귀찮다. 그렇기 때문에 삭제해 버린다. 그리하여 오이디푸스에게만 모든 것을 집중한다. 신파식 조명, 음향 그리고 혈통 불명의 연기로 오이디푸스는 족보를 잃고 혈통을 상실한 역사극 중의 평범한 왕으로 그치고 만다. 관객은 그리스 극을 본 것이 아니라 국산 사극의 주인공과 같은 오이디푸스나 메디아를 보았을 뿐이다.

우리나라에서는 아직 아무도 시도한 적이 없지만, 우리에게도 가면이 있고 특수한 무용이 있다. 어쩌면 이 두 가지는 그리스 극 중의 가면과 무용하고 어떤 연관성이 있을지도 모른다. 이 방면의 연구와 실험을 통해 일찍이 찾지 못했던 새로운 그리스 극 공연의 가능성을 찾을 수도 있다.

세 번째 공연 방법으로 우리는 그리스 극의 완전 현대화를 들 수 있다. 고전을 현대화하는 노력이 셰익스피어 극 공연에 잘 나타나 있으며, 어느 정도 성공을 거두고 있다. 나치 군대 복장을 한 맥베스라든가, 칵테일 파티를 즐기고 있는 햄릿, 이브닝드레스를 걸치고 현대판 장군과 사랑하는 데스데모나 등이 유행처럼 성행하고 있다. 셰익스피어란 시간과 공간을 초월해서 오늘날의 관객과 호흡을 같이한다는 사실을 강조하기 위한 방법이다.

이러한 방법이 그리스 극 공연에도 적용된다. 메디아는 남편의 배반에 우는 평범한 가정주부로, 안티고네는 오빠를 잃은 가련한 프랑스 처녀로 그려진다. 웅장했던 의상과 시구가 평범한 드레스와 산문으로 바뀐다. 따라서 연기도 양식화된 것이 아니고 사실적으로 변했다.

그러나 여기에도 어려움이 있다. 그리스 극 중의 사상과 내용이 우리와도 쉽게 관계될 수 있다는 친밀감은 연출과 연기 여하에 따라 조성되겠지만, 그리스 극이 갖는 웅대하고 리드미컬한 요소는 거의 의식할 수 없게 된다. 특히 이러한 현대판 공연에서는 코로스를 단일 인물로 설정해 놓고, 작가와 관객을 연결 짓게 하는 불투명한 인물로 만들 수밖에 없다. 양손으로 자기의 가슴을 두드리며 신전에 매달려 호소하던 오레스테스가 술잔을 쥐고 칵테일 라운지에서 횡설수설하는 인물로 변한다. 심금을 울리던 웅장하고 아름다운 오이디푸스의 시구가 우리 안방에서 언제나

들을 수 있는 평범한 이야기로 변한다.

현대극이 타락한 원인이 산문을 대사로 택한 때문이라고 믿은 T.S.엘리엇은 시극을 시도했다. 그러나 사실에 근거를 둔 「사원에서의 살인」을 제외한 그의 극 대부분은 실제 무대에서 공연될 때에 이렇다 할 감명을 주지 못하고 있다. 우리와 같은 사람이 우리와 같은 분위기에서 살면서 이야기 대신 시로 말한다는 것이 관객에게는 납득이 안 간다. 시를 모를 정도로 현대 관객이 타락했기 때문이라고 말할 수도 있다. 오늘날의 시극 작가들이 모진 실험과 노력을 하면서도 관객을 흡수할 수 없는 원인이 바로 여기에 있다고 해도 과언이 아니다.

그리스 극을 현대화할 때 범하는 무대상의 실수도 틀림없이 여기에 있다. 그러기 때문에 그리스 극의 현대화 공연에서는 대사의 산문화, 인물 외관의 현대식 외관화에 그칠 것인가 하는 문제가 일어난다. 그리스 극의 현대화 공연을 일삼는 사람들을 '신전의 제물을 훔치는 사기한'이라고 혹평하는 사람이 있다.

우리나라에서 이와 같은 현대화 공연을 한다고 생각하자. 오늘날의 한국적 감각에 접근시키기 위해 등장인물들에게 한복을 입히고 무녀를 등장시켰을 때 관객의 반응은 어떠할까? 이러한 공연에서 관객이 느낄 수 있는 것은 왕왕 호기심에 그치는 수가 많다.

그리스 극 공연을 볼 때마다 실망했다는 어떤 미국의 극작가가 "레코드에 녹음된 그리스 극을 들으면 오히려 실감이 난다."

고 한 말이 기억난다. 옛날을 생각하며 눈을 감고 쥬디스 앤더슨 같은 명연기자가 읊는 메디아의 소리를 들으면 오히려 공연을 보는 것보다 낫다는 말이다.

그러나 연극은 보고 듣고 생각을 해야만 한다. 그간 숱한 공연이 있었고 실험이라는 이름 아래 여러 방법을 생각해 냈지만 관객이 "바로 이것이다!" 하고 무릎을 치며 감탄한 공연은 아마 손가락 안에 꼽힐 것이다.

옛 그리스와 정반대로 걷고 있는 오늘날의 시대정신, 여기서 옛날 그대로의 공연을 재현할 수 있겠지만, 그것이 어느 정도 감흥을 현대 관객에게 안겨 줄 수 있는지는 아직 의심의 여지가 있으며, 그렇다고 해서 현대 감각에 호소하기 위해 번안 또는 각색을 하면 오히려 그리스 극의 본질과 멀어진다는 모순을 안은 채 앞으로도 많은 실험이 되풀이될 줄로 안다.

요는 그리스 극의 본질을 정확히 파악하고, 좀더 구체적인 현대극과의 차이를 연구하고, 아울러 현대라는 특수한 시대에 사는 관객들의 의향을 인식하며 꾸준히 실험을 계속할 때, 현대의 그리스 극 공연이라는 과제가 어느 정도 해결될 수 있을 것이라 믿는다.

그리스 극의 재평가

차범석

1

서양 연극의 역사를 꿰뚫고 있는 두 개의 조류를 든다면, 하나는 그리스 극을 중심으로 하는 고대극이요, 다른 하나는 르네상스 이후의 근대극이다.

기원전 5세기경, 아테네를 중심으로 개화했던 그리스는 중세로 내려오면서 한때 그 자취를 감춘 시기가 있었다. 그러나 그리스 극이 지닌 형체와 정신은 면면히 계승되어 오늘날 현대극 중에서도 그 생명의 저류를 찾아볼 수 있다.

호메로스의 시정신이 서양 문학의 기원이자 하나의 지주를 이루듯 그리스 극이 서양 연극의 근원을 이루고 있음은 그 누구도 부인할 수 없는 사실이다. 따라서 오늘의 연극을 논하기 위해서는 그리스의 연극을 더듬게 된다. 현대 연극이 형성되기까지의 시간적 추이는 그리스 극의 진가를 상실한 듯한 인상이 없지 않다. 아니 어쩌면 이 시간의 장벽은 현대 연극이 하나의 독자성을 지니고 있고, 그것은 고대극과는 색다른 아무런 관계도 의미도 가지지 못한다고 속단할 수 있을 만큼 먼 거리에 갈라져 있을지도 모를 일이다.

그러나 앞서 말한 바와 같이 그리스 극의 원형은 오늘날 우리에게서 멀어지고 있으나 그 바탕이 되는 정신은 아직도 현대극의 구석구석에 남아 있으며, 지금도 꾸준히 그리스 극을 이식 또는 접목하는 작가의 작업을 발견할 수 있다. 그러므로 그리스 극과 현대극 사이에 가로놓인 시간적인 장벽은 멀고 높을지라도 오늘날 이 시점에서 우리가 채굴하거나 재발견할 수 있는 여지가 아직도 하나의 과제로 남아 있다.

현대극은 죽음 앞에서 부활의 요행을 바라고 있다고 볼 수 있다. 고대극에 비해서 무대상에 메커니즘을 도입시켜 좀더 다이내믹한 연극의 창조로 한때 숨을 돌렸던 시절도 있었다. 인간의 발견과 자아의 각성을 위해 신을 죽이려던 시절도 있었다. 연극의 바탕이 되는 희곡에서 불을 지르기 시작하여 연출과 배우술에 의해 극장 안을 하나의 생존의 전시장으로 변형시키기도 했다.

그러나 오늘의 연극은 과연 어디로 가고 있는 것일까? 어디쯤 가고 있는 것일까? 민중 속에서 싹터서 민중과 더불어 성장했고 민중에게 힘을 주던 그리스 극과 비교해서 얼마만큼 발달하였을까?

우리는 연극의 빈사瀕死를 인지하지 않을 수가 없다. 서양이건 동양이건 현대 연극이 새로운 활로를 찾기 위해 안간힘을 쓰고 있는 괴로운 몸부림을 볼 수가 있다. 연극은 어제도 오늘도 상연되고 있다. 지금도 내일도 끊이지 않고 호흡을 계속할 것이다.

그러나 우리는 무엇인가 새로운 연극을 희망하고 있다. 어쩌면 연극 본연의 자태를 그리워하고 있을지도 모를 일이다.

그렇다면 연극 본연의 자태란 무엇을 가리키고, 무엇을 뜻하는 것일까? 그것은 곧 연극의 기원이자 발상인 그리스 극까지 더듬어 올라가야 한다. 연극이 시작되었을 때의 소박한 형식과 열정적인 감격을 되찾아야 한다. 무대와 관객석이 혼연일치되는 경지를 되찾아야 한다. 그러기 위해서 그리스 극의 모습을 여기서 재평가할 의무와 필요를 느낀다.

2

그리스 극이 주신 디오니소스(Dionysos)를 모시는 제사의식에서 비롯되었음은 이미 주지하는 사실이다.

아테네를 중심으로 하는 아티카 지방에서 이 제사는 일 년 중 봄·겨울에 두 번 올려졌다. 봄에 올린 새 술통을 따는 축제는 디오니소스 찬미가로 일관되어, 여기에서 불린 합창이 곧 비극으로 발전한 데 비하여 희극은 초겨울에 첫 포도주를 짠 다음의 축하 행렬에서 불린 합창에 그 기원을 두고 있다. 따라서 그리스 극의 특질은 첫째 그 구조에 있으니, 극을 구성하는 외적 요소는 대화와 합창이었음을 확인하게 된다. 여기서 외적 요소란 극의 내용을 담은 희곡 이외의 구성 요소를 말한다. 극적 사건은 합창가의 삽입으로 몇 토막의 부분으로 나누어졌으니,

1) 파로도스(parodos)

2) 프롤로고스(prologos)

3) 엑소도스(exodos)

4) 스타시몬(stasimon)

5) 에페이소디온(epeisodion)

의 다섯 가지를 들 수 있다.

파로도스(parodos)란 합창단이 최초로 등장하면서 오케스트라에 줄지을 때 부르는 노래를 뜻한다. 파로도스가 불려진 다음에 비로소 극적인 사건이 시작되는 게 통례이며, 그 사건이 시작되기 직전에 불리는 노래가 바로 프롤로고스(prologos)이다. 현존하는 아이스킬로스 작품 중에는 이 프롤로고스가 없는 작품도 간혹 끼어 있으나 완성기의 그리스 극에는 예외 없이 프롤로고스가 삽입되어 있다. 이것은 전개되려는 사건에 대한 기대와 흥미를 환기시키는 데 그 목적이 있으며 대화 형식이나 독백으로 이루어지는 게 상례이다. 이것이 끝나면 합창단은 다시 노래를 부르며 퇴장하고, 이때의 합창이 엑소도스(exodos)이다. 그런데 이 엑소도스와 파로도스 사이의 사건 전개에서 배우들의 등장이 때때로 매듭을 짓게 되고, 배우들이 퇴장한다. 이 사이에 합창단이 부르는 노래를 스타시몬(stasimon)이라고 일컫는다. 어느 합창이건 극의 진행과 관련을 가진 내용으로 형성되었다.

그런데 에페이소디온(epeisodion)은 스타시몬에 의해 매듭지어진 중간 부분을 가리키는 것으로, 이는 배우와 배우 사이에 교환

되는 대화가 주체로 된다. 이 대화의 기교는 차츰 발전하여 주인공의 감정이 고조되었을 때는 상호 간에 각각 한 줄씩을 주고받았으니, 이런 방법은 후일 근대극에서도 때때로 응용되었다.

이상은 그리스 극의 구조에서의 외형적 관찰이다. 그러나 내용면에서 볼 때의 특질은 '삼일치법' 이다. 삼일치법이란, 사건이 단일적이며 시간과 장소가 통일되어야 한다는 그리스 극의 특질이다. 바꾸어 말해서 희곡은 단일한 장소에서 하루 낮밤 이내에 사건을 종결지어야 한다. 삼일치법은 후일 프랑스의 고전극 이론으로 적용된 바도 있으나, 예술작품으로서 관심을 통일 집중시키기 위해 극적인 사건이 분산되거나 복잡하지 않고 하나의 중심을 향해 통일되어야만 했던 점은 그리스 극의 특징임에 틀림없다. 그렇다고 그리스 극의 전부가 이 삼일치법에 통용되었던 것은 아니다. 예컨대 아이스킬로스의 작품 「시혜자施惠者」에서는 약간의 장소 전환이 필요했다. 근본적으로 장소의 획일성을 강조했던 것은 아니며, 다만 관객으로 하여금 무한한 공상력을 가지게 했을지도 모른다.

뿐만 아니라 시간성에서도 24시간을 고수하는 것이 아니라, 경우에 따라서는 사건의 경위를 며칠을 소용하는 작품도 있다. 그것은 현존하는 에우리피데스의 작품에도 남아 있으며, 합창단이 부르는 스타시몬 사이에 여러 시간 또는 여러 날이 경과되었다고 상상하게끔 되어 있다. 아무튼 그리스 극의 내용면의 구조가 삼일치법을 적용한 것은 사실이나 그것이 반드시 하나의 철칙은 아니었다는 점을 알 수 있다.

둘째로 그리스 극의 특질은 작품의 소재나 주제 면에서 찾아볼 수 있다. 그리스 극의 소재는 주로 신화와 전설에서 취해졌다. 호메로스의 2대 서사시를 비롯해서 그 아류 작가들의 이야기나 각 지방에 구전으로 전해진 전설 중에서 작품의 소재를 구했다. 따라서 여러 작가가 묘사한 작품 세계는 초인간적 존재와 범인凡人과의 초현실적인 교섭을 묘사한 것이며, 등장인물은 신 아니면 군왕 또는 영웅과 그 주변 인물들이었다. 특히 비극에서는 그런 특권층의 주변을 소재로 삼았으며, 그 문장은 모두가 운문이며, 실로 놀라울 만큼 풍부한 박자와 율동의 변화를 보이고 있다. 주인공이 고귀한 인물이며, 그 인물의 주변을 아름답게 그리기 위해서 산문보다는 운문이 더 적절한 표현이었을 수도 있다.

고귀한 주요 인물의 주위에는 유형적인 인물이 매우 적게 등장했다. 근대극에 비해서 그 수가 적을 뿐만 아니라 노복, 시녀, 심복 부하 중 몇 사람으로 한정되었다. 그 중에서도 사자라고 불리는 인물이 가장 특색이 있었다. 그리스 비극이면 어디서나 찾아볼 수 있는 사자는 그리스 극 특유의 인물로서, 무대 밖에서 생긴 사건을 무대 위에 나와서 관객에게 알리는 구실을 했다. 대개의 경우 사자의 대사는 길고 서사적이며, 극의 진행을 중도에 단절시키는 것 같은 경우도 있다. 뿐만 아니라 그와 같은 장면이 한 작품 가운데 2, 3회 되풀이되는 게 예사이기도 하다. 이와 같은 인물의 구사는 무대의 전환이 자유롭지 못했던 당시의 극장 조건을 보충하는 한 가지 방법이기도 했겠지만, 작가는 이 사자의 대사를 황홀하게 표현하는 데 전력을 기울임으로써 관객의 주목을 노리기도 했다.

끝으로 합창단이라는 집합적 등장인물이 있다. 원래 합창단은 작중인물과는 아무런 관계를 갖지 않은 방관자로 구성되어 있었다. 그러나 경우에 따라서 합창단은 극중 인물이나 객관적 방관자 가운데 그 어느 한쪽을 택한다기보다는 양쪽을 겸하는 경향을 가지게 되었다. 그러므로 합창단은 어느덧 극중 인물로서의 가치를 상실하고 도리어 작가의 대변인이라는 인상을 더 짙게 주었고, 궁극에 가서는 무의미한 존재로 변모해 버리기도 했다.

그리고 합창단은 한 단체를 구성하는 게 상례였으나, 경우에 따라서는 두 개로 갈라져서 상반된 의견을 교환하기도 했고, 때로는 중간에서 퇴장, 재등장하기도 했다.

여기서 그리스 극의 목적이 무엇인가를 짚고 넘어갈 필요가 있다. 그것은 바로 정의이기도 하고 관념이기도 하다. 아리스토텔레스는 『시학』 제6장에서 "비극의 효과는 공포와 애련에 의해 그것과 유사한 감정으로부터의 정화를 불러일으키는 데 있다."고 단적으로 정의를 내렸다. 짧게 추출된 이 정의는 실로 깊고도 많은 문제를 내포하고 있으며, 또한 해석 여하에 따라서 상반된 의미를 갖는다.

그러나 근본적으로 인간이 외계의 자극을 받게 되었을 때, 동정 또는 감동에 의해 정화작용을 일으키는 인간의 통성을 잘 나타낸 말이기도 하다. 그것은 곧 인간 본연의 욕구이기 때문이다. 따라서 아리스토텔레스가 정화설로 그리스 비극을 정의한 데는 그 누구도 반대하지 못할 것이다.

그리스 극이 근대극처럼 개인 대 개인의 갈등을 주제로 하지 않고 도리어 인간을 초인적 세력의 배경 앞에 부각시켜 그 운명을 묘사하려는 경향은 개성적인 인간 감정보다는 보편적 인간 감정에 직접 작용시키려던 목적이 뚜렷했음을 알 수 있다. 그러기에 그리스 비극에서 개인의 성격, 의지 따위는 문제가 아니다. 신, 자연, 운명 등의 포위 속에서 인간의 존재를 구명하려는 데 더 신경을 썼다. 따라서 비극을 통한 하나의 교훈과 훈몽이 의도되었던 것도 사실이며, 당시의 연극이 국가의 연중행사였다는 점과 상관되는 것을 간과할 수 없다.

3

이상으로 그리스 극이 가지는 특질을 그 구조와 내용과 목적에서 살펴보았다.

이와 같은 특성을 지닌 그리스 극이 2,000년이라는 시간의 흐름 속에서 어떻게 변형하였고, 어떻게 병폐와 고식姑息 속에서 시들고 있는가를 먼저 확인할 필요가 있다.

'현대극이 당면하는 위기가 있다면 어떻게 구원을 받아야 할 것인가', '그 구원이 과연 그리스 극에서 얼마만큼 얻어져야 할 것인가' 가 바로 이 졸고의 결론이기 때문이다.

인간의 내면을 파헤치는 작업은 이미 19세기에 들어서면서부터 활발하게 시작되었다. 19세기의 리얼리즘은 체계적인 철학이나 사회적인 인과율에 입각한 것이 아닌, 사건의 진상을 구명하고 기록하는 일이나 현상을 분류하는 것이었다. 그러나 근대극의 아버지라고 불리는 입센은 현대극을 이상과 결부시켰고, 사회의 불안을 폭로했고, 환경 속에서 번민하는 개인과 개인의 힘의 부조화를 그리는 데 성공했다. 따라서 입센의 출현은 곧 '연극과 사회' 라는 새로운 과제를 내놓았고, 그의 영향은 20세기 초엽까지도 계속되었다. 「인형의 집」에서의 여성의 각성도, 「유령」에서의 유전의 비극도 그것은 곧 하나의 사회과학과 연결되는 주장이자 호소이기도 하다.

그러나 오늘날 이와 같은 입센류의 연극을 우리는 무엇으로 대치하려 하고 있는가?

1890년대에 유럽의 각 도시에서는 '자유극장 운동' 이 연이어 일어났다. 앙뜨와느의 파리의 '자유극장', 베를린의 '자유무대', 런던의 '독립극장', 더블린의 '아비극장', 모스크바의 '예술좌' 등은 연극의 완전도와 사회적 기능으로서의 새로운 신념을 표명해 주었다. 직업 연극의 안이한 표현에서의 탈피와 반기는 곧 현대 연극의 개혁을 채찍질했고, 기존 상업주의 연극을 박차고 일어선 하나의 혁명이기도 했다. 그러나 이와 같은 운명은 앞서 말한 입센의 문학 사상의 강한 자극에서 비롯되었다.

그리고 유럽의 지식인을 사로잡았던 하나의 개혁 정신은 미국으로 건너갔으며, 1915년 프로빈스타운 극단, 워싱턴 스퀘어 극단 등이 거의 동시에 햇빛을 보게 되었고, 워싱턴 스퀘어 극단은 예술과 사업을 잘 조화시켜 1919년에 시어터 길드를 조직케 했다. 따라서 현대극이 직면한 기본적인 문제는 자각된 의지의 힘을 어떻게 무대 위에다 표현하느냐에 있었다. 그런데 이 시대의 작품 대부분은 분석과 폭로, 반항과 패배 그리고 우울과 자조에 싸인 염세관이 있을 뿐이었다.

유명한 염세주의자 쇼펜하우어는 정서 자체를 너무 강조한 탓으로 가장 심각한 염세주의에까지 다다랐다. 그는 말하기를, "존재코자 하는 의지, 생존코자 하는 의지는 이 세상의 모든 고민, 비참, 해독의 원인이다. 인생이란 존재하기 위한 어쩔 수 없는 고투요, 결국은 패배를 맛보지 않고는 못 견디는 고투에 불과하다……. 최후의 승리는 죽음뿐."이라고 주장했으며 "최상의 길은 의지를 완전히 부정하고 미적 생활에 빠지는 것"이라고까지 극단적으로 염세주의와 감상주의의 결합을 주창했다.

이와 같은 정신적인 취약성이나 비생산성은 인간의 이상심리나 비정상적인 편협심을 낳게 되고, 이와 같은 병적인 일면이 또한 20세기 전반에 들어서면서 연극의 세계가 되기도 한 것이다.

심리학이나 정신분석학과 결합한 현대극이 인간의 본질을 탐구하는 하나의 방편이 되었다. 그것은 철학에서 심리학으로 방향을 바꾼 현대극의 일면을 입증하는 것이기도 하다. 윌리엄 제임스가 1904년에 「의식은 존재하는가?(Does Consciousness Exist?)」라는 논문에서, "의식이란 이처럼 순수하게 투명 상태까지 기화한 이상 소멸 직전에 있다고 나는 믿는다. 그것은 비실재의 이름이요, 제일원리를 차지할 권리는 없다. 그러나 아직도 그것을 소중히 여기는 것은 단순한 메아리를 – 철학이라는 공중에 사라져 가는 영혼이 남긴 가냘픈 풍설 – 소중하게 간직하는 데 불과하다."고 했으니, 이의 영향을 받은 심리학 연구가들은 낭만적인 관념의 존재를 극구 부정하게 되었던 것이다.

여기서 현대 연극의 취약성과 병폐를 발견할 수 있다. 첫째로 현대극에는 꿈이 없다. 그것은 시라고 해도 좋고 낭만이라고 해도 좋다. 석양에 물든 대자연 속에서 생명의 약동이나 우주의 위대함을 느끼는 대신 한 포기 풀잎의 생명이 곧 인간의 전부인 양 느껴지는 비애가 앞서 있다. 본질적인 인간의 비애가 삶과 죽음, 아니 죽음보다 더 큰 사랑의 너그러움이기 전에 인간이 하나의 물질로 바꾸어지는 고갈된 삶의 비애가 있을 뿐이다. 그것은 자꾸만 위축되어 가는 한 곤충의 단말마 같은 몸부림과 다를 바가 없지 않은가? 우주로 통하고 영원한 인간상으로 통하는 크고 높고 거대한 생명의 희열도 공포와 애련에 휩싸여 죽음을 두려워하는 비극의 위대함을 잊고 있는 것이 아닐까? 애인의 권익, 개인의 사랑과 미움이 마치 통조림통 속에 담겨 있는 식품처럼 예쁘장하게 되었거나, 아니면 나뭇가지에 걸린 조화나 눈송이로

타락해 버린 현대인의 옹졸을 직감하게 된다.

여기서 다시 한 번 그리스 극에서 비극의 진미를 찾을 수 있다. 그것이 과학의 힘 앞에서는 약해질 수도 있고, 사회학의 밑에서는 오금을 못 쓰는 몇 가지 약점을 지니고 있는 것도 부인할 수 없는 사실이다.

그러나 적어도 그리스 극에서 몇 가지 새로운 특징을 발견할 수 있다.

첫째, 연극의 양식이다. 현대극은 이미 제한된 극장 건축 안에서, 그것도 무대와 관객이 각기 분리된 상태에서 서로가 적대시하고 있다. 관객은 배우를 감시하고, 배우는 관객의 눈치를 본다. 연극도 이미 예술이자 상품이 되어 버린 이상 그곳에도 그럴 만한 이유가 있을 것이다.

그러나 2,000년 전 광대한 야외극장에서 아테네 시민이 연극을 즐기고 배우와 합창단이 관객과 더불어 호흡하던 그 연극의 격식은 바로 우리의 부러움이기도 하다.

소박한 제사의식에서 시작된 그리스 극이 극장 예술이자 시민 축제의 한 분야로까지 발전한 과정은 물론 필요가 없다. 다만 연극이 시민의 생활 속에 완전히 녹아들었고, 또한 연극인의 생활의 전부를 차지했던 무대의식은 바로 연극의 극치요, 완전한 상태이기도 한 것이다.

오늘날 연극이 관객을 놓치고 있다는 경향은 세계적인 폐단이기도 하다. 그것을 극복하기 위해서 좀더 새로운 연극 형식을 찾아내려고 많은 사람이 노력을 기울였다. 요는 연극의 본령이 무대와 객석의 융화작용에 있고, 일희일비의 공감작용에 있다고 한다면 현대극은 저마다 연극을 사유화하려는 반동의 위기를 겪고 있다는 것이다.

질적인 저하에서 순화醇化로 역류시키는 작업부터 해야 한다. 그리스 극의 연극이 현대 극장이나 무대 양식의 힘을 크게 입었다고 생각했을 때, 다시 한 번 현대 연극의 맹점을 바로 보게 된다.

둘째, 비극성의 강조이다. 오이디푸스 왕의 비극성은 연극에서만이 아니라 심리학에서까지 들을 수 있다. 오이디푸스 콤플렉스가 바로 그것이다. 바꾸어 말해 그리스 극이 가지는 비극성은 바로 인간의 본질적인 비극이자 영원한 숙제이기도 하다. 그러기에 수많은 극작가는 이미 그리스의 극작가가 창작했던 인물과 사건을 빌려다가 몇 번이고 작품화함으로써 인간의 탐구에 열중했다.

「메디아」를 비롯하여 「안티고네」, 「엘렉트라」 등 소포클레스의 비극은 물론이요, 그 밖에도 후세의 극작가가 빌려 온 소재가 한두 가지가 아니다. 그것은 작가의 사상적 원천이 바로 그리스 극에서 샘솟고 있기 때문이다. 그 속에는 철학과 시가 공존하고, 공포와 희열이 빛난다. 사랑과 미움의 원색이 그대로 남아 있다.

신을 거부하면서도 마침내 신의 부름을 거역하지 못하는 무력과 모순 속에서 인간은 몇천 년 몇만 년을 두고 고민해 왔기에 극작가들은 그 해결과 불안을 그리스 극에서 찾으려 했다. 인간이 가지는 모든 상극과 비극성을 그리스 극에서 발견한다. 과학의 힘에 의해 인간과 우주의 신비한 베일이 한 꺼풀씩 벗겨져 왔지만 비극의 요소는 예나 지금이나 우리 앞에서 사라지지도 감해지지도 않은 채 남아 있다.

오늘날 우리가 그리스 극을 즐겨 읽고 즐겨 상연하는 것은 근본적인 공명을 가지는 순간이 있기 때문이다. 거대한 시인이자 극작가인 소포클레스의 마음 깊이 자리 잡은 인간의 존엄에 대한 신념은 우리에게도 전해진다. 그의 작품에서 악인을 발견하지 못한다. 「오이디푸스 왕」의 경우만 보더라도, 선의에 찬 인물들의 선의의 행위만 있을 뿐이다. 그러나 그 선의가 마침내는 하나의 파탄과 비통이 되고, 그것이 공포를 안겨 줄 때, 우리는 새삼 인생을 생각하고 운명을 겁내게 된다. 그 순간 우리는 참으로 인간의 엄숙한 단면을 보게 되며, 그것은 오직 그리스 비극만이 가지는 힘이자 신앙이기도 하다. 입센도 쇼도 체홉도 미치지 못하는 영원한 상이 거기 있고, 메테를링크도 싱그도 오닐도 따르지 못하는 신비가 숨어 있다. 부조리한 인간의 생리가 사르트르나 카뮈가 파헤친 비통이 피부로 느껴지는 아픔이라고 한다면 소포클레스, 아이스킬로스, 에우리피데스의 세계는 바로 산을 보고 환성을 올리고 호수 앞에서 고개를 숙여 들여다보는 경건을 배우게 할 것이다.

4

인류 문명이 병든 지는 이미 오래다. 그것은 정신병이기도 하고 피부병이기도 하다. 올바른 의식 속에서 항쟁하는 의지를 가져야만 치료할 수 있다. 이와 마찬가지로 오늘날 연극은 막다른 골목에서 헤어나지도 못하고 발을 구르고 있는 실정이다.

좋은 극장, 좋은 희곡, 좋은 배우, 좋은 환경이 마련되기를 기다리고 있다. 그러나 무엇보다도 아쉬운 것은 좋은 관객이다. 그것은 수적으로나 질적으로 봐서도 다 함께 우리를 만족시켜 줄 만해야 연극이 되살아날 수 있다. 우리는 그 산 표본을 바로 그리스 시대의 연극에서 볼 수 있고 또한 그것을 바라는 마음이 간절하다.

그러나 오늘날 우리가 그것을 흉내 낼 수도 없거니와 그런 상태가 가까운 장래에 오리라고는 상상도 못할 일이다. 그 당시의 극장도 배우도 우리에게는 남아 있지 않다. 불과 33편의 비극과 11편의 희극이 책으로 남아 있을 뿐이다. 따라서 오늘날 우리가 그리스의 미와 정신을 알고자 하는 욕구는 곧 이 희곡에서 얻어지고, 우리가 찾는 연극의 가치는 희곡에서부터 시작되어야 한다는 결론을 얻을 뿐이다. 그리스 극의 재발견은 곧 오늘의 발견이다.

그리스 비극의 변모
-소재·주제를 중심으로 한

곽복록

단순히 제식적 행사에서 비롯한 그리스 연극은 그 후 수세기에 걸쳐서 큰 공감력을 가지고 유럽 문화, 그 중에도 특히 희곡의 소재 및 구성과 극장 건축양식에 결정적인 영향을 주었다. 예를 들면 로마의 것을 계승한 이탈리아의 극장 건축과 전형적인 희곡 스타일은 이탈리아 국민의 창의성이 너무도 부족하다는 말을 들을 정도로 그리스 고전을 모방하였으며, 프랑스의 정통적인 극이론이 되어 왔던 삼일치법 역시 아리스토텔레스의 『시학』이 없이는 성립되지 못했을 것이다. 최근에 오면 비아리스토텔레스 연극이라고 해서 서사극의 운동이 있긴 하지만, 이러한 반그리스적인 시도 그리스 문화 이상에 도달하려는 모든 노력과 함께 유럽 문화의 가장 큰 부분을 차지하고 있다. 하지만 신화를 소재로 인간의 왜소함을 긍정함으로써 신의 전능함을 찬양하려 했던 그리스 민중극의 이상은 인간정신사의 변천과 더불어 고전주의에서 실존주의에 이르는 동안 실로 다양하게 변모해 왔다.

로마의 극이 그리스의 것을 모방하는 데에서 한 걸음도 진전하지 못했고, 중세 유럽의 극도 그 긴 세월을 기독교라는 제약 속에서 벗어나지 못했으니 그리스 극이 올바로 이해받게 된 것은 르네상스 이후라고 보아야 할 것이다. 르네상스 시대는 물론이고, 그 직후 국민 문학의 태동기에도 유럽 각국은 자기 문화의 황금기를 맞이하는 데에 그리스 고전을 그 규범으로 삼았으니 프랑스는 아리스토텔레스의 극이론을 규격화하고 세련되게 했고, 영국은 그리스 문화라는 외래적 영향을 국내적인 것과 잘 조화시켰으며, 또 독일은 문화의 이상으로 그리스 고전을 동경함으로써 그것과 가까워지려는 끊임없는 노력을 했다.

특히 독일에서는 괴테 시대라고 불리는 고전주의로부터 영국이나 프랑스보다 그리스에 대한 애착이 남달리 강하였다. 괴테, 노발리스*, 횔더린의 범신론 역시 그 범주 속에서 이해된다. 독일에서 이처럼 그리스 고전과 이탈리아적 풍토에 대한 애착이 강한 것은 디오니소스적 사색의 북부 문화가 본능적으로 가진 밝은 조형의 아폴론적 남부 문화에 대한 향수 때문이라 하겠다.

그러나 근대사에서 볼 수 있는 이러한 고전에 대한 경외감도 현대로 오면서 점점 그 성격을 달리하고 있다. 이제 작가는 자기 나름대로 그리스 극의 인물과 상황을 변형시킨다. 20세기에 오면서 그리스의 신화와 연극은 그 소재로써만 아니라 우리의 생

*노발리스 | (Novalis, 1772~1801년) 독일의 시인, 소설가. 초기 낭만파의 대표적 인물로 서정시 『밤의 찬가』 등 신비적 영감에 찬 작품을 발표. 미완성의 소설 『사이즈(Sais)의 제자들』, 『푸른 꽃』 등의 걸작이 있다.

활 감정 전체에 새로운 물결을 일으켜 놓았다. 자연주의가 그 문학의 제재를 현실에서만 찾았기 때문에 필연적으로 가져온 살벌감에 대해 새 시대의 문학은 현실의 묘사와 폭로에 만족하지 못하고 있다.

연극에서뿐만 아니라 음악에서도 20세기는 '고대-르네상스' 시대라고 불릴 정도로 고전에 대한 연구가 전과는 다른 각도에서 다시 활발해졌다. 자연주의의 대표적 인물인 하우프트만이 1907년 그리스 여행을 계기로 그리스의 다신론과 그리스가 희구하고 있는 것을 공감하게 된 것은 우연한 일이 아니다. 또 인간의 절망적 외침 속에서 예술의 본질을 찾으려 했던 표현주의의 베르펠*도 에우리피데스의 「트로이의 여인들」을 개작함으로써 전쟁에 상처 받은 인간성의 탐구를 통해 고대와 제1차 세계대전 시의 현대를 연결시키고 있다. 그러기 때문에 그리스 극이 시대와 더불어 어떻게 변모했는지를 살펴보는 것은 흥미로운 일이다. 소포클레스의 오이디푸스가 프로이트에게 오면 심리적, 교육적인 면에서 인간탐구의 대상이 되고, 아이스킬로스의 오레스테스도 사르트르에 오면 프랑스적 성격이 강한 자유인으로 변모한다. 여러 번 극의 소재로 등장한 인물에는 아가멤논의 이피게네이아, 엘렉트라, 오레스테스, 오이디푸스와 그의 딸 안티고네, 메디아와 파이드라가 있다.

그리스 극과 현대극을 일정한 도덕관이나 가치관으로 비평하는 것은 옳지 못하다. 그리스의 도시 국가적인 종교적 문학이상과 기독교 영향하의 유럽의 도덕관과 모든 것이 불안과 회의 속에 놓여 있는 오늘날 문학의 가치관 사이에는 너무도 큰 차이가 있기 때문이다. 현대의 극작가는 극의 제재나 문제 해결의 방식을 선택하는 데에도 역사관과 인생관이 얼마든지 자유로울 수 있다. 그러나 연극 활동이 국가적 이상과 도덕의 기준으로 받아들여지고 연극을 통해서만 국민 다수가 전설이나 종교에 접할 수 있던 그리스에서는 극작가가 보이지 않는 많은 제약을 받았다. 즉 그리스의 작가들은 사건에 생생함과 풍성함을 줄 수는 있어도 극을 통해서 작가 자신의 철학을 펼 수는 없었다. 그리스의 극과 르네상스 이후의 극을 비교하는 데 평자의 관용을 필요로 하는 것은 이 때문이다.

탄탈로스가의 비극

제우스와 플루토의 아들로 태어나 감히 신에게 도전했던 탄탈로스는 그 벌로 신의 저주를 받게 되었다. 탄탈로스의 자손으로 트로이 전쟁을 승리로 이끈 인물이 아가멤논인데 그의 가정 비극은 이러하다.

조상 탄탈로스가 신에게 노여움을 샀기 때문에 그 노여움을

*베르펠 | (Werfel, Franz. 1890~1945년) 독일의 시인, 극작가. 프로이트적인 심리분석으로 『세계의 벗』 등의 시집을 발표. 인류에의 열정을 음악적으로 표현했으며, 제1차 세계대전 후 표현주의 희곡의 걸작 『경인』을 냈다. 만년에 나치스의 박해로 방랑하며 가톨릭적인 종교 감정을 품었다.

풀고 트로이로 순풍을 타고 가기 위해서는 어린 딸을 제물로 바쳐야 한다는 사제의 말을 따라, 아가멤논은 부인인 클리타이메스트라에게는 딸을 결혼시키려 한다고 속이고서 이피게네이아를 제물로 바쳤다. 딸 이피게네이아가 죄 없이 희생된 것을 알게 된 클리타이메스트라는 정부인 아이기스토스와 짜고 전승하고 돌아온 남편을 살해한다.

그 후 성장해서 이 일을 알게 된 오레스테스는 아버지의 원수를 갚기 위해 어머니를 죽이고서 가책 때문에 복수의 여신에게 시달림을 받는다. 그러다가 오레스테스는 아르테미스의 여신상을 빼앗아 오면 아테나 여신에게서 그를 용서해 주겠다는 신탁을 받고서 여신상을 찾아 타우리케로 오는데, 거기서 그는 아르테미스 여신의 도움으로 목숨을 구해 여사제가 된 누이 이피게네이아를 만난다.

온갖 시련을 겪은 뒤, 오레스테스와 이피게네이아는 아테나 여신의 도움으로 무사히 고향인 아르고스로 돌아가고, 탄탈로스가의 저주도 이피게네이아의 희생적인 행동을 통해서 이제는 용서받게 된다.

이 소재는 괴테, 라신, 오닐, 하우프트만, 사르트르에 의해 작품화되었다.

그러면 중요한 작품 몇몇을 통해서 그리스의 비극이 어떻게 다른 개성에 의해 변모되었는지 살펴보자.

이피게네이아

호메로스의 작품에서는 이피게네이아에 대하여 특기할 만한 것을 찾아볼 수 없다. 단지 아가멤논의 딸로서 크리소테미스, 이피게네이아, 엘렉트라의 이름이 등장할 뿐이다. 그러다가 소포클레스의 「엘렉트라」에서 이 이름들이 다시 소개되면서 이피게네이아에 대해서도 좀더 첨부되었다. 이 신화를 채택함에 있어 소포클레스는, 아가멤논이 딸 이피게네이아를 아내에게서 떼어 놓기 위해 아킬레우스와의 결혼을 구실로 처음 넣었으며, 에우리피데스는 호메로스가 스무 명의 청년 손에 아가멤논을 죽게 한 것과는 달리 아가멤논 살해 계획에 정부 아이기스토스도 한몫 거든 것처럼 바꾸어 놓았다.

에우리피데스의 「이피게네이아」가 갖는 가장 큰 특색은 그리스로 도망가려고 토아스 왕을 속였던 오레스테스와 이피게네이아를 아테나 여신이 나타나 용서해 주는 극의 대단원이다. 즉 신의 저주가 인간에 의해 풀리는 것이 아니라 다시 신의 힘에 의해서만 구제의 길이 열린다.

이런 식의 문제 해결은 에우리피데스가 그리스에서 인간을 제물로 바치는 일을 막게 하기 위해서 필요한 것이기도 했겠지만, 한편 생각해 보면 분노한 타우리케의 왕이 아테나 여신의 등장으로 쉽게 오레스테스와 이피게네이아를 용서하게 해 놓은 저류에는 신에 대한 그리스의 칭송이 깔려 있다. 그리스 비극의 목적이 인간 감정의 정화에 있었으며, 그 발생 역시 제전적 성격을 가졌음을 기억한다면 인간 고뇌의 해결은 신의 출현에 의해서만 가능하다는 에우리피데스의 「이피게네이아」를 쉽게 이해할 수 있을 것이다.

1674년에 완성된 라신*의 「이피게니이아」는 당시에 큰 성공을 거둔 작품으로, 이것은 고전 비극의 전형으로 일컬어지고 있는데, 단일한 구성, 압축된 성격표현 방식, 삼일치 법칙의 준수로 모든 전통적인 비극이 갖는 장점을 가지고 있다. 라신의 작품에는 이피게네이아가 헬레네의 피를 받은 것으로 되어 있으며, 다른 작가의 작품과는 달리 이피게네이아의 희생에는 단순히 가문에 대한 신의 저주뿐 아니라 유리필의 간계까지 섞이고 있다. 그리하여 주교 칼라스가, 신탁이 요구하는 왕녀는 이피게네이가가 아니라 유리필이라고 선포함으로써 유리필이 자살하고 순진한 처녀 이피게네이아가 죽음의 문턱에서 구원받는 것으로 되어 있다.

라신은 아킬레우스를 은근히 짝사랑하는 유리필을 추가시킴으로써 작품 「이피게네이아」에다 셰익스피어 극에서 볼 수 있는 짙은 밀도의 인간성을 불어넣었다. 신의 저주와 인간의 간계로 위기에 선 이피게네이아의 모습은 라신에 의해 조국애보다는 차라리 인간적인 사랑에서 순결한 여인으로 인상 깊게 그려져 있다. 라신은 위기 속에 인간의 열정과 증오와 연애를 꾸며 넣음으로써 거기서 벌어지는 극히 인간적인 이야기를 쓴 것이다.

이탈리아 여행을 통해서 그곳의 질서 정연한 형식미에 감동된 괴테가 「타우리케의 이피게네이아」를 쓰게 된 것은 슈타인 부인에 대한 애모의 정과 여동생 코넬리아에 대한 추억의 정이 고대 문명에 대한 동경과 조화되어 이룩된 것이다. 괴테는 에우리피데스의 「이피게네이아」를 자기의 시적인 이상에 맞게 적용시켜 놓았다. 괴테가 목표로 한 것은 이피게네이아 신화를 멋지게 희곡화하는 것에서 더 나아가 거기에 순결한 여인의 영혼에 의한 인간 구원이라는 '파우스트' 적 주제를 담는 일이었다. 즉 에우리피데스 극에서는 오레스테스가 아테나 여신의 도움으로 급작스레 구원을 받게 되어 있는 반면, 괴테 극에서는 막연한 신의 구원이 아니라 이피게네이아의 영원한 여성적인 순결함이 구원의 모티프로 명시되고 있다.

에우리피데스가 신에 의한 구원을 강조한 것이 그 시대가 그것을 원했기 때문인 것과 마찬가지로, 괴테가 인간에 의한 구원을 강조한 것은 괴테의 시대와 또 괴테 자신이 그것을 요구했기 때문이다. 그래서 괴테의 「타우리케의 이피게네이아」에서는 오레스테스와 이피게네이아가 구원을 받았는가 못 받았는가 하는 외적 사건이 중요한 것이 아니라, 어떻게 주인공 이피게니이아가 자기 희생을 통해서 인간 운명 구원이라는 문제를 완수해 나갔는가 하는 내적 사건이 중요한 것이다.

*라신 | (Racine, Jean Baptiste. 1639~1699년) 프랑스의 시인, 극작가. 『앙드로마크』, 『페드로』 등으로 심리의 섬세, 명쾌한 묘사 및 변하기 쉬운 여자의 정열과 욕망 등을 그렸다. 17세기 프랑스 고전주의의 대표적 비극 작가이다.

라신의 것과 비교해 볼 때, 괴테의 「이피게네이아」는 외적인 극의 사건이 부족하다는 평을 듣기도 한다. 그러나 극적 행위가 부족한 대신, 여기서는 도덕적 체험의 갈등은 풍부하게 표현되어 있다. 또 형식면에서 볼 때, 그리스 극의 코로스는 괴테에서는 이피게네이아의 독백으로 대치되었는데, 그런 의미에서 볼 때도 괴테의 「타우리케의 이피게네이아」는 '완전한 그리스 극'의 모방이라는 범위를 넘어서서 쉴러*가 평했듯이 '놀랄 만치 현대적이며 비그리스적'인 극이다. 이 작품을 통해서 괴테는 그리스 극을 계승하는 데 성공했을 뿐만 아니라, 그것을 현대문화의 이상과 조화, 적응의 길로 인도하였다.

엘렉트라와 오레스테스

엘렉트라와 오레스테스가 무대에 처음 등장한 것은 기원전 458년 아테네에서였다. 즉 최초의 극작가 아이스킬로스의 삼부작 『오레스테이아』에서였는데, 이 극은 인간의 격정, 즉 증오와 사랑과 살인의 소재가 극단적으로, 또 극적으로 이루어져 있기 때문에 여러 번 연극의 주제가 되었다. 아이스킬로스의 삼부작은 제2부가 엘렉트라와 오레스테스의 비극으로, 여기서는 타향에서 자란 오레스테스가 아버지 원수를 갚기 위해 아르고스로 와서 엘렉트라의 도움으로 어머니를 죽이고 에리니에스들에게서 가책의 시달림을 받으며 쓰러지는 데서 끝나고 있다.

주인공은 오레스테스로서, 엘렉트라는 그를 충동해서 어머니를 살해하게 하는 역을 맡고 있을 뿐이다. 아이스킬로스는 인간의 고난이 방황과 속죄를 통해서 어떻게 용서받을 수 있는가를 보여 주고 있다.

소포클레스의 「엘렉트라」도 오레스테스가 필라데스와 함께 고향으로 돌아와서 어머니와 정부를 살해하는 데서 끝나고 있다. 그러나 소포클레스는 클리타이메스트라가 남편 아가멤논을 죽인 사실을 어느 정도 정당화시키고 있다. 살인죄는 신에 의해서만 처벌되어야 한다는 것이다. 아이스킬로스와는 달리 소포클레스는 엘렉트라를 극의 중심에 놓음으로써 남자들의 세계와는 다른 여자의 사랑과 그 갈등을 그렸다.

소포클레스에게는 종교적 미학적 문제보다도 극적인 흥미에 더 관심이 있었다. 그는 극 중 9할을 엘렉트라로 하여금 무대 위에 서 있게 한다. 그리고 긴 독백, 서정적 표현, 열정을 통해 좀더 행동적이게 한다. 사람들에게서 동떨어져 있던 그녀가 오레스테스와의 공모로 적극 어머니 살해 계획에 참여하게 되는 과정은 퍽 흥미롭다.

오레스테스가 건강하고 직무적인 자유인임에 반해 엘렉트라는 가정적인 절망의 인간상이다. 엘렉트라의 세계는 이상과 상상과 정감의 세계이다. 오레스테스가 계획하고 행동하는 동안

*쉴러 | (Schiller, Johann Christoph Friedrich von. 1759~1805년) 독일의 시인, 극작가, 역사가. '질풍노도' 운동의 혁명적 극작가로서 등장. 『군도』, 『음모와 사랑』 등을 내어 이름을 올렸고 칸트 철학을 연구하여 그의 미학, 윤리학을 발전시켰고, 괴테와 함께 고전 이론을 건설했다.

엘렉트라는 인내하며 기다리지 않으면 안 되었다. 이 두 인간의 특징과 그 대결은 사르트르의 「파리 떼」에서 더 명확히 성격을 나타낸다.

괴테가 「타우리케의 이피게네이아」를 쓰던 당시에는 그 자신도 오레스테스처럼 불안정했다. 그러나 그는 인간에 의한 인간 구제라는 명제를 성공시킴으로써 인도적인 사상을, 인간적인 이상을 구현함으로써 오레스테스로 하여금 인간적 약점과 함께 인간적인 장점(의지)도 갖게 한다. 오레스테스가 구원의 여인 이피게네이아의 도움으로 고향 그리스로 돌아갈 수 있게 되는 것은 독일 고전주의의 이념을 가장 잘 설명해 주고 있다. 여기서 엘렉트라는 오레스테스의 대사를 통해서만 언급되고 있는데, 절망과 자포자기 속에서 말없이 눈물지음으로써 오레스테스로 하여금 과감한 행동으로 충동한다. 즉 괴테에게 여주인공 이피게네이아가 미래와 구원의 여인상이라면 엘렉트라는 과거와 자포자기의 여인상이다.

현대로 오면서 오레스테스와 엘렉트라는 심리분석을 통해 연구된다. 오스트리아 신낭만운동의 선구자인 호프만슈탈의 구성은 대체로 소포클레스의 것을 따르고 있는데, 한 가지 점만이 예외인데, 그것은 이 극의 마지막에 엘렉트라가 환희 속에서 병적으로 춤을 추다가 쓰러져 죽는 사실이다.

소포클레스를 많이 참조하긴 했지만, 호프만슈탈의 「엘렉트라」는 본질적으로 비아리스토텔레스적이다. 호프만슈탈은 엘렉트라를, 아버지 아가멤논이 상상의 세계에서 자기를 강간했다고 믿고 있는 정신병자로 만들었다. 그녀는 이미 정상적 여자가 느끼는 것을 느끼지도 않으며 단지 복수와 피만을 생각할 수 있을 뿐이다. 죽은 아버지에 대한 엘렉트라의 병적인 사랑과 성에 대한 비정상성은 엘렉트라 콤플렉스의 최고봉이 되고 있다.

1931년에 씌어진 오닐*의 삼부작 『상복이 어울리는 엘렉트라』에서 오린(오레스테스)은 천성적으로 선량하고 감수성이 예민한 젊은이로 그려져 있다. 엘렉트라가 아버지를 그렇게도 사랑했듯이 오린도 어머니 크리스틴(클리타이메스트라)을 사랑했기 때문에 어머니의 정부에 대한 질투심에서 아담 브란트(아이기스토스)를 죽인다. 사랑을 잃은 어머니가 실의에서 자살을 하게 되자, 오린은 라비아나(엘렉트라)에 대한 비정상적인 사랑으로 그녀의 결혼을 방해한다.

극의 배경으로 오닐이 남북전쟁을 택하긴 했지만 극의 구성은 별로 변하지 않았다. 단지 극의 속도와 긴장감과 극적 분위기에 있어 오닐의 솜씨가 완전히 발휘되고 있을 뿐이다. 이런 이유에서 『상복이 어울리는 엘렉트라』를 통해 오닐을 셰익스피어와 비견하려는 사람도 있을 정도이다.

오닐은 오린을 가책 때문에 자살하게 만들었는데, 그것은 오

*오닐 | (O'Neill, Eugene Gladstone. 1888~1945년) 미국의 극작가. 출세작 『수평선 너머로』 이후 사실극으로부터 표현주의적 상징주의 희곡으로 옮겨 특히 잠재의식의 연극화를 기도했다. 대표작으로 『느릅나무 그늘 밑의 욕망』, 『안나 크리스티』 등이 있으며, 1936년 노벨문학상을 받았다.

린이 그리던 '축복받은 남해의 바다'의 이미지였던 어머니를 잃었고, 또 라비아나에게서 버림받은 데에 더 큰 원인이 있다. 그는 메논가(아가멤논가)의 저주를 혈통적인 것에서 찾았는데, 그것은 오닐이 프로이트의 영향을 받았기 때문이다.

시적이며 환상적인 지로두*의 「엘렉트라」는 1937년에 완성되었는데, 여기에서는 사건이 매우 조심스럽게 연관되어 있다. 이전의 작품들에서는 막연한 인물로 등장하던 아이기스토스가 지로두에서는 짙은 성격의 인물로 나타난다.

끊임없는 엘렉트라의 원망과 클리타이메스트라와 엘렉트라의 다툼 속에서 아이기스토스는 엘렉트라를 제거하기 위해 결혼을 시켜 버리려 하지만, 급작스레 오레스테스가 돌아옴으로써 실패한다. 그리고 엘렉트라와 결탁한 오레스테스에 의해 파멸한다.

오닐은 작중인물을 통해서 인간의 고뇌를 분석했지만, 지로두는 이 작품을 통해서 생과 세계를 환멸감 속에서 풍자하고 있다. 지로두는 엘렉트라를 닫힌 낙원의 문 앞에서 서성대는 현대의 인간을 상징하게 하였다. 그의 「엘렉트라」는 장엄한 멋을 가지고 있지만, 한편 공포와 파멸의 불안 속에서 성립되어 있다.

1941~1949년에 씌어진 하우프트만*의 『아트레이데스』 사부작은 아가멤논과 이피게네이아의 비극을 그 시초부터 종말까지 펼쳐 놓은 서사극이다. 제1부인 「아울리스의 이피게네이아」는 같은 이름의 에우리피데스의 극에서 그 제재를 빌려 온 것으로서 트로이 출정을 위해 이피게네이아가 희생되기까지의 이야기

이며, 제2부인 「아가멤논의 죽음」은 아이스킬로스의 극 「아가멤논」의 구성을 따라 아내와 그 정부의 손에 의한 아가멤논의 죽음을 다루었다. 제3부인 「엘렉트라」는 아이스킬로스와 소포클레스의 극을 따라 오레스테스가 엘렉트라와 함께 어머니와 아이기스토스를 죽여 아버지의 원수를 갚기까지의 이야기이며, 제4부인 「델포이의 이피게네이아」는 이피게네이아와 오레스테스가 다시 만나 아폴론과 아테네 여신의 도움으로 아트레우스가에 내려진 저주로부터 벗어나는 이야기이다.

자연주의극에서 시작된 하우프트만의 극은 만년에 이르면 고전과 셰익스피어에 기울어져 점점 낭만주의로 흐르게 된다. 여러 가지 점에서 괴테와 비견되는 하우프트만이 만년에 괴테의 「타우리케의 이피게네이아」에서 다룬 소재를 다루었다는 것은 의미 있는 일이다. 그러나 그는 이 소재를 요리하는 데 있어 괴테와는 달리 심리 분석에 중점을 두었다. 이 사부작은 상징주의나 신고전주의의 범주에 넣는 것보다는 신낭만주의의 범주 속에 넣는 것이 옳을 것이다.

*지로두 | (Giraudoux, Jean. 1882~1944년) 프랑스의 극작가, 소설가. 제2차 세계대전 중 정보상, 외교관 생활 중 소설 『쉬잔과 태평양』 등 음악과 회화에서 영향받은 인상주의를 문학에 옮기고자 하였다. 희곡에서도 처녀작 『지그프리드』에 성공한 후, 주로 신화·전설에서 주제를 찾아 자유로운 공상의 움직임 속에 현실적인 사회·사랑·죽음의 문제도 예민한 시적 직관으로 표현하였다.

*하우프트만 | (Hauptmann, Gerhard. 1862~1946년) 독일의 극작가, 소설가. 입센(Ibsen), 졸라(Zola)에 경도하여 철저자연주의를 제창했다. 희곡 『해 뜨기 전』으로 성공하고, 이후 『외로운 사람들』, 『직공』 등의 사회극과 낭만적 상징극 『침묵의 종』으로 세계적인 지위를 얻었다. 1912년 노벨 문학상을 받았다.

그러나 오레스테스가 가장 독특하게 변모된 것은, 사르트르의 「파리 떼」(1943년)에서이다. 사르트르는 엘렉트라와 오레스테스의 신화를 실존철학을 설명하는 데 사용하고 있다. 고향에 돌아온 오레스테스는 아르고스 시의 숨 막힌 분위기에서 돌출구를 찾으려 한다. 비탄 속에서 복수를 계획하고 있는 엘렉트라와 함께 그는 아이기스토스와 클리타이메스트라를 죽인다. 살인 후 엘렉트라는 가책 때문에 약해져서, 제우스(기독교를 상징)에게 속죄하고 안식을 찾으려 하지만, 오레스테스는 결국 속죄를 통해서 자기의 행위를 부인하기를 거부한다.

그는 기독교적인 위선의 도덕을 거부하고 자신의 힘으로 인간 존재의 별칙을 이해하려 한다. 제우스는 이제는 늙어 무능력하게 되고 말았다는 것이다. 그리하여 그는 제우스의 요정인 에리니에스들을 혼자 이끌고 아르고스를 떠난다. 그렇게 함으로써 아르고스 시민은 밝음 속에서 인간 능력을 긍정적 태도로 바라볼 수 있게 된다. 사르트르는 또한 이 작품을 통해 고국 프랑스를 비유하고 있다. 사실상 전후 프랑스를 휩쓴 절망감은 「파리 떼」의 아르고스 시민이 느꼈던 좌절감과 비슷한 것이었다.

프랑스 지성의 상징인 오레스테스는 오랜 회의와 절망 상태에서 벗어나 인간의 약점을 극복하고 고국 프랑스를 파리 떼(나치와 비밀 경찰)와 제우스(기독교적 기존 도덕)로부터 해방시키기 위해 분연히 일어선다.

그리스 극에서 인간 약점의 상징이었던 오레스테스는 괴테 시대에는 갈등과 회의의, 말하자면 과정 위에 선 인간으로 변했으며, 오닐에게는 비정상적 사랑에 대한 인간 심리 분석의 대상으로, 또 사르트르에게는 완전한 자유인의 모습으로 발전해 왔다.

암피트리온

너무도 아름답고 훌륭한 아내 알크메네를 가졌기 때문에 그 아내를 제우스 신에게 잃을 뻔했던 암피트리온의 이야기가 작품화된 것은 1668년 몰리에르*에 의해서였다. 이탈리아 중세 희극의 장점을 살려 프랑스 고전 희극 속에다 놀라울 만큼 주인공의 성격 묘사를 훌륭하게 했던 몰리에르는 신이 인간에 불과한 여인을 탐내 애태우는 기발한 소재 속에서 사랑의 괴로움을 풍자적으로 표현했다. 인간 알크메네에게 반한 신 제우스는 그녀의 남편 암피트리온으로 변장하여 재미를 보지만 알크메네의 의혹을 산다. 두 암피트리온 중에서 진짜 남편을 찾아내야 하는 알크메네의 고민은 자못 심각하다. 남편 암피트리온에 대한 사랑이 너무도 순수한 것인 만큼 그녀는 더 이상 이 사태를 파악할 수가 없다.

연인 제우스와 남편 암피트리온의 양자택일에서 알크메네는

*몰리에르 | (Moliére, Jean Baptiste Poquelin. 1622~1673년) 프랑스의 희곡 작가. 프랑스 고전 희극의 완성자로서 작품 『인간혐오자』, 『수전노』, 『돈 주앙』 등이 있다.

자기를 위해 암피트리온을 포기하라는 제우스의 요구를 거절하고 남편에게 돌아온다. 신이 인간과의 대결에서 판정패당한 것이다. 쓸쓸해진 신을 위로하기 위해 부부는 인간의 우정을 제우스에게 나누어 주고, 신은 알크메네가 헤라클레스를 낳을 것이라고 축복해 준다.

독일의 반고전주의 작가인 클라이스트는 1899년에 쓴 「암피트리온」을 통해서 테베의 무사 암피트리온과 그 아내의 생활에 끼어든 신 제우스를 보여 준다. 클라이스트가 몰리에르 극을 개작해 보려는 의도를 품은 것은 훨씬 오래전이었다. 그는 몰리에르의 극에 플롯을 추가하고 극의 주제를 이질적인 것으로 바꾸어 놓았다. 그래서 클라이스트 자신은 자기의 「암피트리온」을 '몰리에르를 계승한 희극' 이라고 부르고 있지만, 그것은 차라리 비극으로 간주되고 있다. 몰리에르가 위장(속임) 그 자체를 중시한 반면, 클라이스트는 거기에서 오는 혼돈과 환멸을 강조하였다.

그래서 몰리에르에게는 암피트리온이 중심인물이 되고, 클라이스트에게는 알크메네가 극적 흥미의 중심이 된다. 제우스와 암피트리온의 관계는 몰리에르에게 제우스와 알크메네의 관계만큼 중요하지 않았다. 이렇게 해서 클라이스트는 몰리에르의 「암피트리온」을 3분의 1도 개조하지 않고서도 자기의 창의성을 그 속에 충분히 담았다.

1923년 씌어진 지로두의 「암피트리온」에서는 부부애를 칭송하는 찬사로 극이 끝나고 있다.

파이드라

기원전 428년에 씌어진 에우리피데스의 「히폴리토스」는 이루어지지 못한 사랑에 대한 심리적인 분석을 시도한 것으로, 제어할 수 없는 정감과 인간만의 약점 즉 자만, 허영, 질투, 공포가 비극을 일으키는 요소가 되고 있다. 히폴리토스를 본 그 순간부터 그를 격렬히 사랑하게 된 파이드라가 가정과 남편에게 충실하려고 무서운 노력을 하는 과정 속에서 우리는 파이드라를 통해서 순수한 사랑의 극치를 본다. 그러나 히폴리토스가 여자란 악의 근원이라고 무참히 모욕하자 파이드라는 증오의 화신이 된다.

사회에 의해 세워진 인습적 가치관과 개인의 행복이 서로 충돌하고 있으며, 성의 마력과 금욕적인 동정이 불화하고, 또 격정과 억제된 감정이 이 작품 속에서 서로 교차하고 있다. 가정의 명예를 지키고 자기의 사랑에 수치심을 준 히폴리토스에게 벌을 주고 상처 받은 여인의 자만심을 회복하는 방법으로 파이드라는 자살이라는 방법만을 알고 있을 뿐이다. 그리고 분노한 아버지에 의해 추방당한 히폴리토스는 바다의 신과 급격한 파도에 말이 놀라 치명적인 상처를 입는다. 사랑의 여신 아프로디테가 히폴리토스의 오만함을 벌한 것이다. 고통 속에서 죽어 가는 히폴리토스는 아버지 앞으로 오게 된다. 무자비했던 아버지를 용서하고 그를 포옹한 채 히폴리토스는 죽어 간다.

에우리피데스의 비극 「히폴리토스」를 통해서 우리는 아무것도 두려워하지 않는 여인의 열정에 감동한다. 그러나 에우리피데스 자신은 파이드라의 비극적인 사랑보다도 자기 자신에 도취한 오만한 젊은이 히폴리토스의 종말에 중점을 두고 있다. 그에 따르면, 두 남녀의 죽음으로 끝나고 만 이 사랑에는 파이드라의 잘못도 있지만, 신의 섭리를 두려워할 줄 몰랐던 히폴리토스의 오만함도 벌받아야 한다는 것이다. 이런 점에서 이 작품은 아직도 그리스적인 협소한 종교관에서 벗어나지 못했다고 보아야 한다.

그러나 에우리피데스는 아이스킬로스나 소포클레스보다는 문학관과 종교관에서 훨씬 근대적이다. 적어도 에우리피데스는 파이드라와 히폴리토스로 하여금 긴 속죄의 행각을 하게 하는 사족을 붙이지는 않았다. 에우리피데스의 「히폴리토스」는 그 후 많은 모방자를 만들어 냈고, 로마 시대에는 세네카가 이것을 소재로 작품을 쓰기도 했으나 너무 모방에만 치우쳐 이렇다 할 작품을 내놓지 못했다.

가장 잘 알려진 것이 1677년에 씌어진 라신의 것이다. 코르네이유*의 고전 비극의 전통을 그대로 계승한 라신은 한편 그리스 비극 작가에 대한 연구를 계속했는데, 그 결과로 씌어진 몇몇 그리스 비극 소재의 작품 중의 하나가 「파이드라」이다. 히폴리토스에 대한 불의의 사랑으로 고민하던 파이드라는 남편이 전사했다는 말을 듣고 히폴리토스에게 사랑을 고백하지만 거부당한다. 죽었다던 남편이 갑자기 돌아오자 파이드라는 증오심 때문에 무고한 히폴리토스에게 죄를 씌운다. 그리고 히폴리토스에게 애인이 있음을 알자 추방되어 나가도록 내버려 둔다. 벌을 받은 히폴리토스는 괴물의 손에 죽고 파이드라도 자살하고 만다.

에우리피데스가 히폴리토스를 단점 있는 인물로 만든 반면, 라신은 이와 같이 히폴리토스를 소박하고 선량한 젊은이로 그렸다. 이 처참한 비극은 단지 파이드라의 열애와 그에 따른 증오, 질투에서만 생겨난 것이다. 남자보다 여자의 성격 묘사와 분석에 뛰어났던 라신다운 일이다. 거절당한 사랑에 대한 수치심에서 파이드라가 히폴리토스를 파멸로 이끄는 무자비한 행동 속에서도 우리는 역설적으로 라신의 따스한 인간애를 느낄 수 있다. 히폴리토스가 파이드라의 사랑을 거부하는 동기를 에우리피데스 극에서는 여자들의 사랑에 대한 히폴리토스의 근본적인 불쾌감으로 설명하고 있으나, 라신 극에서는 히폴리토스가 이미 다른 애인이 있기 때문으로 설명하고 있다. 또 에우리피데스에게는 유모를 통해 파이드라의 사랑이 히폴리토스에게 고백되는 반면, 라신 극에서는 파이드라 자신이 그에게 직접 사랑을 고백하고 있다. 프랑스 고전극의 최고봉인 「파이드라」는 그 후 실러에 의해서 화려한 필치로 독일어로 번역되었다.

*코르네이유 | (Corneille, Pierre, 1606~1684년) 프랑스의 극작가, 시인. 프랑스 최대의 대 고전 시인으로 희극 『멜르트』, 비극 『르 시드』 등을 발표했다. 『쉬레나』 등의 실패로 빈곤과 실의에 빠져 죽었다.

오이디푸스

소포클레스의 오이디푸스 비극은 「오이디푸스 왕」과 「콜로노스의 오이디푸스」로 이루어졌는데, 「오이디푸스 왕」은 운명의 저주 속에서 자신이 아버지의 살해자이며 어머니와 결혼한 패륜아임을 알고서 눈알을 빼어 속죄하고 방랑의 길을 떠나기까지의 이야기이다. 「콜로노스의 오이디푸스」는 20년 뒤의 이야기로, 안티고네와 함께 콜로노스에 온 오이디푸스가 신의 용서를 받고서 평안한 죽음을 맞이하여 고향 테베로 돌아가게 되는 이야기이다.

「오이디푸스 왕」을 통해 소포클레스는 운명이란 불가항력의 것임을 말하고 있다. 신의 능력은 초인적이며 인간은 왜소한 존재이므로 인간이 스스로의 얕은 지혜나 자기 확신을 믿는다는 것은 옳지 못한 환상에 불과하며, 인생이란 비극으로 가득 찬 것이다. 무죄한 인간에게도 고통이 가해질 수 있는데, 인간은 오이디푸스처럼 이러한 고통을 통해서 현명해질 수 있다는 것이다. 이러한 염세적이며 부정적인 소포클레스의 인생론은 그 뒤에 씌어진 「콜로노스의 오이디푸스」에서 약간 완화되었는데, 여기서는 오이디푸스가 속죄를 통해 죽음의 문턱에서 다시 영웅적인 인물로 그려졌다. 즉 인간 능력에는 명확한 한계가 있고, 그 고통 속에는 신의 의지가 있는 것이니 그것을 인내해야 한다는 것이다.

1659년에 발표된 코르네이유의 「오이디푸스」는 다른 작품과 비교해 볼 때 별로 큰 성공은 하지 못했지만, 약 50년 뒤 볼테르* 를 자극시켰다. 그는 코르네이유와 대항하기 위해 1718년 「오이디푸스 왕」을 썼다.

독일에서는 이 소재가 질풍노도기에 크링거의 「쌍둥이들」과 라이제비츠의 「트렌트의 유리우스」라는 작품이 되었다. 그러나 그것이 성공적으로 작품화된 것은 소포클레스의 「오이디푸스」를 읽고 감명받은 쉴러가 1802~1803년에 쓴 「메시나의 신부」에 의해서이다. 저주받은 이탈리아 가문의 두 아들이 운명적으로 똑같이 여동생 베아트리체를 사랑하게 됨으로써 결국은 죽음으로 막이 내리는 이 비극은 동생 돈 체자르가 형을 죽인 죄를 속죄하여 자살함으로써 끝맺고 있다.

괴테와 쉴러의 고전주의는 이렇게 자살을 통해서 구원을 받으려 하고 있으니 소포클레스의 오이디푸스가 방랑 뒤에 평화로운 죽음을 맞게 되는 것과는 대조적이다. 돈 체자르는 "…… 자유로운 죽음만이 운명의 쇠사슬을 끊어 버릴 수 있다.……"고 말하고 있다. 다른 나라의 운명 비극보다 독일의 극이 이렇게 운명주의적인 이유는 독일의 운명론자였던 세네카*의 비극을 많이 따르고 있기 때문이다.

그러나 쉴러의 「메시나의 신부」는 그리스의 운명 비극과 큰 차

*볼테르 | (Voltaire, 1694~1778년) 프랑스 계몽주의 시대의 대표적인 문학자, 사상가. 영국, 독일 등지를 왕래하면서 시·극시·풍자적인 우화소설, 철학적인 수필이나 풍자 논문, 역사·저술 등 다방면에 걸친 활동으로 그의 명성은 전 유럽에 퍼지고, 각국에서 시대 최고의 예지로서 추앙되었다. 시종 전제정치를 공격, 백과전서의 사업을 적극 원조했으며 특히 신교의 자유를 위해 헌신적 노력을 했다.

*세네카 | (Seneca Lucius Annaeus, 기원전 4?~기원후 65?년) 고대 로마의 스토아 학파 철학자. 로마에서 변론가로 성공했다. 네로 황제의 교사, 집정관 등이 되었고, 이후 모반 혐의로 자살했다. 저서로는 『도덕서한』 등이 있다. 고귀하고 엄숙한 도덕을 말하여 후세에 영향을 주었다.

이점을 가지고 있으니, 여기서 운명이란 맹목적인 사건으로 죄를 논하는 것이 아니라, 현대적 도덕관으로 볼 때도 타당한 인과응보적인 처벌이 가해지는 것이다.

오스트리아의 그릴파르처*는 쉴러의 「메시나의 신부」에 감명을 받고 같은 소재의 「예언녀」를 썼다. 보로틴 백작의 아들 야로밀이 예언대로 부친을 살해하고 여동생을 근친상간하게 되는 오이디푸스 소재의 「예언녀」에서는 어떻게 해서 보로틴가가 저주를 받게 되었으며, 그것은 어떤 식으로 결말을 보게 되었는가가 주제이다. 그러나 작품의 주제보다도 이러한 색다른 사건이 고적한 고딕식 성에서 어떻게 관객에게 새로운 무대 효과와 인상적 분위기를 통해서 새로워질 수 있었던가 하는 점이 더 인상적이다. 음산한 분위기 속에서 극이 진행되는 도중 여러 번 죽은 예언녀의 혼이 나타나 스릴 있는 극적 분위기를 만들고 있다.

1906년에 호프만슈탈은 「오이디푸스와 스핑크스」를 썼는데, 그는 고대 비극과 고대 바로크의 종교극을 성공적으로 계승하여 고대 문화에 친밀감을 가지고서 「오이디푸스」 극을 새롭게 만들었다. 즉, 「엘렉트라」를 쓴 호프만슈탈은 소포클레스의 「오이디푸스」를 번역함으로써 신낭만주의를 완성한 것이다.

또 표현주의 극작가 하젠클레버는 부자간의 대립을 「안티고네」라는 그의 작품을 통해 반자연주의적 수법으로 썼으며, 1931년에 상연된 지드*의 「오이디푸스」는 고대극 속의 인물을 모두 현대화시켜 인간과 권력의 대립이라는 문제를 오이디푸스를 통해 주제로 삼았다. 당시 무명의 작가였던 지드는 공산계열로 기울어지고 있었는데, 그러한 이유로 지드의 오이디푸스는 과거, 가문, 출생, 국가, 신을 부정한 혁신적인 인물로 변모되었다. 콕토는 1934년에 쓴 「끔찍한 기계」를 통해 오이디푸스의 소재 속에서 인간의 운명을 좌우하는 무심한 신들이 만들어 놓은 운명이라는 완전한 기계의 작용을 설명해 주었다. 스핑크스의 수수께끼를 풀고서 어머니와 결혼하게 된 오이디푸스는 소포클레스에 있어서처럼 도덕과 종교적인 가책을 받지 않는다. 그는 단지 신의 처사와 자기 운명에 대해 비판하고 있을 뿐이다.

안티고네

안티고네는 소포클레스에 의해서 작품화되었는데, 그녀는 오이디푸스의 딸로서, 크레온이 두 오빠 중 폴리네이케스를 반역자라고 해서 매장도 해주지 않자 신의 법칙에 따라 자신이 몰래 오

*그릴파르처 | (Grillparzer, Franz. 1791~1872년) 오스트리아의 극작가. 오랜 관리 생활의 여가에 극작을 발표했다. 『할머니』로 성공한 이래 『사포』, 『황금양모피』 등을 내었으나 만년 희극의 실패로 은퇴하였다.

*지드 | (Gide, Andre. 1869~1951년) 프랑스의 소설가, 비평가. 처음 말라르메(Malarmé)의 문하에서 상징파 작가로 출발, 아프리카 여행 후 과거의 일체 기반에서 벗어나 순순한 생명을 향략코자 결심했다. 『지상의 양식』, 『배덕자』 등에서 생활에의 격렬한 흥미 및 해방을 구하는 혼의 비극을 보여 주고 『좁은 문』, 『전원교향악』 등의 본격적 심리소설 외에 『사전꾼』 등의 순수소설도 시도했다. 제1차 세계대전 후 〈N · R · F〉를 창립하여 젊은 지성을 기르고, 한때 공산주의에 접근한 일도 있으나 『소련 기행』 이후 영원히 부정자로 환원하였다. 많은 비평 · 소설로 '현대의 지성' 으로 불렸으며, 1947년 노벨문학상을 받았다.

빠를 매장하려 한다. 이스메네처럼 인간의 법칙을 무서워하지 않고 신만을 따르려는 안티고네는 의지의 인간상이지만 이 사건이 결국 안티고네 자신과 약혼자 하이몬과 크레온의 부인이자 하이몬의 어머니인 에우리디케를 죽음으로 몰고 갔다. 그러나 테베 인들과 크레온에게서 정당한 이해를 받고 많은 교훈을 주게 되는 것도 정의에 대한 안티고네의 불굴의 정신 때문이다. 이 작품에서 인간이 만들어 놓은 법과 신의 율법, 국가와 개인, 가정과 국가가 대립하고 있는데, 그 중 신의 율법이 무엇보다도 일차적인 것이 된다. 그리고 크레온의 비굴과 고집에 대해서도 비판이 가해지고 있는데, 인간의 그러한 오만은 항상 신에게 벌을 받는다.

1924년 씌어진 아누이*의 「안티고네」는 그의 비극 중에서도 가장 뛰어난 것으로서 아누이에게 세계적인 명성을 가져다주었다. 현대적 세팅, 현대적인 군인과 현대적인 성격이 담기긴 했지만 플롯만은 소포클레스의 「안티고네」를 기초로 이루어져 있다. 아누이는 안티고네의 고뇌와 함께 통치자 크레온의 고뇌도 정당한 것으로 보여 준다. 이성과 타협으로써 문제를 해결하려는 크레온은 민중의 이익을 위해, 또 통치자로서의 자기 권리를 유지하기 위해서 안티고네를 설복하려 한다. 서사적 수법으로 씌어진 아누이의 「안티고네」는 크레온이 상징하는 인습과 안티고네가 상징하는 결코 굽힐 수 없는 인간 양심의 대결을 보여 준 것이다. 1948년에 씌어진 브레히트*의 「안티고네」는 횔더린의 번역

극을 개작한 것으로서, 안티고네의 소재가 제1차 세계대전과 연결되어 베를린을 배경으로 엮어졌다. 브레히트는 그의 「안티고네」에서 권력에 취한 크레온의 횡포를 강조하고 있다.

메디아

기원전 431년에 씌어진 에우리피데스의 「메디아」는 여인의 분노와 질투가 얼마나 극한적인 것인가를 보여 준다. 왕의 딸과 결혼하여 왕위를 계승하기 위해, 자기를 저버린 남자에게 복수하기 위해서 자신의 아이들까지도 죽이기를 주저하지 않는 메디아는 그리스 결혼 풍습에 의해 여자들이 어떻게 희생되었는가를 보여 준다. 한편, 모성애와 불타는 복수의 갈등 속에서 결국은 복수하기를 결심한 이 여주인공을 통해서 우리는 사랑이 어떻게 해서 복수와 증오로 변할 수 있는가를 볼 수 있다. 메디아의 성격은 매우 인상적으로 그려져 있는데, 에우리피데스가 중점을 둔 것은 이 성격의 묘사와 함께 자식 살해의 모티프를 밝히는 일이었다.

버림받은 아내로서 자식을 죽이게까지 된 메디아의 운명은 1660년에 루드비히 14세의 결혼 기념 축제를 위해 코르네이유

* 아누이 | (Anouilh, Jean. 1910~1987년) 프랑스의 극작가. 신랄한 유머로 영혼과 사회 현실의 충돌, 빈부의 대립, 죄의식 등을 즐겨 취급했다. 대표작 『도둑들의 무도회』, 『장미빛 극작집』 등이 있다.
* 브레히트 | (Brecht, Bertolt. 1898~1956년) 독일의 극작가. 초기에는 『밤의 북』 등 허무주의적 작품을 썼으나 차츰 사회주의 작풍을 띠었다. 제2차 세계대전 후 베를린의 독일 극장을 지도하였다. 서정시와 소설도 썼는데 작품으로 『서푼짜리 오페라』, 『제3제국의 공포와 빈곤』 등이 있다.

가 쓴 「황금양모피」와 1818~1820년에 씌어진 그릴파르처의 「황금양모피」 속에서 작가의 세계관을 보여 주는 데 사용된다. 황금양모피는 저주의 상징으로서 그것 때문에 모든 악이 발생한다. 이 소재에서는 문명과 자연, 그리스 문화와 미개 문화가 대립되고 있다.

그리스 신화를 많이 각색한 아누이는 1946년에 쓴 「메디아」에서 타협과 중용을 몰랐던 인간이 너무나도 개성이 강한 성격 때문에 파멸되어 가는 과정을 그렸다.

2부

그리스 희극 연표

그리스 희극의 역사적 배경

그리스 희극의 전망과 구조

그리스 희극 연표

* 현존 작품은(現), 없어진 것은(散), 부분만 남은 것은(斷)으로 표시했음. 연도는 기원전

희극 외의 문학·철학 등	희극	역사적 사건
628~624년 아리온, 디시람보스를 창시.		
600~550년 서정 시인 알카이오스, 사포, 스테시코로스, 철학자 탈레스, 아낙시만드로스, 아낙시메네스 활약.	**583~560년** 스사리온, 희극을 창시.	**594/593년** 솔론의 개혁.
		560년 페이시스트라토스, 아테네의 참주가 됨(~527년).
556년 서정 시인 시모니데스 탄생.		**550년** 키로스, 페르시아 제국을 건설.
		546년 소아시아의 그리스 식민지 페르시아의 지배하에 듦.
534년경 비극 경연이 시작되어 테스피스가 우승.		
530년경 철학자 크세노파네스, 피타고라스, 서정 시인 아나크레온의 전성기.	**530년경** 에피카르모스 탄생(~440년경).	**529년** 캄비세스, 키로스의 뒤를 이어 페르시아의 왕이 됨.
525/524년 비극 시인 아이스킬로스 탄생(~456년).		**525년** 페르시아, 이집트를 정복.
522/518년 핀다로스 탄생(~440년경).		
		521년 다레이오스, 페르시아 왕이 됨.
505년경 서정 시인 바킬리		**508년** 클레이스테네스의 개혁에 의해 아테네 민주

희극 외의 문학·철학 등	희극	역사적 사건
데스 탄생(~450년경).		제도 확립.
500년경 철학자 헤라클레이토스의 전성기.	**500년경** 에피카르모스의 전성기. 이즈음 에우에테스, 에욱세니데스, 미트로스 등 활약.	
499년 아이스킬로스 처음으로 극을 상연.		**499~493년** 이오니아 식민지, 페르시아에 반란.
496/495년 비극 시인 소포클레스 탄생(~406년).		**494년** 밀레토스, 페르시아에 함락.
493년경 철학자 엠페도클레스 탄생(~433년경).		**492/491년** 페르시아 군, 트라키아와 마케도니아에 침입.
490년 엘레아 학파의 철학자 제논 탄생.	**490년경** 크라티노스 탄생(~422년). 아리스토파네스, 에우리폴리스와 함께 3대 고희극 시인의 한 사람으로 시사 문제를 극 중에서 풍자한 최초의 사람이라 불림.	**490년** 마라톤 전투에서 페르시아 군 패배.
485년경 웅변가 고르기아스 탄생(~375년경).	**487년** 처음으로 국가적 행사로서 디오니시아 대제에서 희극이 경연되어 키오니데스가 우승. 법령에 따라 합창단(코로스)의 경비를 부유한 시민이 부담하게 됨(코레고스 제도).	**486/485년** 다레이오스 사망. 크세르크세스, 페르시아 왕위를 계승.
484년 역사가 헤로도토스 탄생(~430년 이후).		
484/480년 비극 시인 에우리피데스 탄생(~406년).		
481년 소피스트의 거두 프로타고라스 탄생(~411년).		**480년** 크세르크세스, 페르시아 군을 이끌고 그리스에 침공. 살라미스 해전에서 참패.
		478/477년 델로스 동맹 결성.
476년 아이스킬로스 「결박당한 프로메테우스」.		
472년 아이스킬로스 「페	**472년** 마그네스 우승.	

희극 외의 문학·철학 등	희극	역사적 사건
르시아 인들」.		
470년경 역사가 투키디데스 탄생(~400년경). **469년** 소크라테스 탄생(~399년).	**470년경** 미모스 극의 창시자 소프론 탄생(~400년경).	**470년** 테미스토클레스 추방됨.
468년 소포클레스 첫 상연에서 우승. **467년** 아이스킬로스「테베에 항거하는 일곱 장군」.	**468~458년** 극장에서 처음으로 무대 배경이 사용됨.	**468년** 아테네의 장군 키몬, 에우리메돈 전투에서 페르시아 군을 격파. **465년** 크세르크세스 사망. 아르타크세르크세스, 페르시아 왕위를 계승.
462년 철학자 아낙사고라스, 아테네로 옴. 이즈음 의학자 히포크라테스, 철학자 데모크리토스 탄생. **458년** 아이스킬로스 삼부작『오레스테이아』.		**462/461년** 에피알테스의 개혁으로 아레이오스 파고스 법정의 권위 실추. **459~446년** 아테네, 펠로폰네소스 동맹과 싸움. **457/456년** 아이기나, 아테네에 항복.
456/455년 아이스킬로스 사망. **455년** 에우리피데스 첫 상연.		**456/455년** 아테네, 외항 페이라이에우스에 이르는 장성을 완성. **454년** 아테네 군, 이집트에 원정하여 괴멸당함.
	453년 크라티노스 처음으로 극을 상연.	
	449년 크라테스 처음으로 우승. **448년경** 크라티노스「알키로코이」(斷). **445년경** 아리스토파네스 탄생(~385년). 에우폴리스 탄생(~411년).	**449/448년** 칼리아스의 화약(和約). 키몬 사망.
	443년 크라티노스「트	**443~429년** 페리클레스,

희극 외의 문학·철학 등	희극	역사적 사건
	라키아의 여인들」(斷).	정권을 잡음(페리클레스 시대).
	442년 레나이아제에서 처음으로 희극 경연이 시작됨.	
441?년 소포클레스 「안티고네」.		
440년 프로타고라스, 프로디코스 등 소피스트 활동 시작.	**440/439년** 특정한 개인을 풍자 공격하는 작품의 상연을 금지하는 법령이 제정됨.	**440년** 사모스의 반란.
438년 에우리피데스 「알케스티스」.		**438년** 파르테논 신전이 완성됨.
	437년 페레크라티스 첫 우승.	**437~432년** 프로피라이아의 건조 개시.
436년 웅변가 이소크라테스 탄생.		
		432년 포티다이아의 반란.
431년 에우리피데스 「메디아」.		**431년** 펠로폰네소스 전쟁 발발(~404년).
430년경 역사가 크세노폰 탄생(~354년 이후).	**430/429년** 에우폴리스 첫 상연. 크라티노스 「디오니살렉산드로스」(斷).	**430년** 아테네에 전염병 만연함.
429?년 소포클레스 「오이디푸스 왕」. 이즈음 에우리피데스 「헤라클레스의 아이들」. 소포클레스 「트라키스의 여인들」.	**429년** 프리니코스 처음으로 극을 상연.	**429년** 페리클레스, 전염병으로 죽음.
428년 에우리피데스 「히폴리토스」.	**428년** 재차 개인 공격의 희극을 금하는 법령 제정.	
427년 철학자 플라톤 탄생(~348/347년).	**427년** 아리스토파네스 처녀작 「잔치의 손님들」(斷)을 상연하여 2등. 이즈음 에우폴리스 「대장들」(斷) 상연.	
	426년 아리스토파네스 「바빌로니아 인」(斷) 우승. 이 극에서 정치가 클	

희극 외의 문학·철학 등	희극	역사적 사건
	레온을 풍자했기 때문에 소송당했음.	
425년 에우리피데스 「헤카베」(423?년).	**425년** 아리스토파네스 「아카르나이 사람들」(現), 레나이아제에서 우승. 크라티노스 「폭풍우 속의 사람들」(斷). 플라톤(철학자와는 동명이인) 첫 상연.	**425년** 아테네 군. 스팍테리아를 공략, 함락시킴. 클레온의 전성기.
	424년 아리스토파네스 「기사」(現), 레나이아제에서 우승. 크라티노스 「사티로이」(散) 2등. 아리스토메노스 「장작운반」(散) 3등.	**424년** 스파르타 군, 암피폴리스를 공략. 이로 인해 투키디데스 추방됨.
	423년 디오니시아 대제에서 크라티노스 「술병」(斷) 우승. 아리스토파네스 「구름」(現) 3등.	
	422년 레나이아제에서 칸타로스 우승. 아리스토파네스 「벌」(現) 2등.	**422년** 클레온과 브라시다스, 암피폴리스 전투에서 전사.
	421년 아리스토파네스 「평화」(現), 디오니시아 대제에서 2등. 에우폴리스 「추종자」(斷), 「마리카스」(斷).	**421년** 니키아스의 평화 조약.
420년 에우리피데스 「구원을 바라는 여인들」.	**420년** 페레크라테스 「조잡한 사람들」(斷) 우승.	
419년 에우리피데스 「안드로마케」.		**419년** 펠로폰네소스 전쟁 재개.
418년 소포클레스 「엘렉		**418년** 스파르타 군, 만티

희극 외의 문학·철학 등	희극	역사적 사건
트라」(410?년).	**417년** 페레크라테스 「탈주하는 사람들」.	네이아 전투에서 승리.
416년 에우리피데스 「미친 헤라클레스」(423?년).	**416/415년** 에우폴리스 「바프타이」(斷).	**416/415년** 아테네 군 멜로스를 공략하여 전 시민을 학살.
415년 에우리피데스 「트로이의 여인들」.	**415년** 세 번째로 개인 풍자의 작품을 금하는 법령(417?년).	**415년** 아테네의 시칠리아 원정. 알키비아데스, 스파르타 측에 가담.
413년 에우리피데스 「엘렉트라」. 이즈음 에우리피데스 「이오」, 「타우리케의 이피게네이아」(~408년).	**414년** 아메이프시아스 「잔치하는 사람들」(散) 디오니시아 대제에서 우승. 아리스토파네스 「새」(現) 2등. 프리니코스 「염세가」(斷) 3등. 페레크라테스 「등불」(斷).	**413년** 시칠리아 원정군 전멸.
412년 에우리피데스 「헬레네」.	**412년** 에우폴리스 「데모이」(斷).	**412년** 아테네 동맹하의 제도시 반란.
	411년 아리스토파네스 「리시스트라테」(現), 「여인들만의 축제」(現). 에우폴리스, 헬레스폰토스 해전에서 전사.	**411년** 5월 400인 정권 수립, 9월에 붕괴.
409년 소포클레스 「필로크테테스」, 에우리피데스 「페니키아의 여인들」.	**410년** 피로니데스 첫 우승. 이즈음부터 피리오스, 테오폼포스, 스트라티스 활약.	**410년** 키지코스 해전에서 아테네 해군, 스파르타를 격파.
408년 에우리피데스 「오레스테스」.		
406년 에우리피데스, 소포클레스 사망.		**406년** 아르기노사이 해전에서 아테네 해군 승리.
405년 에우리피데스의 유작 「바코스의 여신도들」, 「아울리스의 이피게네이	**405년** 아리스토파네스 작품 「개구리」(現)로 레나이아제에서 우승. 프	**405년** 아이고스포타모이 해전에서 아테네 함대 전멸당함.

희극 외의 문학·철학 등	희극	역사적 사건
아」 소개.	리니코스 「무사이」(斷) 2등. 에우브로스 탄생(~330년경).	**404년** 아테네의 항복으로 펠로폰네소스 전쟁 종결. 장성의 파괴, 추방자의 귀국, 30인 정권의 수립. 스파르타 전 그리스의 패권을 잡음(~371년).
		403년 30인 정권 실각. 민주 정체 회복됨.
401년 소포클레스의 유작 「콜로노스의 오이디푸스」.		**401/400년** 페르시아 왕자 키로스의 발란.
400년경 디시람보스 작가 티모테오스의 전성기.	**400년경** 중기 희극 시인 아낙산드리데스 탄생.	**400년** 스파르타와 페르시아의 전쟁(~386년).
399년 소크라테스 사망.		
		395년 코린토스 전쟁 시작(~386년).
		394년 코린토스 해전에서 아테네 군, 스파르타 함대 격파. 코로네이아 전투.
	392/391년 아리스토파네스 「여인 의회」(現). 이즈음부터 중희극의 경향이 현저해짐.	
	390년 중기 희극 시인 알렉시스 탄생(392?~280년경).	
	389/388년 아리스토파네스 「복신」(現).	
	388년경 중기 희극 시인 안티파네스 탄생(~311년).	
386년 플라톤, 아카데메이아를 창설.	**387년** 아라로스(아리스토파네스의 아들) 「아이올로시콘」(斷), 「코칼로스」(斷)를 상연, 부친 아	**386년** 안탈키다스의 평화. 코린토스 전쟁 종결.

희극 외의 문학·철학 등	희극	역사적 사건
	리스토파네스가 대작했다는 설도 있음.	
	385년경 아리스토파네스 사망.	
384년 철학자 아리스토텔레스 탄생(~322년).		
383년 웅변가 데모스테네스 탄생(~322년).		
		378/377년 제2차 아테네 동맹 결성.
	376년 아낙산드리데스 첫 우승.	**376년** 아테네 해군, 낙소스 해전에서 스파르타 함대를 격파.
371년 철학자 테오프라스토스 탄생(~287년).		**371년** 테베의 전성기(~362년).
		370~369년 아르카디아 동맹 성립.
	365년 므네시마코스가 우승함.	
	361년 신희극 시인 필레몬 탄생(~263/262년).	
	360년경 중기 희극의 전성 시대. 안티파네스, 아낙산드리데스, 알렉시스, 에우브로스, 아라로스 등이 활약.	
		359년 필리포스 2세 마케도니아 왕이 됨(~336년). 마케도니아의 융성.
		357~356년 필리포스와 아테네의 전쟁.
		357~354년 아테네와 동맹 도시와의 전쟁.
		356~346년 신성전쟁. 필리포스, 그리스에 침입.
		356년 알렉산드로스 대왕 탄생.
	350년 신희극 시인 디필로스 탄생(~262년). 이즈음부터 각지에 상설극	

희극 외의 문학·철학 등	희극	역사적 사건
	장이 설치되고 배우조합이 결성됨.	
		348년 올린토스, 마케도니아 군에게 함락.
347년 플라톤 사망.	**347년** 알렉시스 우승.	
		346년 필로크라테스의 평화. 신성전쟁 끝남.
342년 철학자 에피쿠로스 탄생(~270년).	**342년** 신희극 시인 메난드로스 탄생(~291/290년).	
	341년 필레몬 「조각사」(斷).	
		336년 필리포스 암살. 알렉산드로스 왕위에 오름(~323년).
335년 아리스토텔레스, 아테네의 리케이온에서 학교를 엶.		
		331년 알렉산드리아 건설.
	330년 정치가 리쿠르고스의 노력으로 디오니소스 극장 건설됨.	
	327년 필레몬 첫 우승.	
	323년 디필로스 「제비뽑는 사람들」(散). 로마의 플라우토스가 「카시나」(現)로 번안.	**323년** 알렉산드로스 대왕 바빌론에서 사망.
322년 아리스토텔레스 사망함.		**323~283년** 이집트의 프톨레마이오스 1세.
	321년 메난드로스 처녀작 「분노」(斷)를 상연.	**317년** 팔레롬의 데메트리오스, 아테네를 지배(~307년).
	316년 디필로스 첫 우승.	
	315년 메난드로스 처음으로 우승.	
	315/307년 필레몬 「상인」(散). (플라우토스의 번안 작품 현존).	
314년 스토아 학파의 원조 제논, 아테네에 옴.		
	313년 메난드로스 「머리칼 잘린 여인」(斷).	
310년경 시인 칼리마코스 탄생(~240년경).	**310년경** 미모스 극 작가 테오크리토스 탄생	

희극 외의 문학·철학 등	희극	역사적 사건
	(~250년경).	
	301년 메난드로스 「인브리아의 사람들」(斷).	
295년경 서사 시인 아폴로니오스 탄생.	**300년경** 미모스 극 작가 헤로다스 탄생(~250년경).	
	292~287년 필레몬 「보물」(斷) (플라우토스의 번안 작품 현존).	
287년 테오프라토스 사망. 아르키메데스 탄생.	**291/290년** 메난드로스 사망.	
285~247년 리코프론, 호메로스, 피리코스, 소시테우스, 알렉산드로스 등 7 비극 시인(플레이아데스)의 전성기.	**285년** 아폴로도로스 첫 상연. **281~265년** 아폴로도로스 「시어머니」(散) (플라우토스의 번안 작품 현존).	**285년** 프톨레마이오스 2세(~247년). 도서관, 박물관을 창설. 학술의 번성.
273년 리코프론의 비극 「알렉산드라」.	**275~270년** 테오크리토스의 미모스 극 「목자」(現). 「아도니아제의 여인들」(現).	

그리스 희극의 역사적 배경

기원전 5~4세기의 아테네

우리가 말하는 희극이 아테네의 산물이며 현존하고 있는 작품은 고희극에서 신희극에 이르기까지 아테네 시민의 작품이므로 여기서 우선 아테네의 정치사를 개관해 두기로 한다. 무릇 문학은 그 문학을 낳은 사회와 떼어 놓고 생각할 수 없는데, 그 중에도 그리스 희극은 그것을 낳은 폴리스의 정치사와 밀접하게 맺어져 있으며 거기에 큰 특색을 지니고 있다.

기원전 490년의 마라톤 전투, 그리고 기원전 480년의 살라미스 해전 때 동방 페르시아의 대군을 격퇴하여 민족의 위기를 헤쳐 나가는 데 가장 공이 컸던 아테네는 그리스 세계에서 그 지위가 갑자기 높아졌다. 그때까지 페로폰네소스 반도의 패자인 스파르타가 그리스에서 제일가는 폴리스로 자타가 공인하고 있었으나 시대는 돌변하고 말았다. 살라미스 해전에서 형식상 지휘권을 잡고 있던 스파르타로서는 그 쇄국적인 국시國是로 보아 해외에서의 패권은 부자연스런 것이었다. 그러므로 살라미스에서 승리를 거둔 뒤 페르시아 해군의 재침에 대비하여 에게 해 일대에 있는 폴리스가 형성한 방위 체제의 맹주의 지위가 스파르타에서 아테네로 옮겨진 것은 지극히 당연한 일이었다.

기원전 478~477년에 델로스 동맹이 성립됐다. 이 동맹은 본래 크고 작은 폴리스가 대등한 입장에 서서 각 폴리스의 역량에 따라 해군 또는 갹출금을 공출하는 조직이었으나 대개 각 폴리스는 대납금을 내는 편리한 방법을 택했기 때문에 아테네 해군이 방위력의 주체를 이루었다. 다른 동맹시를 대하는 아테네의 태도가 점점 거만해지고 동맹이 점차로 아테네 제국화되어 갈 때 산발적으로 이에 저항하려는 시도는 일어났지만 그때마다 진압되었고, 전쟁 준비를 게을리한 동맹시가 서로 연락하여 아테네 제국 타도에 합세한다는 것은 사실상 생각할 수 없는 정세였다.

이리하여 아테네의 황금 시대가 시작되었다. 살라미스 해전부터 아테네와 스파르타 사이에 벌어졌던 펠로폰네소스 전쟁이 일어나기까지 '50년기'는 아테네의 전성 시대임과 동시에 고전 문화의 최전성기였다. 그것은 고대 민주 정치가 그 특유한 모습으로 아테네에서 실현된 시대이기도 하다. 기원전 490년에 마라톤 평야에서 페르시아의 대군을 격퇴한 10,000명 미만의 아테네의 중무장 보병은 토지 소유 농민을 중추로 하는 아테네 시민군이었다. 10년 뒤 살라미스 해전에서 군함의 노잡이로서 전승의 공을 차지한 것은 무기를 자비 부담하는 중무장 보병이 될 수 없는 무산 시민이었다. 다 같이 빛나는 승리를 거둔 싸움이었지만 이때의 육군 중심에서 해군 중심으로의 변화는 아마도 세계사의 다른 시대에 예를 찾을 수 없는 깊은 정치적 영향을 주었고, 아테네 시민 사이에 두 가지 입장을 이룩해 주었다. 그것은 희극 작가 아리스토파네스에게도 중대한 관심사였다.

스파르타에서 전형적으로 볼 수 있었던 것과 같이 중무장 보병이 속하는 육군에 국방의 주체를 두고, 적극적인 참정권을 무기를 자비 부담할 수 있는 시민(주로 농민)들에게 제한했을 경우, 거기에는 온화한 과두 정치 내지는 제한된 민주 정치가 생긴다. 기원전 5세기 초기의 아테네는 그 단계에 있었다. 그러나 천재적인 정치가였던 테미스토클레스가 일찍부터 아테네의 장래는 해상에 있음을 직감하고 해군항 건설에 힘썼으며, 그의 전략으로 살라미스 해전에서 대승리를 거둘 수 있었다. 그 결과 삼단도선三段櫂船의 노잡이로 활약한 무산 시민 대중의 정치적 발언권이 갑자기 높아지고 철저한 민주화가 불가피하게 되었다.

델로스 동맹의 패자로서 아테네는 본래 동맹시의 갹출금이던 거액의 돈을 마음대로 쓸 수 있는 입장에 놓이게 되었다. 첫째로 그것은 해군을 유지하는 데 충당되었지만, 국가 재정이 윤택해짐에 따라 아크로폴리스의 미화美化를 실현하고, 민주 정치를 철저히 하는 데 큰 힘이 되었다. 많은 관직을 선거가 아니라 지원자 사이의 추첨으로 임명하고, 무산자의 취임을 돕기 위해 일당을 지급했다. 연극에서 관객에게 국가가 입장료를 지급하는 방법은 델로스 동맹이 없어진 기원전 4세기에도 행해지고 있었지만, 동맹 전성기에 국가 재정이 풍부했기에 이러한 정책이 가능했을 것이다.

테미스토클레스가 실각한 뒤, 페리클레스에 의해 아테네 민주 정치는 완성되었고, 크게 본다면 그것은 기원전 4세기 말 마케도니아가 아테네에 대한 패권을 잡기까지 이 폴리스의 정치 체계로서 계속되었으며 다른 무수한 폴리스도 이를 모방하였다.

페리클레스가 선거에 의한 중요 관직인 장군직에 15년간 연속 취임하여 '이름은 민주 정치이지만 실은 1인에 의한 독재'라 일컬어진 페리클레스 시대를 실현하기까지에는 키몬(보수파이며 스파르타를 사랑하고 아케네·스파르타 양국의 협력으로 페르시아에 항전하는 것을 이상으로 여겼다.), 그리고 보수파의 영수였던 투키디데스(역사가 투키디데스와는 다른 인물)를 도편 추방(ostracism)으로 실각시켜야만 했다. 기원전 479년 이후, 페르시아 군이 에게 해에서는 그 모습을 보이지 않게 되었지만 페르시아와 아테네의 항쟁은 지중해 동부에서 계속되었고, 한편 아테네와 스파르타의 관계는 차차 악화되어 기원전 450년대에는 교전이 시작되었다. 페리클레스는 아테네와 스파르타의 두 패권이 도저히 양립할 수 없고 언젠가는 결전의 날이 올 것을 일찍부터 예견하고 있었다. 그러나 스파르타와 페르시아 두 나라에 대해 양면 전쟁을 계속하기란 불가능함을 직감하고 기원전 448년 페르시아와 '칼리아스 평화 조약'을 맺었다. 기원전 446년에는 스파르타와 아테네 사이에도 30년의 화약이 성립되어 그리스 본토는 비로소 참된 평화의 시기를 맞이하였는데, 30년의 화약은 그 반인 15년 만에

파기되고 기원전 431년에 펠로폰네소스 전쟁이 일어났다.

그리스 본토를 거의 양쪽으로 갈라놓고 27년에 걸쳐 벌어진 이 대전쟁은 그리스 사회의 걸음걸이에 중대한 의미를 갖고 있는데 아리스토파네스의 주요 작품, 즉 그리스 고희극 중 현존하는 작품 모두가 이 전쟁 중의 아테네에서 씌어지고 상연되었다는 점에서 희극과는 끊을래야 끊을 수 없는 관계가 있다. 여기서 몇 차례나 반전을 거듭한 이 대전쟁의 상황을 샅샅이 들춰 볼 수는 없지만, 명문 태생의 총명한 정치가 페리클레스는 시민을 설득하여 농성 작전을 강행하고 주로 해군력으로 펠로폰네소스를 공격한다는 전략을 취했다. 그것은 시민 가운데 토지 소유 농민에게 큰 희생을 요구하는 것이었지만, 전략으로서는 참으로 뛰어난 것이었다. 전쟁 개시 2년째에 발생한 페스트로 아테네는 인구의 약 3분의 1을 잃었고 페리클레스도 희생되었다. 페리클레스에 이르기까지 아테네의 정치가는 보수파·민주파 구별 없이 모두가 명문 출신이었는데 반해 이후부터는 클레온·히페르볼로스·클레오폰 등과 같이 시정의 무리, 즉 상공업자가 선동 정치가로서 극단 민주 정치를 수행하는 데 활약했다. 이와 같은 데마고그(선동 정치가)의 입장은 아리스토파네스의 작품을 이해하는데 중요하지만 이 전쟁의 경과에서, 아니 아테네의 정치사에서 결정적이었던 것은 그들 밑에서 민주 정치가 중우 정치衆愚政治로 변질되어 여러 차례나 대실패를 거듭한 것이다. 데마고그에게 조종당한 민중은 기원전 420년 '니키아스 평화 조약' 때를 제외하고는 스파르타가 제창한 강화를 번번이 과대한 요구를 내걸어 물리쳤으며, 또 기원전 415~413년의 무모하기 짝이 없는 시칠리아 대원정의 실패로 단번에 국력은 쇠약해졌다.

이 대원정을 민중에게 설득한 알키비아데스는 상공업자가 아니고 명문 출신의 재기에 넘치는 잘생긴 청년이었다. 그가 원정 도중에 적국인 스파르타 군에 투항하여 스파르타 군에게 아테네 북방의 데케레이아를 항구적으로 점령하도록 권하였다. 그때부터 스파르타 군은 해마다 침입하는 대신 아테네의 영역을 상시常時 점령했으므로 아테네의 국부國富에 크게 이바지한 라우리옴 은광의 채굴도 불가능하게 되고 노예들의 도망도 심해졌다. 농성도 시작되어 페이라이에우스 항구로부터의 식량 수입에 의존하지 않으면 안 되었다.

전황이 악화됐을 때, 아테네의 시민들 사이에 그때까지 잠재해 있던 극단 민주 정치에 대한 반대 입장이 득세하게 되었다. 아리스토파네스가 희극 무대 위에서 공공연하게 데마고그를 비난, 조소하고 평화를 실현하도록 주장한 것이 일반 민중에게 얼마만큼의 감화를 주었는지는 의문이다. 하지만 부유한 시민 사이에서는 시칠리아 원정 실패 뒤에 과두주의적인 움직임이 왕성해져서 지난날 '조상의 국가 체제'를 예찬하는 익명의 팸플릿이 시중에 나돌기도 하고 비밀리에 모임이 행해지기도 했다. 그리고 드디어 기원전 411년에 이르러 400인 지배의 과두 정치가 수립되었는데, 그것은 아테네 민주 정치의 에피소드의 하나에 지나지 않았다. 민주 정치가 부활한 뒤, 아테네 인은 마지막 힘을 모아 대 스파르타 전을 계속하였다. 그러나 최후의 결정타가 된 것은 동방의 페르시아 제국의 경제력이었다. 스파르타는 아테네를 완전히 항복시키는 데 해상의 지배권을 잡지 않으면 안 된다는 것을 깨닫고 페르시아와 결탁하여 해군을 창설했기 때문이다. 이리하여 전쟁 말기의 전투가 소아시아 서안 방면에서 벌어졌는데, 흑해 방면으로부터 아테네에 이르는 양곡 수송 해상로에 해당하는 헬레스폰토스(다다넬즈 해협) 방면으로 전장이 옮겨졌다. 기원전 405년 아이고스 포타모이 해전에서 아테네 해군이 대패한 뒤, 아테네는 적군에게 완전히 포위되어 시민들은 굶어 죽을 운명에 빠졌다. 다음 해인 기원전 404년, 드디어 아테네는 무조건 항복을 했는데 이미 델로스 동맹의 도시들은 대부분 아테네로부터 이반해 있었다.

기원전 404년의 항복 뒤, 스파르타의 세력을 배경으로 '30인'의 극단 과두 지배가 수립되어 그것은 곧 '30 참주'의 폭정으로 변했는데 그것도 민중의 무력 저항으로 타도되고 민주 정치가 부활했다. 이때부터 기원전 4세기 말까지 민주 정치 제도는, 예컨대 민회 출석자에 대한 수당 지급 개시에서 볼 수 있듯이 더욱더 철저해지기는 해도 후퇴하는 일 없이 존속했다. 이리하여 정치 제도의 형식에서는 기원전 5세기와 4세기 사이에 어떤 단절도 찾아볼 수 없다.

그렇지만 고희극은 기원전 5세기에서 끝을 맺었다. 기원전 4세기 초기에 속하는 만년의 아리스토파네스의 작품은 내용적으로는 중희극에 포함되는 것으로, 고희극에서 볼 수 있는 격렬한 정치 비판이나 개인 공격은 이미 모습을 감추어 버리고 사회, 경제에 대한 풍자 등이 소재가 되었다.

기원전 4세기의 그리스에서는 폴리스의 분립 항쟁分立抗爭의 폐단이 가장 뚜렷하게 나타났다. 스파르타, 테베로 패권이 넘어갔는데 그동안 페르시아는 경제력으로 폴리스의 정국에 간섭하여 그리스 본토의 폴리스가 통일된 힘으로 자국에 대항하는 것을 저지하고 있었다. 만성적인 전쟁 상태 가운데서 아테네는 페르시아의 원조로 말미암아 펠로폰네소스 전쟁의 패배에서 부흥해 델로스 동맹의 성립으로부터 꼭 100년째인 기원전 337년에 '제2회 아티카 해상 동맹'의 결성에 성공했다. 그러나 그것도 기원전 350년대에는 동맹시의 대규모 이반으로 갑작스레 약화되었다.

이와 같이 아테네는 기원전 4세기 전반에도 그리스의 정국에 중요한 위치를 차지한 유력 폴리스였으며, 그 정치 활동이 쇠퇴했다고 함은 믿어지지 않는다. 그리고 아테네는 제2회 해상 동맹의 숨은 선전서로 해석되는 기원전 380년의 「파네기리코스」로 명성을 떨친 정치평론가 이소크라테스와 같은 인물을 배출하고 있지만, 희극이 현실 정치를 비판 풍자하여 관중의 갈채를 받던 시대는 아니었다. 그것은 델로스 동맹의 맹주라는 특별한 분위기와 스파르타와의 결전이라는 강한 정치적 긴장 속에서의 산물이었던 것이다. 용병傭兵 사용의 증대라는 한 가지 일로도 알 수 있듯이 기원전 4세기는 폴리스 정신의 쇠퇴기이며, 폴리스 시민 간 빈부의 차는 전쟁이 가져온 재앙을 통해 점점 증대해 갔다. 아리스토파네스의 현존 작품 중 최후의 두 작품이 현실 정치에서 벗어나 부인의 지배나 부인 공유, 또 빈부 문제를 취급하고 있는 것은 이러한 시민의 관심의 변화를 반영했을 것이다. 중희극을 대표하는 안티파네스와 알렉시스는 원래 아테네 인이 아니고 시민권을 부여받아 아테네 시민이 된 작가로 고희극의 크라티노스, 에우폴리스, 아리스토파네스가 모두 본토박이 아테네 시민이었던 것과 대비해서 시대의 변천을 생각하게 한다.

기원전 359년 즉위한 필리포스 2세 때, 그리스 북방의 마케도니아는 갑자기 강대해졌다. 기원전 348년 올린토스 시를 파괴함으로써 마케도니아는 폴리스 세계에 대해 무서운 위협을 가했다. 쇠퇴했다고는 하지만 여러 폴리스와 동맹 관계에 놓여 있던 아테네로서는 마케도니아 세력의 성장은 지극히 우려할 정치 문제였다. 그래서 기원전 340년대의 아테네에서는 친마케도니아파와 반마케도니아파 사이에서 이 위기를 풀어 나가려는 활발한 움직임이 있어났다.

신희극을 대표하는 메난드로스가 아테네에서 태어난 것은 기원전 342년이었다. 그로부터 4년 후인 기원전 338년 카이로네이아에서, 데모스테네스의 필사적인 노력으로 이루어진 아테네와 테베의 연합군이 마케도니아 왕 필리포스와 왕자 알렉산드로스가 지휘하던 마케도니아 군에게 크게 패했다. 지난날의 역사가들은 이때를 그리스사의 종언으로 다룬 데 비해 오늘날에는 이로부터 300년간을 헬레니즘 시대로서, 그리스사의 새 시대로 취급하고 있다. 그것은 역사학의 진보이며, 데모스테네스의 애국적 활동에 대한 평가도 19세기까지와 오늘날은 매우 달라졌다.

마케도니아가 그리스에서 패권을 확립한 뒤에도 아테네의 반마케도니아파는 희망을 잃지 않았다. 기원전 323년 알렉산드로스 대왕이 바빌론에서 죽었다는 소식이 전해지자 아테네는 마케도니아의 힘으로 성립된 '헬레네스 연합'에서 이탈하여 마케도니아와의 전투에 맞서게 되어 '라미아 전쟁'이 일어났다. 그러나 이 전쟁도 결국은 아테네의 패배로 끝났다. 기원전 323년 해전에 대패하여 해군력을 상실한 아테네는 무조건 항복을 해야 했으며, 그 결과 마케도니아 군의 주둔을 인정했다. 그리고 참정권은 일정한 재산이 있는 자에 한정되고 민주파는 추방되었다. 데모스테네스는 같은 해 망명지에서 자살했다.

메난드로스는 기원전 321년에 첫 작품을 발표, 경연에 참가했다. 그가 기원전 291년에 사망하기까지, 아니 그 후 10년 뒤인 기원전 281년까지 지중해 동부에서는 알렉산드로스의 후계자(디아드코이)의 패권 다툼으로 천하는 얽힌 실처럼 어지러웠다. 아테네에서는 기원전 317~307년 사이에 테오프라스토스의 제자인 팔레롬의 데메트리오스가 마케도니아의 카산드로스의 세력을 배경으로 지배했는데, 그는 기원전 307년 '공성자攻城者' 데메트리오스 1세에게 쫓겨나고 민주 정치가 부활한다. 이와 같이 마케도니아 장군들의 권력 다툼에 휩싸여 아테네의 정치사는 어지럽게 변화했기 때문에 시민 사이의 폴리스 의식, 정치에 대한 관심은 지극히 낮았다. 기원전 4세기경부터 부유한 시민들 사이에는 전쟁 비용 부담을 두려워하는 나머지 되도록 평화 존중의 방향으로 나가고 싶은 기운이 강해졌다. 일반 민중 사이에는 국가의 제례일에 국가로부터 '관극료(테오리콘)'라는 이름으로 술값이 분배되는 것이 민주 정치의 본질이라고 생각하는 기운이 꽉 차 있었다. 데모스테네스가 반마케도니아 활동을 하는 데 곤란을 겪었음은 당연한 일이었다. 그가 자살이라는 방법으로 고난의 생애를 끝마친 뒤, 앞에 말한 것 같은 정치적 변화를 거쳐 기원전 307년, 마케도니아 장군들의 힘으로 민주 정치가 부활했다. 그 다음 해인 306년에 해외를 전전하고 있던 에피쿠로스가 아테네에 유명한 학원을 열었다. 아테네 명문의 계보를 이어받은 이 철인의 가르침에 따르면 현자의 이상은 세상이나 정치의 속박으로부터 스스로를 해방하고 '은둔 생활을 하는 데'에 있었다.

이러한 분위기 속에서 태어난 신희극이 고희극의 정치성은 완전히 없어지고 플롯의 재미와 성격 묘사나 세련된 회화 등을 중시하는 풍속극으로 변모했음은 조금도 이상한 일이 아니다. 메난드로스는 테오프라스토스, 팔레롬의 데메트리오스 같은 학자들과 친교를 가졌을 뿐만 아니라 에피쿠로스와도 교유한 것 같다. 그는 부유한 명문 출신으로 페이라이에우스에 있는 별장에서 애첩 그리케라와 동거 생활을 즐기면서 작품을 썼다.

희극 경연과 시민들

시모니데스가 쓴 시 한 편에 '폴리스는 사람의 스승이다.' 라는 구절이 있다. 폴리스는 단지 도시 국가가 아니라 시민들의 '공동체 국가' 였다고 하는데 그것은 폴리스의 본질을 잘 파악한 주장이다. 고대의 시민은 폴리스라는 공동체의 일원이 됨으로써 비로소 완전한 인간일 수 있었다. 폴리스는 시민에 대해 갖은 은혜를 베풂과 동시에, 병역 및 그 밖의 여러 가지 요구를 하여 시민의 생활에 간섭할 수 있었다. 물론 수많은 폴리스 사이에는 여러 가지 정도의 차가 있었다. 공동체적인 규제는 스파르타에서 가장 엄했는데, 스파르타에서는 시민의 사생활은 공동체에 종속되어 있었다고 해도 지나친 말은 아닐 것이다. 페리클레스의 유명한 '전몰자 장송 연설' 에서 공공 생활의 존중과 사생활의 자유와의 조화가 아테네의 장점으로 기술되고 있다. 스파르타와 비교할 때, 아테네에서는 국가 공동체의 규제와 시민 개개인의 자유가 훨씬 더 잘 조화되고 있었음은 분명하다. 외국인의 부동산 취득을 원칙적으로 인정하지 않고, 기원전 451년 이래 페리클레스가 제안한 결의에 따라 부모가 다 아테네 사람이 아니면 시민으로 인정하지 않았던 점 등은 스파르타와 마찬가지로 폐쇄적인 성격을 지니고 있었다.

이와 같이 폴리스는 폐쇄적인 공동체의 성격이 널리 보이며, 아리스토텔레스의 표현을 빌리자면 '잘살기 위한 공동체' 였던 폴리스를 완성하기 위해서는 교육이 가장 중요한 일이었으며,

그것은 폴리스가 실시해야만 했다. 그러나 실제로 국가적인 의무 교육을 시행한 것은 스파르타뿐이었다. 그것도 널리 알려진 바와 같이 군사 교육에 치우쳐 지육智育이나 정서 교육을 소홀히 한 극단적인 것이었다. 폴리스에서는 부유한 가정의 사내 아이라면 노예를 거느리고 학교에 통학할 수 있었지만 대중은 특별한 교육을 받지 않았다. 그러나 그리스 인이 완성한 간편한 알파벳 덕분으로 이 시대의 아테네 인의 문맹률은 지극히 낮았던 것 같다. 아테네 민회의 결의가 일일이 대리석판에 새겨져 아크로폴리스에서 공개되었다는 사실은 그것이 시민들에게 읽히고 있었음을 전제로 하는 것이며, 기원전 5세기 후반에는 극의 대본을 읽는 것도 예사로운 일이었던 것 같다. 아리스토파네스의 「개구리」(1,114행)는 그 사실을 암시한다.

그러나 일반 시민 사이에 독서의 보급이 높지 않았다는 것은 의심할 여지가 없다. 공시된 민회 결의의 대리석판보다도 민회에서 이루어지는 토론을 자기 귀로 직접 듣는 편이 정치에 대한 훨씬 더 큰 훈련이 되었을 것이다. 그와 마찬가지로 비극을 보는 것으로 문예에 대한 눈이 열리며, 희극의 경연으로 문예 및 정치, 정치인 개인에 대한 평가 등을 시민 대중이 자연스럽게 배우게 되는 사정은 쉽게 상상할 수 있다.

이 시대에 아테네의 극장에서 연극을 관람한 시민의 수가 얼마나 되며 특히 부녀자들이 희극을 구경했는지 알려 주는 확실한 기록은 없지만, 가령 2만 명이 구경했다 치더라도 그것은 3만에서 4만 정도로 추정되는 시민 인구에 비해 반수 이상이 된다. 물론 시민의 가족인 부녀자를 포함한 아테네의 인구는 10만 이상이었고 부녀자들의 연극 관람은 적었다고 생각해야겠지만, 성년 남자인 시민의 연극 관람률은 연극 사상 유례가 없는 것이었다. 연극 상연이 사적인 행사나 영리 사업이 아니고 국가 제전의 행사이며, 국가가 입장료를 지급한 것, 다른 오락이 적었으며 한편 새로운 작품 경연에 대한 흥미가 컸었다는 것 등을 생각하면 이 높은 비율을 잘 이해할 수 있다.

아테네 인은 단지 감상자에서 그치지 않았다. 아마추어 합창대가 연극의 중요한 요소를 이루고 있으며, 남자와 소년의 합창 경연도 디오니소스 제전(디오니시아)에서 행해졌다. 극의 단역까지를 포함한 배우, 가면이나 의상의 제작자 등을 들어 본다면 디오니소스 제전 행사가 전 시민에 대해 가지고 있던 깊은 연관성을 알 수 있다. 연극 상연에 필요한 비용이 합창대 봉사자에 의해 지출되며, 이 비용을 부유한 시민들이 돌아가면서 부담한 것(코레고스 제도)도 연극이나 영화가 사적인 영리 사업으로서 오락을 제공하고 있는 형태와 본질적으로 다른 점이다. 기원전 5~4세기의 아테네는 광범한 시민층에 보급되어 있던 교양의 수준이 르네상스 시대나 계몽기의 사회보다 훨씬 위였다고 한다. 저널리즘과 매스컴이 극도로 발달한 현대 국가가 그런 뜻에서 아테네의 수준에 가까워지고 있다고 말할 수 있다.

희극이 아테네 인의 생활에 얼마나 밀접한 생활 양식이었는가는 펠로폰네소스 전쟁 중에도 평시와 마찬가지로 경연이 계속되었다는 것으로도 분명하다. 이 점에서 현존하는 고희극의 마지막 작품이라고 할 수 있는 아리스토파네스의 「개구리」는 특히 의미가 깊다. 이 작품은 기원전 405년 초 레나이아제에서 상연되어 1등을 차지하였는데, 당시의 아테네 성벽 한 걸음 바깥은 전쟁터였다. 에우리피데스나 아가톤은 그 얼마 전에 아테네를 떠나 있었다. 아테네 인으로서의 긍지를 잃지 않았던 소포클레스는 그 전해에 천수를 다하고 사망하였다. 스파르타에 대한 무조건 항복을 눈앞에 두고 지극한 궁핍 가운데서 극의 경연이 평소대로 행해지고 우승한 작품의 내용이 아이스킬로스와 에우리피데스의 작품의 우열에 대한 문예학, 심미학적 문제를 골자로 하고 있었다. 우리는 아테네 시민의 정신적 여유에 감탄함과 동시에 연극에 대한 시민의 일반적 교양과 관심의 깊이를 인정하지 않을 수 없다.

아리스토파네스의 정치적, 이상적 입장은 무엇이었는가? 이것에 과연 일관된 입장이 있었는가의 문제에 관해서는 지금까지 여러 가지 해석이 나오고 있다. '마라톤의 전사' 시대의 토지 소유자(농민)를 주체로 하여 민주 정치의 단계를 이상으로 하는 견지에서 무엇이건 당대의 새로운 것이 싫었다고 보는 견해, 또 어떤 확고한 신념은 없이 다만 당대의 인기인에 대해 야유하고 조소했음에 지나지 않았다는 견해 등이 있다.

현존하는 작품 중 가장 초기의 것인 「아카르나이 사람들」에서

「리시스트라테」에 이르기까지 펠로폰네소스 전쟁을 일관되게 반대한 점은 깊은 평화 사상이 밑받침된 것은 아니지만, 단지 경연에 우승하기 위해 희극의 좋은 주제로 선택한 것에 지나지 않았다고 한마디로 단정할 수는 없다. '마라톤의 전사'에 대해 그는 호의를 가지고 있던 것 같으므로 페르시아 전쟁 같은 방어전은 긍정했을 것이다. 그러나 극단 민주파 선동 정치가에 이끌려 계속되고 있는 눈앞의 전쟁에 대한 그의 반대 태도는 많은 평가자가 얘기했듯이 진지했던 것으로 짐작된다. 그것은 클레온에 대한 반감과 마찬가지로 결코 민중을 웃기기 위한 단순한 농담이었다고는 할 수 없다. 그런데 그의 작품은 민중들 사이에 높이 평가되었지만 민중을 정치적으로 움직일 만한 힘은 없었다. 「기사」에서 클레온을 맹공격했지만 민중들 사이에서 그의 인기는 별다른 변화가 없었다. 그의 작품 중 걸작에 속하는 「아카르나이 사람들」은 당당히 1등을 차지했지만, 민중 사이에 이 극의 주인공을 받들어 스파르타와 정전停戰을 꾀하는 움직임은 전혀 일어나지 않았던 것 같다. 즉 정치는, 또 정치가의 인기는 역시 극장에서가 아니라 민회의 회의장에서 결정지어진 것이다. 그러나 그렇다면 정치가는 희극 작가를 전혀 위험이 없는 극작가로서 고삐를 풀어 둘 수 있었을 것인가? 여기에 우리는 당시 아테네의 언론의 자유와 통제의 문제를 살펴봐야 한다.

희극과 언론의 자유

전쟁을 하고 있는 국가의 국가적 행사인 제전에서 전쟁을 반대하는 연극이 상연되고, 더구나 정부가 엄격히 선발한 심사 위원에 의해 1등으로 판정되기도 하고, 통치자 클레온 자신이 좋은 좌석에 앉아 구경하고 있었을지도 모르는 극장에서 욕설을 하며 그를 비방한 극이 상연된 것은 아마 사상 유례가 없는 자유일 것이다. 그리고 고희극의 특색은 여러 가지로 알려지고 있지만 정치성과 개인 공격이 그 중 큰 부분을 차지했음은 사실이다. 그러나 그런 점에 대해 작자가 아무런 위험을 예상하지 않았던 것은 아니다.

옛일을 더듬어 본다면 비극에 유명한 예가 있다. 기원전 499년에 일어난 이오니아의 반란이 초반의 거센 기세에도 불구하고 실패로 돌아가고, 기원전 494년 반란의 중심인 밀레토스가 페르시아에게 함락당해 파괴되었을 때 아테네의 프리니코스는 「밀레토스의 함락」이라는 극을 썼다. 아테네는 밀레토스와 가까운 관계를 맺고 있었으며, 반란시에는 응원을 보낸 일도 있고, 이 도시가 파괴된 것을 동정하여 마음 아파하는 아테네 시민들은 이 극에 크게 감동되어 관람 중에 울음바다를 이루었다. 그런데 정부의 당사자는 이 사건을 문제 삼아 작가 프리니코스에게 1,000드라크마(그 당시로서는 상당한 거액을 벌금)를 부과했고, 더구나 이 극의 상연을 금지했다고 전해진다. 비극의 제재가 신화, 전설에 한정되어 있던 전통을 깨뜨린 점에서 이 극은 최초의 작품이었음이 틀림없다. 비·희극 모두 다 경연을 원하는 작가는 미리 그 대본을 아르콘(집정관)에게 제출하고, 아르콘은 그것을 대충 훑어본 다음 필요한 수대로 작품의 상연을 결정했다. 기원전 493~492년에는 테미스토클레스가 아르콘이었으므로 이 이례적인 '현대극'을 상연하기로 정한 데에는 아르콘이 페르시아의 위협에 대비하여 해군 건설의 필요를 통감하고 있던 사정이 반영된 것이라는 추측도 있다.(이렇게 본다면 「밀레토스의 함락」 상연은 기원전 492년 봄이 된다.) 프리니코스에 대한 처벌을 결정한 주체는 분명하지 않지만, 그 이유는 아테네의 정치·외교에 관련 있는 생생한 시사문제를 비극으로 엮어 시민의 마음을 움직이게 한 데 있는 것 같다. 거기에는 아테네의 정치가에 대한 노골적인 비난이 있었다고는 생각되지 않으므로 기원전 5세기 초기에는 훗날만큼은 언론의 자유가 충분하게 존중되지 못했다고 보아야겠다.

희극 경연이 국가의 행사로서 시작된 것은 기원전 487년으로 전해지는데, 이때는 테미스토클레스의 민주적인 발언력이 차츰 신장해 온 시대였다. 그리고 민주화가 진행되는 가운데 희극 특유의 무례한 대목이나 심한 정치 비판, 개인 공격도 민주 정치에서는 당연히 인정해야 할 자유의 하나라는 사고방식이 확립된 것 같다. 페리클레스도 아테네가 그리스의 폴리스 중에서도 가장 언론의 자유를 존중하는 나라임을 자랑해야 했으므로 크라티노스, 그 밖의 희극 작가들이 그 자유를 향해 던진 비난에 대해 국가적으로 간섭하지는 않았다.

그러나 기원전 440~439년, 모리키데스가 아르콘이던 때에 '희극 상연(kōmōidein)' 이 금지되어 기원전 437~436년까지 계속되었다는 말도 전해지고 있는데, 이 말은 신빙성이 있는 것 같다. 그렇지만 이 기간에도 희극이 상연되었다는 확증이 있으며, 따라서 희극 상연의 금지가 아니고 '특정 개인을 공격하는 작품을 상연하는 것(onomasti kōmōidein)' 을 금지하는 게 아니었나 생각되지만 그 이상의 추측은 불분명하다. 제안자는 페리클레스 자신이었는데, 당시 페리클레스는 이미 아테네의 국정을 완전히 손에 쥐고 있었기 때문에 그가 이 국가 통제를 승인했다고 추측된다. 무슨 이유로 이 기간만 이러한 결의가 행해졌는지도 분명하지 않지만 기원전 440년에 아테네의 동맹 도시인 사모스가 반란을 일으켰고 페리클레스가 다음 해 사모스를 항복시킨 사건과 무슨 관계가 있는 듯하다. 또 하나 기원전 415~414년에 시라코시오스란 자가 '개인 공격의 희극을 금지하는 안을 통과시킨 듯하다.' 는 얘기가 전해지는데 상세한 것은 알려져 있지 않았다. 이때는 비극적인 시칠리아 대원정이 시작된 해로, 원정 사령관 알키비아데스가 '헤르메스 상을 파괴한 죄' 로 원정 도중 유죄로 판결되어 적국 스파르타로 도망치는 중에 일어난 일이었다. 그러나 가령 시라코시오스의 제안이 결의로서 성립했다고 하더라도, 그것은 사실상 효력을 갖지 못했음은 그 후의 희극 작품에서 뚜렷이 나타난다.

마지막으로 아리스토파네스 자신이 「아카르나이 사람들」 377행이하에서 증언하는 것으로 본다면, 이 작품 상연 전해에 '아테네의 디오니소스 제전'에서 상연한 「바빌로니아 인」이 클레온의 노여움을 사서 클레온은 작가를 명예 훼손으로 고발했다. 「바빌로니아 인」은 작품이 없어져 상세한 것은 알 수 없으나, 클레온을 비롯해서 아테네의 관리들이 델로스 동맹 도시들에 대해 얼마나 부정을 행하고 있는가를 폭로한 것이었다. 봄철의 '아테네의 디오니소스 제전' 경연에는 동맹시에서 온 사절들도 많이 관람했으므로 이 폭로는 지극히 낯 뜨거운 일이었다. 500인 평의회에서 '욕설을 퍼부은' 클레온에 의해 작가는 '하마터면 지옥으로 갈 뻔했다.'고 스스로 고백하고 있지만, 그것은 클레온이 승소한 것을 뜻하는 것은 아닌 듯하다. 작가에게 유죄 판결이 내려졌다면 무언가 처벌에 관한 것이 보일 듯도 한데 그것은 전해지지 않으며, 다음 해의 「아카르나이 사람들」과 또 그 다음 해의 「기사」에서 그는 당당히 클레온을 또다시 공격하고 있다. 아리스토파네스는 「아카르나이 사람들」의 첫 부분에서 클레온이 부유하고 보수적인 기사들의 힘으로 일부 동맹시로부터 받은 5탈란톤의 뇌물을 도로 내놓게 된 사건을 주인공에게 유쾌한 추억으로 이야기시키고 있는데, 이것에는 「바빌로니아 인」의 폭로가 경고적인 단계였던 것에 힘입었다고 보는 학자도 있다.

요컨대 희극에서 보이는 정치 및 정치가에 대한 비판의 자유를 법률이나 결의로 구속하고자 하는 움직임은 고희극의 전 시대를 통해 산발적으로 보여진 데 불과하며 그것도 극히 드물었다. 유명한 정치가를 희극의 도마 위에 올려놓고 자유자재로 칼을 휘두르는 일은 용기가 필요하고 다소 위험도 따랐으나, 이 위험은 결코 고희극의 생명인 개인에 대한 통렬한 비판이나 조소를 위축시킬 정도의 것은 아니었다.

기원전 6세기 초 아테네의 정치가 솔론의 법 중에는 죽은 자를 흉보고 욕하는 것을 금한 것이 있었으며, 그 밖에 살아 있는 자에 대해서도 신전이나 재판소·관청에서 또는 경기를 구경하는 중에 흉보는 것을 금하는 것이 있었다. 범법자에게는 상대방에 3드라크마, 국고에 2드라크마를 지불하도록 정했다고 전해진다. 같은 아테네에서도 시대에 따라 이처럼 큰 차이가 있었다. 100년 뒤 프리니코스 시대에도 연극의 자유가 결코 확립되지 않았음은 이미 언급한 대로이다. 고희극의 시대에 대해서도 아테네 인의 파레시아(무슨 말이든지 할 수 있는 것)는 결코 액면 그대로 받아들일 수 있는 것은 아니었다. 점쟁이나 예언자 그리고 미신가가 우글우글거리던 세계였으므로 '태양을 작열한 암괴'라고 설파한 철학자 아낙사고라스는 페리클레스와 친분이 있었지만 무신론자로 낙인이 찍혀 아테네에서 도망쳐야만 했다. 고희극의 작가가 그러한 전통적 신앙과 얽혀 있는 위험한 문제에 개입하지 않고, 주로 정치나 문예를 취급하여 펠로폰네소스 전쟁의 최후까지 파레시아를 이용해서 왕성한 창작력을 발휘해 나갔던 것은 후세의 우리가 보아도 다행한 일이다.

그리스 희극에서는 오늘날의 눈으로 본다면 상당히 외설적인 것이 노골적으로 혹은 은어로 이야기되고 있다. 이것은 유교도 기독교도 몰랐던 고전 고대의 강건한 에로티시즘의 발로이며, 그것에 대해서는 아무런 통계가 없다.

그리스 희극의 전망과 구조

연대 구분

그리스 희극은 비극과 마찬가지로 주신 디오니소스 제전에 바치는 연극으로서 경연 형식으로 상연되었다. 국가 행사로서 정식으로 제례에 참가하게 된 것은 디오니시아 대제(Dionysia)에서는 비극보다는 훨씬 늦은 기원전 486년이었는데 반해, 레나이아제(Lenaia)에서는 비극보다 약 10년 앞선 기원전 442~440년경이었다. 아테네의 독재자 페이시스트라토스(Peisistratos)가 기원전 534년에 창설한 화려 장엄한 디오니시아 대제는 비극 시인의 주된 각축장이었는 데 비해서, 옛 시대의 소박함을 지니고 있던 레나이아제는 희극의 본고장이었다.

아리스토파네스를 비롯하여 많은 대희극 시인이 경쟁한 기원전 5세기의 아티카 희극을 고희극이라고 하는데, 이는 기원전 400년을 경계로 해서 중기 희극으로 옮겨 왔다. 중기 희극은 말하자면 과도기였으며, 이윽고 기원전 330년경에 메난드로스를 대표로 하는 신희극 시대로 들어간다. 이 구분은 나중에 설명하겠지만 희극의 내용·구성에 따른 것으로, 중기는 고희극과 신희극의 양쪽 성격을 가지며 차츰 신희극으로 옮아가고 있으므로 이를 규정하지 않는 설도 있다. 또 많은 작자는 아리스토파네스처럼 이 구분의 양쪽에 걸쳐 있다. 물론 이 희극의 구분도 엄밀한 것은 아니다. 아무튼 아티카 고희극은 비극과 달리 기원전 400년 이후 크게 방향을 바꾸어 신희극이라는 코모이디아(komoidia)로 불린다. 그러나 전혀 다른 것이라 해도 좋을 새로운 형태를 개척했으므로 이 구분은 충분히 타당성을 가지고 있다.

아티카 고희극의 구조

아티카 고희극은 완전한 모습으로 전해져 현존하는 아리스토파네스의 작품이나 예부터 전해지는 이야기로 추측한다면, 전성기에는 거의 일정한 구성 요소를 일정한 방법으로 조립한 것으로 생각된다. 「벌」을 예로 들면 그 구조는 다음과 같다.

프롤로고스	1~135행
제1 에페이소디온	136~229행
파로도스	230~316행
제2 에페이소디온(아곤)	317~1,008행
제1 파라바시스	1,009~1,121행
제3 에페이소디온	1,122~1,264행
제2 파라바시스	1,265~1,291행

제4 에페이소디온	1,292~1,449행
부附	1,450~1,473행
엑소도스	1,474~1,537행

프롤로고스(prologos)는 비극과 마찬가지로 극 장면의 상황을 관객에게 알리는 데에 쓰여졌다. 이것은 비극에서 따온 수법인 듯한데, 비극과는 달리 희극에서는 관객들이 플롯을 전혀 모르므로 극의 테마나 인물 소개, 특히 상황을 알리는 데에 필요했다. 파로도스(parodos)는 코로스가 등장할 때의 노래와 춤을 말하며, 엑소도스(exodos)는 퇴장하는 코로스의 노래이다. 에페이소디온(epeisodion)은 배우의 대사 부분, 극의 플롯의 전개부이다. 이상 희극의 구성은 비극과 마찬가지이므로 비극의 모방이라고 생각된다. 아곤(agon)은 싸움, 경쟁의 뜻으로, 여기서 극중 인물이 서로 다른 주장을 내세워 논쟁한다. 여기에는 코로스가 논쟁자를 격려하거나 비판하면서 참가한다. 그 중에도 유명한 것은 「구름」 중 889행 이하에 펼쳐진 정론正論과 사론邪論의 아곤이다. 아곤은 에우리피데스나 소포클레스에게서 볼 수 있는 소피스트적인 논쟁의 영향으로 특히 발달했다고 생각되는데, 이미 오래전에 에피카르모스의 작품 중에도 이런 종류의 것이 있었던 것으로 미루어 희극에서는 특유한 역사를 가지고 특유한 발달이 있었다고 볼 수 있다. 아곤은 작가의 주장을 전개하는 주요한 수단의 하나였다.

파라바시스(parabasis)는 일정한 형식을 가지는 부분인데, 즉 다른 등장인물이 모두 퇴장하고 코로스만 이 작가의 대변자로서 관객에게 이야기하는 부분이다. 그 후에는 프니고스(pnigos)라고 칭하는 열렬한 템포의, 숨 쉴 틈도 없는(프니고스는 바로 이 뜻이다.) 속도의 통쾌한 노래와 춤이 있다. 제2 파라바시스는 제1 파라바시스보다 훨씬 간단하고 짧은 것으로, 아리스토파네스의 초기 일부 작품에는 완전한 모습으로 볼 수 있는데 다른 작품에서는 종종 변형되어 있다.

제1, 제2 파라바시스는 다 같이 극의 전개가 일단락 지어진 곳에 주입되어 있는데, 특히 제1 파라바시스의 앞과 뒷부분에 큰 차가 있다. 앞부분은 작가의 풍자나 주장의 전개인 데 반해 뒷부분은 그 주장이 성취된 결과인 다양한 상태를 통쾌하고도 추잡스러운 장난질과 함께 나타내고, 해피엔드로 맺는 것이 보통이다. 그 중에는 「개구리」와 같은 예외도 있지만, 전자는 우스꽝스러움 속에 작가의 진의를 간직하여 진지하며 때로는 숨 막힐 듯한 긴박감이 있고, 후자는 참된 뜻에서 유쾌한 소란과 술에 들뜨는 코모스(kōmos)이다.

고희극의 선구와 기원

위에서 말한 아티카 고희극의 구성 분자는 각각 특별한 시 형식을 가지고 있으면서 그 유래를 달리하는 것으로 생각된다. 더욱

이 제1 파라바시스로 양분되는 앞뒤 부분의 두드러진 차이는 고희극으로부터 내려오는 것이 단일하지 않음을 보여 준다.

고희극에 종종 「벌」, 「새」, 「개구리」 등과 같이 동물의 이름을 붙인 작품이 있는데, 이것은 코로스의 모습에서 유래하며 그들은 이러한 복면과 의상을 하고 등장했다. 기원전 6세기의 아티카 도자기에도 이와 유사한 모습의 사람들이 그려져 있는데, 스파르타에서는 두루미나 사자의 이름이 붙은 무대 동작이 코로스에 의해 행해진 것으로 전해지고 있다. 이곳에서는 예부터 데이켈리스테스(deikelistes)라고 불리는 흉내 내기가 있었다. 이런 류의 즉흥 연극은 시키온에서는 팔로포로스(phallophoros-phallos는 '남근', phoros는 '……을 가지는 자'의 뜻), 딴 곳에서는 아우토카브달로스(autokabdalos) 등으로 불렸는데, 도리스 지방 각지에서 상연되고 있었다. 아우토카브달로스는 즉흥적인 이암보스 조의 대사를 읊은 듯하다. 팔로포로스 또는 이티팔로스(ithyphallos)는 주신 디오니소스와 관계가 깊으며, 이런 류의 극에서 연기자는 복면을 쓰고 있었다.

남부 이탈리아의 그리스 식민지에서 발굴된 기원전 4세기의 도자기에 이 지방에서 상연되고 있던 플리악스(phlyax)라는 희극의 무대장면이 그려져 있는데, 이것으로 고희극에 등장하는 인물들의 분장을 짐작할 수 있다. 이 그림을 보면 배우들은 몸에 착 달라붙는 살색 타이츠를 입고 엉덩이, 배, 가슴 부분은 속을 채워 불룩하다. 이것은 즉흥적인 좌흥座興에서 흔히 볼 수 있는 치고받고 하는 경우의 준비이기도 하다. 타이츠에는 젖꼭지와 배꼽이 그려져 있다. 거의 모든 인물이 남근 모양의 것을 달고 복면을 쓰고 있었던 것 같다. 고희극의 인물이 이 같은 분장을 했다고는 단언하기 어려우나, 아리스토파네스의 극 중에 나오는 대사나 그 밖의 전승으로 생각건대, 거의 이 플리악스화와 비슷한 모습이었을 것이라고 상상할 수 있다.

이와 같이 좌흥적인 종류 외에 도리스 지방에는 두 가지의 문학적인 희극이 있었다. 그 하나는 기원전 6세기부터 5세기 전반 즉 500년경을 중심으로 해서 시칠리아에서 활약한 에피카르모스(Epicharmos)의 희극이다. 그의 작품은 극소수의 단편斷片 외에는 모두 없어져 그 내용은 전해지는 이야기나 제목 혹은 단편으로 추측하는 수밖에 없으나 고희극에도 상당한 영향을 준 것 같다. 그의 작품은 대부분 신화 전설에서 따온 것으로, 주요 인물은 희극에는 흔히 따라다니는 대식한大食漢 헤라클레스와 교활한 오디세우스였다. 에피카르모스가 즐겨 쓴 제2의 종류는 「희망이냐 부냐」 따위의 제목이 나타내고 있듯이 토론 형식이며, 제3의 종류는 미모스(mimos)와 같이 여자 점쟁이가 눈이 뒤집힐 만큼 복채를 받고 여자들을 농락하는 대목을 취급한 「약탈」과 같이 일상의 일들로 시정의 사소한 사건을 그린 작품이다.

신화를 익살맞게 묘사하는 것은 고희극에도 종종 다루어진 것처럼 주신 디오니소스도 에피카르모스의 작품에 등장한다. 아리스토파네스가 쓴 「개구리」에 등장하는, 항상 위협당하기만 하는 겁쟁이 젊은이인 이 신의 성격이 이처럼 규정된 것은 그 시초가 에피카르모스에 있는 것이 아닌가 추측된다. 또 토론의 형식은 아곤으로 고희극에 으레 붙어 있는 것이지만, 에피카르모스가 취급한 방식이 고희극의 본보기(그 기원이라고까지는 할 수 없으나)가 되었을 것으로 믿어진다.

소프론(Sophron)은 당시로서는 매우 대담한 시도로 에피카르모스의 고희극과는 달리 산문을 썼다. 그는 신변의 사소한 사건을 소재로 극을 쓴 미모스 작가로서 시칠리아 인이었다. 그러나 그가 활약한 연대는 고희극의 전성기와 같은 기원전 5세기 후반에 해당하고, 그 형식도 고희극과는 전혀 다르므로 고희극에 대한 영향은 그리 크지 않았을 것으로 생각된다.

아티카에도 도리스의 갖가지 흉내 내기나 제례 때 음탕하고 야비한 장난질이 예부터 흔히 있었다. 엘레우시스 비교 제례秘教祭禮의 행렬 중에 이리소스 강을 건너는 다리 게피라(gephyra)에서 길 가는 사람을 야유했다고 전해지는 게피리스타이(gephyristai)라고 불리는 일단은 고희극의 개인에 대한 야유·조롱의 선구를 이루는 것이다.

문학적인 개인 공격이나 풍자가 최초로 발달한 곳은 이오니아였다. 아테네와 밀접한 관계를 가지고 있던 이 식민지는 그리스에서 맨 처음으로 문학이 발생한 곳이기도 하다. 여기서 이암보스에 의한 격렬한 투의 인신 공격 시가 아르킬로코스(Archilochos, 기원전 7세기)나 히포낙스(Hipponax, 기원전 6세기 후반)에 의해 씌어졌다.

이와 같이 여러 요소가 모여, 주신 제례에서 볼 수 있는 유쾌하고 야단스러운 법석인 코모스(kōmos)와 합해서 이루어진 것이 '코모스의 노래(komōidia)' 즉 희극이었다. 옛 전승에 따르면 고희극의 선구는 아티카에 인접한 메가라 시의 희극으로, 그 대표자는 수사리온(Susarion)이라고 하는데 그 연도도 작품도 분명하지 않다. 아리스토파네스가 이런 종류의 희극을 품위 없는 좌흥으로 조롱하고 있는 것으로 보아 이것은 즉흥적인 엉터리 극에 지나지 않았던 모양이다.

현존하는 아리스토파네스의 작품에 이르는 경로는 분명히 알 수 없다. 아리스토파네스 이전의 희극이 하나도 전해지지 않기 때문이다. 그러나 적어도 디오니시아 대제에 참가하고부터 비극의 커다란 영향 아래서 발달한 것은 틀림없다.

상연의 환경

아티카 고희극은 기원전 486년에 디오니시아 대제에 참가가 허락된 이래, 아테네의 아크로폴리스 동남쪽 경사면에 설치된 디오니소스 극장에서 디오니소스(Dionysos) · 엘레우테레우스(Eleuthereus) 제전 봉납극으로서 다섯 작가가 경연하는 형식으로 상연되었다. 작가는 비극과는 달리 각 한 편씩을 가지고 경연에 참가했다. 경연자는 펠로폰네소스 전쟁 때문에 한때는 세 사람으로 줄었지만, 전쟁 후 다시 다섯 명이 되었다. 레나이아제의 경연자 수도 같은 경위를 겪은 것으로 생각된다. 희극 경연이 그 후 언제까지 계속되었는지 확실한 것은 알려지지 않고 있으나 디오니시아 대제에서는 적어도 기원전 120년까지, 레나이아제에서는 기원전 150년경까지 행해졌다고 알려졌다. 극의 경연과 함께 배우의 경연도 행해졌는데, 이는 디오니시아 대제에서는 기원전 329~312년 사이에 개시되어, 적어도 기원전 120년까지, 레나이아제에서는 기원전 442~440년경에 개시, 기원전 3세기까지 기록이 있는데, 아마도 기원전 105년 이후까지 계속되었으리라고 생각된다.

극장은 비극의 극장과 같았다. 기원전 5세기의 위대한 작가들 시대에는 디오니소스 극장이 아직 보잘것없는 것으로서 합창대가 춤추고 노래하는 원형의 오케스트라를 둘러싸고 부채꼴의 관객석(theatron)이 경사면에 계단식으로 설치되었다. 오케스트라를 사이에 끼고 관객석과 반대편에 의상실(skene)이 있으며, 그 뒤쪽 즉 오케스트라로 향한 쪽에 출입구가 있고, 배우는 이를 배경으로 연기했다.

희극에는 아리스토파네스의 「평화」, 「새」의 천공天空이나 「개구리」의 명계冥界 등 기상천외한 장면이 많은데, 이러한 장면은 관객의 상상에 맡겨진 것으로 세밀한 사실적인 장치가 있었던 것은 아니다. 「개구리」에 나오는 주신 디오니소스가 저승으로 행차하는 도중의 장면 따위는 오케스트라를 빙빙 도는 것에 지나지 않았을 것이다. 무대의 출입구는 「평화」에 나오는 여신의 동굴이 되고 집도 되었으며, 필요에 따라 자유자재로 여러 가지를 출입구로 가상했다.

합창대(choros)는 비극의 15명에 비해 더 많은 24명이며, 의상과 연습 비용은 비극과 마찬가지로 코레고스(chorēgos)가 부담했다. 국가의 최고직인 아르콘이 취임과 동시에 아티카 10부족에서 선출한 부유 시민의 명단 가운데서 코레고스를 선정한다. 해마다 6월 말에 선출하여 다음 3월의 상연까지 약 9개월의 연습 기간이 있었다. 비용은 비극의 반 정도인 16무나(기원전 410년경)였다고 전해진다. 배우의 비용은 국가가 부담했다. 배우 수는 비극에서는 세 사람으로 한정되었으나 희극에서는 동시에 등장하는 인물이 아주 많으므로 이 수로는 도저히 모자랐다. 배우는 대화 외에 독창이나 이중창을 불렀는데, 이것은 비극의 모방 혹은 파로디아(parōidia)이다.

작가가 극의 경연 참가를 신청하면 다섯 명의 코레고스가 선정된다. 각자에게 코레고스가 주어지는 절차에 대해서는 분명하지 않다. 상연 뒤 심판에 의해 극의 우열이 결정되고 등급이 붙여지는데, 그 절차는 비극과 같은 것으로 생각된다.

고희극

디오니시아 대제 희극 경연에서 최초의 승리자는 키오니데스(Chionides)이고, 동시대 작가로서는 11회나 승리를 거둔 마그네스(Magnes)가 유명하다. 고희극을 참된 뜻에서 완성한 사람은 기원전 453년에 최초의 작품을 상연한 크라티노스(Kratinos, 기원전 490?~422년)이다. 그와 에우폴리스, 아리스토파네스가 아티카 3대 고희극 시인으로 불리고 있다.

고희극의 특징인 격렬한 시사 문제 풍자를 희극에 도입한 것은 크라티노스인 듯하다. 만년에 젊은 경쟁자 아리스토파네스가 「기사」에서 그를 술에 곯아떨어진 늙은이라고 조롱하자 다음 해인 기원전 423년에 「술병」으로 「구름」을 물리치고 1등상을 획득했다. 그의 작품은 정치적 또는 개인적 풍자와 신화 전설에서 따온 것 두 가지로 크게 나눌 수 있는데 「술병」은 두 가지 중 후자에 속하며, 그 해설이 이집트 파피루스에서 발견되었다. 줄거리가 더욱 분명해진 「디오니살렉산드로스(Dionysalexandros)」에서 보면 트로이의 아름다운 왕자 파리스 즉 알렉산드로스 대신 그다지 미남자가 아닌 디오니소스가 이다 산중에서 헤라, 아테나, 아프로디테 세 여신의 미를 심판한다는 신화에서 따온 이야기 속에 당시의 대정치가 페리클레스와 그의 첩 아스파시아를 통쾌하게 비꼬고 있다. 그는 소피스트, 페리클레스, 신식 음악 등 새로운 것은 무엇이든 아주 싫어했으며 파로스 섬의 대풍자 시인 아르킬로코스의 모방자로 일컬어졌다. 그 고풍을 지닌 호방하고 활달한 웃음은 아테네 인들을 크게 흥분시켰다.

그에 이어 기원전 445년에 최초의 승리를 거둔 크라테스(Krates), 기원전 437년에 최초의 승리를 거둔 페레크라테스(Pherekrates), 기원전 429년과 기원전 425년에 각각 최초의 작품을 상연한 프리니코스(Phrynichos)와 플라톤(Platon, 철학자 플라톤과는 다른 사람) 등이 있다.

아리스토파네스와 동년배이며, 그와 승리를 겨룬 에우폴리스(Eupolis, 기원전 445?~410년)는 불행히도 젊어서 세상을 떠났다. 17세 때 최초의 작품을 발표한 뒤, 불과 17개 작품으로 7회의 승리를 거둔 천재였다. 그는 「추종자(Kolakes)」(기원전 430~429년경)에서는 부유한 방탕아 칼리아스(Kallias)를, 「마리카스(Marikas)」(기원전 421년)에서는 선동 정치가인 히페르볼로스(Hyperbolos)를, 「바프타이(Baptai)」(기원전 416년)에서는 알키비아데스(Alkibiades)를 공격했다. 「마리카스」는 아리스토파네스가 클레온을 공격한 「기사」(기원전 424년 상연)와 너무나도 흡사하였으므로, 아리스토파네스가 이를 표절이라 공박하자 에우폴리스는 그를 응원한 것이라고 큰소리쳤다고 전해진다. 에우폴리스는 대담하게도 작품 「나라들(Poleis)」로 아테네 패권주의의 중압에 허덕이는 델로스 동맹 여러 도시 국가의 대변자가 되었다.

이들 작가의 희극은 모두 없어지고, 다만 단편斷片을 가지고 엿볼 수밖에 없는데, 다행히도 아리스토파네스의 완전한 극 11편이 남아 있다.

아리스토파네스(Aristophanes, 기원전 445?~388년 이후)는 아테네가 낳은 최고의 희극 시인이다. 고향은 키다테나이(Kydathenai) 구區에 속하며 필리포스(Philopos)와 제노도라(Zenodora)의 아들로 태어났다. 아이기나 섬과 관계가 있었던 모양으로 부친이 이 섬에 땅을 가지고 있었는데 후에 그의 정적이 공격의 재료로 이용한 그의 시민권에 관한 터무니없는 의혹은 여기서 유래하는 것 같다. 그는 20세가 될 무렵 기원전 437년에 처녀작 「잔치의 손님들(Daitalēs)」을 상연, 소피스트식 신식 교육을 공격했고 다음 해인 기원전 426년의 「바빌로니아 인(Babylōnioi)」에서는 당시 굉장한 세력을 가졌던 펠로폰네소스 전쟁의 추진자 클레온(Cleon)을 비난했기 때문에 소송을 당해 따끔한 변을 본 것 같다.

그 후에도 그는 해마다 작품을 내어 그 수는 44편이나 되었다고 하는데, 그 중 11편과 많은 단편斷片이 현존하다. 현존 작품을 연대순으로 보면 다음과 같다.(연도는 기원전)

425년 「아카르나이 사람들(Acharnēs)」	레나이아제 1등
424년 「기사(Hippēs)」	레나이아제 1등
423년 「구름(Nephelai)」	디오니시아 대제 3등
422년 「벌(Sphekes)」	레나이아제 2등
421년 「평화(Eirēnē)」	디오니시아 대제 2등
414년 「새(Ornithes)」	디오니시아 대제 2등
411년 「리시스트라테(Lysistratē)」	?
411년 「여인들만의 축제(Thesmophoriazūsai)」	?
405년 「개구리(Batrachoi)」	레나이아제 1등
391년 「여인 의회(Ekklēsizūsai)」	?
388년 「복신(Plūtos)」	?

이 밖에 많은 제목과 1,000편에 가까운 단편斷片, 아리스토파네스에 관한 기록이 있다. 그의 작품은 칼리스트라토스(Kallistratos) 또는 필로니데스(Philonides)라는 가명으로 상연된 것이 많다. 그가 어렸을 때는 상연 허가 문제 등의 원인이 있다고 생각되며, 전성기의 작품에까지도 다른 사람 이름의 것이 있는 것은 당시의 작가에게 요구되었던 합창대의 지휘 훈련의 재능이 없었으므로 코로스 지휘자로서의 역을 대행시켰기 때문이라고 보는 설이 있다. 그러나 진정한 작가가 누구인가는 물론 잘 알려진 일이었다. 더욱이 그는 만년에 아들 아라로스(Araros)를 위해 기원전 387년에 「아이올로시콘(Aiolosikon)」과 「코칼로스(Kokalos)」를 대작代作했다.

아리스토파네스의 희극은 적어도 현존하는 작품에 관한 한 기원전 400년 이전의 것은 모두 당시의 정치, 문화, 교육 등의 시사 문제를 취급하고 있다. 「잔치의 손님들」은 소피스트와 그 신식 교육에 대한 공격을, 「구름」도 같은 문제를 당시의 기인 철학자 소크라테스에 대한 야유를 겸해서 다루고 있다. 「바빌로니아인」과 「기사」는 데마고그 인, 펠로폰네소스 전쟁 수행의 중심인물 클레온에 대한 공격이다. 「아카르나이 사람들」은 스파르타 군이 마음대로 아티카 농촌 지방에 침입하여 전쟁의 최대 피해자가 된 농민의 대변자로서의 평화론이다. 데마고그의 앞잡이가 되어 스스로의 권력에 취해 있는 배심원들을 통박한 「벌」 다음의 작품 「평화」는 클레온과 스파르타의 장군 브라시다스(Brasidas) 두 전쟁 주역의 전사로 휴전이 성립될 기세가 엿보여졌을 무렵에 씌어져 평화를 향한 염원이 절절이 담겼다. 그러나 이 평화도 잠시 동안, 전쟁은 재발했으며 이전보다 더한 격전이 벌어졌다. 아리스토파네스는 「새」에서 현세에 진절머리가 난 두 아테네 인을 새의 나라로 보내어, 그곳에다 신들과 인간의 세계의 한가운데에 '네펠로코키기아(구름 위의 뻐꾹새)' 나라를 만들게 했다. 기원전 411년 아테네가 시칠리아 원정의 대실패의 결과 말기적인 상태에 빠져들려 하고 있던 시기의 「리시스트라테」에서는 여인들의 성적 스트라이크라는 기상천외한 방법으로 평화 회복을 그려 진지한 평화에 대한 염원을 음란·외설과 우스꽝스러운 웃음 뒤에 숨겨 주장했다. 「여인들만의 축제」는 에우리피데스의 비극에서 따온 것을 마구 집어넣어 여성의 적으로 꾸며 만든 것으로, 이 대비극 시인에 대한 유쾌한 익살이며, 「개구리」는 에우리피데스의 죽음을 계기로 저승에 일어난 에우리피데스와 아이스킬로스와의 작품 비교를 중심으로 한 것으로 2대 비극 시인의 놀랍게도 교묘한 패러디에 넘치는 색다른 문학 비평이다. 현존하는 최후의 두 작품은 파라바시스가 빠져 있고, 시사 문제나 아테네의 특수 사정과 거리가 멀다. 「여인 의회」에는 고희극의 풍취가 아직 남아 있으며 여인들이 의회를 점령하는 일견 정치적인 내용을 가지고 있는 듯한 플롯이지만 시사 문제와는 엄밀하게는 관계 없고, 「복신福神」에 이르러서는 중기 희극의 색채를 띠고 있으며 내용도 복신의 맹목적 불공평이라는 일반적인 것이다.

아리스토파네스의 작품에서 엿볼 수 있듯이 아티카 고희극은 극히 특수한 배경 없이는 생각할 수 없다. 거기에는 극이 상연된 당시의 갖가지 세상의 뜬소문과 시사 문제가 담겨졌으며 개인적인 조소와 야유가 많이 보인다. 아리스토파네스의 현존 작품에는 없지만 신화나 영웅 전설에서 따온 작품이 상당히 많았다. 이것은 「개구리」 속의 헤라클레스의 지옥행을 또 한 번 따온 디오니소스의 지옥행, 크라티노스의 「디오니살렉산드로스」의 줄거리 등에서 추측하면 대단히 자유롭고 유쾌한 것이었던 모양인데 이런 류의 희극이라도 그 속에는 정치나 문학 등의 풍자, 비판, 야유 등이 담겨져 있었다.

따라서 아티카 고희극은 현대의 풍자적인 만화처럼 당시의 시사 문제와 사회 정세를 잘 알지 않고서는 이해할 수가 없다. 당시의 도시 국가는 대단히 작은 공동체로 아테네나 스파르타와 같은 대국도 오늘날의 우리가 가지고 있는 국가라는 관념에서 본다면 극히 작은 것으로, 수만의 시민과 대부분은 산으로 둘러싸인 협소한 토지를 가지고 있었을 뿐이다. 국가라고는 하지만 오늘날의 시골 소도시와 같아서 집안, 재산, 성격과 버릇까지도 서로 알고 있었다. 그러므로 시민들은 서로 악의 있는 감시 아래 생활하고 있었던 셈이다. 누가 오늘은 시장에서 저녁 찬거리에 무엇을 샀다든가, 누가 어제 누구와 소곤소곤하고 있었다든가, 누가 어디서 미끄러지고 넘어진 것까지 이내 알고 만다. 시민은 국가의 주권자인 동시에 이를 방위하고 운영하는 의무를 지니며 국가와 시민의 생활이 직결되어 있었다. 이것은 그들의 생활을 얽어매고 있었다. 국가의 전체주의적 강제는 현대와는 비교할 수 없을 만큼 강력했다.

고희극 속에서 작가는 아무런 예고도 없이 시민 아무에게나 핀잔, 풍자, 야유, 조소를 마음껏 퍼부었다. 페리클레스의 머리가 마늘 같다든가, 알키비아데스는 혀가 짧다든가, 클레오니모스라는 사나이가 겁쟁이라서 전쟁터에서 방패를 내던지고 도망쳤다든가, 아무개는 굉장한 술꾼이라든가 등등의 조그마한 힌트나 간접적인 핀잔만으로 관객을 웃겼다. 「구름」에서는 여러 가지 당시의 신사상을 풍자한 기묘한 자연 과학적 해석이 속출했고, 「개구리」나 「여인들만의 축제」와 같이 에우리피데스나 아이스킬로스를 직접 등장시킨 극 외에도 비극 속의 글귀를 모방하거나 인용한 것이 잇달아 보인다. 물론 관객 모두가 이와 같은 것을 일일이 완전히 이해할 수 있었던 것은 아닐 거다. 비극에서 따온 것은 배우의 몸짓과 대사의 투로 곧 짐작되었을 것이고, 철학이나 그 밖의 사상을 풍자한 것은 이미 이런 류의 우스꽝스런 이야기나 뜬소문이 마치 참인 양 전해져 있었던 것이 아닐까 생각된다.

고희극에서 쓰인 말은 당시의 속어와 고상한 시어의 혼합이다. 그 속에 우스개, 익살 등이 많이 담겨 있기는 하나 대개 저속하고 외설적이라 익살이라고는 할 수 없는 것으로부터 끝말이나 발음을 맞춘 것, 그리고 내용상의 공통성에 이르는 미소한 것까지 가지각색이다. 또 고희극 작가는 신조어, 특히 길고 많은 낱말을 꾸려 맞춘 데서 오는 익살에 넘치는 복합어 창조의 명수이기도 했다.

많은 특수 사정이 겹쳐서 이루어진 아리스토파네스의 작품은 이미 고대에 많은 연구의 대상이 되었다. 우리가 그를 이해하기 위해서는 이러한 연구를 필사본 난외欄外에 전해지는 옛날의 주석에 의존할 수밖에 없다. 그의 작품이 비극과는 비교가 되지 않을 만큼 많은 주석을 필요로 하는 것도 이 때문이다.

아리스토파네스는 그 작품으로 본다면 정치적, 도덕적으로 언제나 구식이어서 마라톤의 용사를 회상하고 소크라테스의 진의를 이해하지 못하며 소피스트나 에우리피데스의 새로운 길에 반대하는 완고하고 고루한 사람인 것같이 보인다. 그러나 그가 풍자자로서 항상 시류에 반대하는 입장에 서지 않으면 안 되었던 것을 생각한다면 그 작품에 나타난 것을 그대로 그의 인품이나 사상 경향과 동일시하는 것은 위험한 일이다. 그는 파괴적인 해학과 도착적 풍자 시인이며 굳건한 남성적 양식의 세계에서 마음껏 홍소哄笑한다. 그는 표현의 굴레가 없는 시대에 살았다. 말을 다듬지 않고 마구 퍼붓는 욕설과 거침 없는 음사淫辭는 이런 의미에서 표현의 제약을 받는 현대인에게 하나의 해독제가 되어 준다. 그러나 그의 웃음은 단순한 말장난이나 만담이 아니라 격한 분노와 절망이 그 밑바닥에 이따금 흐르고 있다. 그는 그 호방한 홍소 속에 돌연 정서에 넘치는 노래를 부르기 시작한다. 그것은 에우리피데스나 소포클레스의 비극 속의 노래에 비할 만큼 감미롭고 섬세하다. 전원의 간소한 생활의 즐거움을, 구름이 자홍색의 아티카 야산과 들에 던져 주는 그림자를, 무럭무럭 자라나는 소년이 플라타너스 나무 그늘 아래서 운동 경기하는 모습을, 비교에 입회한 처녀들이 미친 듯 춤추는 모양을 노래했다. 이들 노래는 그의 작품을 주옥같이 빛낸다. 노래할 때의 그는 딴 사람이 된 듯했다.

그는 마음씨 따뜻한 사람이었다. 많은 시민에게 마구 공격의 화살을 퍼붓고 있기는 하나 대부분은 일종의 익살이었다. 에우리피데스의 신식 비극을 공격하면서도 그 감미로운 노래의 숭배자요, 모방자였다. 소크라테스를 등장시켜 형편없이 만들고는 있으나, 그것은 결코 그의 본심에서 우러나는 미움은 아니다. 그가 참으로 증오한 것은 전쟁과 이를 핑계로 자기 배를 채우는 인간, 특히 클레온뿐이었는지 모른다.

중·신희극

고희극의 작가로서 아리스토파네스는 현존하는 작품에서는 기원전 405년 「개구리」에서 끝나고, 희극은 좀더 부드러운 일반적이고 유형적인 웃음을 담은 중기로 옮겨 가고 있다. 「여인 의회」는 이 과도기의 산물이다. 그 속에 플라톤의 「국가」의 공산주의적 사고방식에 대한 야유라고 볼 것이 있다 해도 전체적으로는 여인들의 의회 점령과 그에 따르는 우스개에 지나지 않는다. 「복신」은 완전히 중기적으로 「여인 의회」에서 이미 퇴화하고 있던 합창대가 이 극에서는 더욱 중요성을 잃고 극의 본 줄거리와는 관계가 희미한 간주자로 되어 있다.

이 특수한 시사 문제의 호쾌하고 활달한 홍소로부터 풍속 희극의 인간성 일반에 대한 핀잔 섞인 미소로의 변화는 합창대의 퇴화와 함께 시종일관 플롯의 복잡화를 촉구했다. 아리스토파네스의 작품을 보면 고희극에서는 플롯이 보잘것없어 파라바시스를 중간으로 전반은 풍자, 후반은 그 결과로부터 일어날 웃음의 장면으로 이루어지고 있는 것이 보통이며 줄거리다운 줄거리는 없다. 혹은 이는 아리스토파네스만의 일로, 다른 작가는 플롯을 더 공들여 완성했는지 모르나 고희극의 구조나 목적을 생각한다면 도저히 신희극과 같이는 안 되었을 것이다.

고희극으로부터 중기 희극으로의 변화는 사회 정세의 변화와 함께 무리 없이 행해졌다. 고희극 중에도 신화에서 따오는 소재와 일반적인 인간성의 익살이 이미 존재하고 있었기 때문이다. 기원전 4세기는 전세기와는 달리 철학과 변론술, 개인이 국가로부터 유리되는 시대였다. 전세기의 숨 가쁜 변화와 노력에 이은 체념의 시대이다. 도시 국가라는 소단위 국가의 무력함을 분명히 알려 준 때이다. 중기 희극에도 개인에 대한 풍자가 다소 남아 있었던 듯하나 대부분은 인간성 일반의 익살이며, 에우리피데스의 커다란 영향 아래 사랑의 속삭임, 사생아, 부자의 대면이 즐겨 플롯에 이용되었다. 말도 에우리피데스식으로 평이하며 심한 속어가 줄어들었다. 고희극의 거칠고 난폭하기는 하나 진심이 깃들었던 정열은 없어지고, 재치는 있으나 평범하고도 속된 재미를 노리게 되었다. 고희극에서도 이미 그러했지만 인물의 유형화가 한층 진전되었다. 이 시기의 대표적 작가는 안티파네스(Antiphanes, 기원전 405~331년), 로도스 섬 출신의 아낙산드리데스(Anaxandrides, 기원전 400년경 출생), 알렉시스(Alexis, 기원전 390~280년) 등이다.

이들 작가는 놀라운 정도로 많은 작품을 썼는데 안티파네스는 260편, 알렉시스는 245편의 작품을 각각 썼다고 전해지며 중기 희극만으로 제목이 밝혀져 있는 것이 1,000여 편 있지만 완전히 전해지는 희극은 하나도 없다. 이 중기 작가들의 어마어마한 다작과 고희극의 아리스토파네스의 44편, 크라티노스와 플라톤의 28편, 페레틀라테스의 18편, 에우폴리스의 17편의 작품 수를 비교하면 고희극 작가가 한 작품 한 작품의 창조에 전력을 기울였던 데 반해 중기 희극 작가들은 단지 기술인이 아니었던가 의심이 된다. 이것은 그 작품의 내용으로도 추측할 수 있는 것으로, 중기 이후의 희극 작가는 현대의 멜로드라마 작가, 유행 작가와 마찬가지로 요구에 따라 정석적인 재료와 인물을 적절히 배합해서 마구 써 댄 것이 틀림없다.

신희극에서는, 중기적 경향은 그 지향하는 종착점에 다다랐고 줄거리의 재미와 가벼운 대화가 주가 되었다. 에우리피데스는 비극에서 영웅 세계의 이름을 빌려 「알케스티스」, 「이온」 등 가벼운 인간 희극을 시도했는데, 이것이 새로운 희극의 효시가 되었다. 이미 에피카르모스 이래 고희극을 통해 찾아볼 수 있는 갖가지 등장인물의 유형화는 여기에서 이미 완성을 보았다. 까다로운 아버지, 방탕한 아들, 사랑에 고민하는 젊은이와 순정의 처녀, 매춘부, 잘난 체하는 군인, 식객, 교활한 혹은 충실한 노예 등이 신희극의 틀에 박힌 인물로 등장하게 되었고 이에 따라 가면이 연구되었다. 합창대는 완전히 막간 간주곡만을 부르게 되었고, 따라서 합창대와 배우는 각각 독립하게 되었다. 그 때문에 오케스트라와 무대의 교류가 필요 없게 되고, 배우만이 한층 높이 만든 좁고 길쭉한 무대에서 연기했다. 합창대의 존재는 비극에서와 마찬가지로 고희극 작가의 자유를 속박하고, 플롯의 자유로운 전개를 곤란하게 하고 있었는데, 합창대로부터 완전히 해방된 신희극 작가는 마음껏 플롯에 주력할 수 있었다.

신희극의 창시자는 필레몬(Philemon, 기원전 361년경~262년)이라 하지만 실제로는 중기로부터 신희극으로의 변화는 극히 자연스러웠기 때문에 이 창시자라 함은 고대 그리스의 문학사가가 즐겨 쓴, 어느 문학 종류의 정점에 최초로 도달한 사람을 가리키는 단순한 표현에 지나지 않는다.

신희극의 대표자는 메난드로스(Menandros, 기원전 341~291년)였다. 그는 중기 희극 작가 알렉시스의 조카이며, 아테네 상류가문 출신으로 에피카르모스와 에우리피데스의 수호자요, 철학자 테오프라스토스나 에피쿠로스의 친구로 공적인 일을 멀리하고 조용한 생활을 보냈다. 기원전 321년에 최초의 작품을 상연하였으며, 100여 편의 작품을 썼는데, 거의 모두가 없어지고 남아 있는 것은 많은 단편斷片과 경구 외에 근래 거의 완전한 모습으로 발견된 「까다로운 사람(Dyskolos)」과 대단편大斷片 「조정 재판(Epitrepontes)」,「머리칼을 잘린 처녀(Perikeiromenē)」,「사모스의 여인(Samiā)」,「선조의 영(Hērōs)」뿐이다. 그의 작품은 약간의 잔존 작품과 로마 작가가 쓴 번안극으로 엿볼 수밖에 없는데, 그의 작품을 고대인들이 애호하고 극구 찬탄하고 절찬하고 있음에도 불구하고 작품 모두 평범하고 속된 멜로드라마이다. 유형적 인물을 교묘히 배치한 재치 있는 플롯을 근사한 아티카 사투리로 포장한 작품이다. 그것은 궤변의 세계이다. 경구와 인정이 풍부하며, 체념에 넘쳐 있다. 어디까지나 서민적이다. 전세기의 격정과 진지함은 없어지고 무엇인가 애틋한 느낌이 감돌고 있다. 밖으로는 마케도니아의 발흥, 알렉산드로스의 세계 정복, 대왕의 후계자인 장군들의 권력 투쟁이라는 대사건이 어지럽게 잇달아 일어나고 있는데, 메난드로스의 희극 속의 세계는 이와는 완전히 유리되어 자그마하게 이루어졌으며 언제까지나 뒷골목에 틀어박혀 있었다. 그러나 이 재치 있는 경묘한 위트와 인정미는 당시의 정치나 전쟁에 싫증난 인심을 사로잡았을 것이다.

신희극의 제3의 대작가는 디필로스(Diphilos, 기원전 350년경~263년)인데, 그도 100편 남짓한 작품을 썼지만, 남아 있는 것은 단편斷片뿐이다. 신희극을 최후로 하여 아티카 희극은 쇠퇴해 버렸다.

부록

등장 인명 · 신명 · 지명 · 용어 해설

그리스 극에 관한 외국 문헌

등장 인명 · 신명 · 지명 · 용어 해설

| ㄱ |

가니메데스 Ganymedes 트로이 왕국을 건설한 트로스의 아들. 대단한 미남이었으므로 제우스는 이 청년을 하늘로 데려와 여러 신에게 술을 따르는 시종으로 삼았다고 한다.

게네틸리스 Genetyllis 군소 신들 중의 하나. 게네틸리데스(Genetyllides)는 아프로디테의 친구로 묘사되었다. 이들은 한 세대를 지배하였다.

고르고피스 Gorgopis 코린토스 가까이 있는 만灣.

고르곤 Gorgons 포르키스와 케토 사이에서 태어난 세 딸로 바다에 사는 추악한 얼굴의 괴물들. 그 중에서도 메두사가 신화에서 가장 유명하다. 이들 세 자매는 머리털 대신에 그 머리는 뱀으로 되어 있었다. 그리고 날개가 달려 있었고 사나운 발톱과 거대한 이를 가지고 있었다. 또 메두사의 머리를 본 사람은 누구나 돌로 변해 버렸다.

고르기아스 Gorgias 시칠리아 섬의 레온티니(Leontini) 출신인 소피스트이자 수사학자. 그의 선조는 그리스 인이 아니었다.

글라우케테스 Glaucetes 대식가. 특히 육식을 폭식하던 사람. '넙치'라는 뜻의 프세타(Psetta)라는 별명을 가지고 있었다.

기사 Knights 기원전 424년 레나이아제에서 상연되어 우승한 아리스토파네스의 현존 작품. 펠로폰네소스 전쟁 수행의 중심인물인 데마고그(선동 정치가) 클레온을 맹렬히 공격한 작품이다.

| ㄴ |

나우플리아 Nauplia 아르고스 시 가까이 있는 아르골리스의 연안에 있는 항구 도시.

낙소스 Naxos 에게 해에 있는 섬. 기원전 490년 페르시아에 의해 황폐해졌다. 기원전 471년 키몬에게 정복당했다.

네레우스 Nereus 바다의 신. 폰토스(바다)와 가이아(대지)의 아들. 바다의 요정 네레이데스(Nereids)의 아버지.

네메시스 Nemesis 여신으로 닉스(Nyx, 밤의 여신)의 딸. 악한 행위를 벌하는 보복의 신. 무정한 애인을 벌하는 신으로도 알려졌다.

네스토르 Nestor 필로스의 왕이며 넬레우스의 아들, 안틸로코스의 아버지. 트로이 전쟁에서 가장 연로하고 가장 지혜로웠던 그리스의 지배자였다.

네오프톨레모스 Neoptolemus 아킬레우스의 아들로 '젊은 용사'라는 뜻이기도 하다. 트로이 목마 속에 들어간 용사 중 하나였다.

네펠로코키기아 Nephelococcygia 아리스토파네스의 「새」에 나오는 도시 국가의 이름. 이것은 '구름'이라는 nephele와 '뻐꾹새'라는 kokkyx가 합쳐서 된 이름이다. 즉 '구름 위의 뻐꾹새', 새들만의 나라라는 것을 암시한다.

노토스 Notus 남풍의 신. 일반적으로 온화하고 따뜻한 것을 가리키는 의인신疑人神.

니오베 Niobe 탄탈로스의 딸이자 테베의 암피온의 아내이며 14남매의 어머니였다. 그녀는 레토에게 자식이 많음을 자랑했다. 그녀의 모든 자손은 레토의 아들인 아폴론과 아르테미스에게 죽임을 당했고, 니오베 자신은 제우스에 의해 리디아의 시필로스 산에서 돌로 변해 버렸다.

니코디케 Nicodice 여인의 이름. 이 이름은 '승리' 라는 nike와 '정의' 라는 dike가 합쳐서 되었다.

니코스트라토스 Nicostratus 희생 제물과 외국인을 좋아하던 아테네 사람.

니키아스 Nicias 부유한 귀족 정치론자. 아테네 보수주의 정당의 지도자였다. 그는 이따금 군대 사령관으로서도 봉직했다. 그리고 그는 라마코스가 죽은 후 알키비아데스의 소환을 받고 시칠리아 원정 길에 올랐다. 그러나 그는 원정대가 와해瓦解된 후에 시라쿠사(Syracusa) 측에 사형을 당하고 말았다. 그는 사령관 중에서도 가장 평판이 좋지 않았다고 한다.

ㄷ

다나에 Danae 아르고스의 왕 아크리시오스의 딸. 아크리시오스 왕은 이 딸을 청동으로 만든 탑에 감금해 버렸다. 어느 날 왕에게 '너의 딸이 아기를 가질 것인데, 그 아이가 곧 너를 죽이리라.' 고 신탁이 내렸기 때문이다. 이때 제우스가 황금의 비가 되어 그녀에게 내리자 그녀는 아들 페르세우스를 낳았다. 아크리시오스는 통 속에 다나에와 아이를 넣은 채 바다에 던져 버렸다. 그러나 두 사람은 죽지 않고 모두 구출되었다. 나중에 경기 대회에서 페르세우스가 던진 원반이 공교롭게도 구경하던 외할아버지 아크리시오스에게 맞아 그가 죽음으로써 그 신탁이 실현되었다.

다레이오스 Darius 페르시아의 대왕으로서 크세르크세스(Xerxes)의 아버지. 아시이의 대군을 이끌고 그리스를 침략했다가 패배했다.

다르다노스 Dardanus 트로이 사람들의 신화적인 조상이다. 그래서 다르다노스 사람들은 트로이 사람들과 동일시되었다.

다티스 Datis 페르시아 인. 아리스토파네스의 「평화」에 나타나 있는 사람이 이 사람인지는 분명하지 않다. 그는 마라톤 전투에서 유명한 사령관이 될 수 없는 존재였다. 그의 기사는 그리스 어로 잘못 기록된 것으로 보인다.

데메테르 Demeter 대지의 어머니신. 대지의 생산력의 여신. 남동생인 제우스와 결혼하여 페르세포네를 낳았다.

데모스 Demos 미모의 한 젊은이의 이름인데, 피릴람페스(Pyrilampes)의 아들이자 플라톤의 이부 형제異父兄弟이다.

델로스 Delos 에게 해에 있는 작은 섬. 이곳은 아폴론과 아르테미스의 출생지로 알려졌다. 기원전 6세기 초 아테네를 맹주로 하는 델로스 동맹(대 페르시아 해상 동맹)의 본거지였다.

델포이 Delphoi 포키스 지방에 있는 도시로서 아폴론과 모녀 가메스(Games)의 신탁을 받는 유명한 신전이 있던 곳이다. 기원전 6세기 초 제1차 신성전쟁神聖戰爭으로 델포이의 중립과 독립이 보장되어, 4년마다 제전적인 피티아(Pythia) 경기 대회가 시작되었다.

도도나 Dodona 제우스 신의 신탁소가 있던 그리스 북서부 에페이로스 지방의 성역. 이 성역에는 떡갈나무가 있었는데, 신관들은 나뭇잎 스치는 소리나 나무 근처에서 솟아나는 샘물의 소리를 듣고 신탁을 해석했다.

드리아스 Dryas 트라키아 왕 리쿠르고스의 아버지.

디르케 Dirce 테베 왕인 리코스의 아내. 테베에는 이 왕비의 이름을 딴 샘이 있었다.

디아고라스 Diagoras 멜로스 섬과 이오니아 지방에서 활동하던 철학자. 초기에는 무신론자로 알려져 있었다. 독특한 학설로 관심을 끌었고, 아리스토파네스의 「새」(총 1073행)와 「구름」(총 830행)의 주석서를 만들었다. 그러나 아리스토파네스의 「개구리」에 나타나 있는 시인은 이 사람이 아니다.

디오니소스 Dionysus 제우스와 세멜레의 아들로 술과 도취·해방의 신. 아테네 연극의 수호신. 후기 그리스 세계(헬레니즘 시대)에서는 최대의 신으로 숭배되었다.

디오니시아 Dionysia 디오니소스 신을 숭배하는 축제.

디오메데스 Diomedes 티데우스의 아들. 트로이 전쟁 때 그리스의 영웅.

디오스크로이 Dioscri 레다와 틴다레오스의 두 아들 카스토르와 폴리데우케스이다. 다른 전설에 따르면 레다와 제우스의 아들이라고도 한다. 이 두 아들은 헬레네, 클리타이메스트라와는 남매간이 되는 셈이다. 카스토르는 말을 잘 다루는 기술로 유명했고, 폴리데우케스는 권투 기술로 유명했다. 둘은 선원들의 수호자로 숭배되었다.

디오피테스 Diopithes 예언자. 너무나도 발작적인 예언을 했기 때문에 당시 사람들은 그 예언의 정확성을 의심했다.

디트레페스 Diitrephes 버드나무 가지로 통을 만들어 부자가 된 사람이다. 이 기술을 그리스 어로 프테라(Ptera)라고 하는데 '날개' 라는 뜻이다.

디폴리아 Dipolia 제우스 폴리에우스(Poloeus, '도시의 수호자' 라는 의미)를 위한 고대의 축제.

| ㄹ |

라마코스 Lamachus 아테네 장군. 아테네 시민들이 가장 신뢰하던 장군 중의 한 사람이었다.

라미아 Lamia 황당무계하고 가장 무서운 괴물류 중 하나이다. 여러 형식의 고대 미신에 의해서 만들어진 괴물이며, 흔히 여성으로 묘사되었다. 이 괴물은 흡혈귀의 생활양식을 가졌다. 원인론적인 신화에서는 다음과 같이 이야기한다. 라미아라는 리비아의 여왕이 있었는데 제우스를 사랑했기 때문에 헤라의 미움을 받았다. 그래서 헤라는 라미아가 아기를 낳을 때마다 삼켜 버리도록 만들었다. 라미아는 점점 더 야성적이고 야만적으로 되어 나중에는 동굴에 살면서 어린아이를 훔쳐 먹으면서 지냈다고 한다.

라미아스 Lamias 형무소의 간수. 그의 이름은 라미아를 암시한다.

라베스 Labes 아익소니아 구역의 개. 아리스토파네스의 「벌」에 보면 이 개에게 도둑의 죄를 뒤집어씌웠다. 이 개의 이름은 그리스 어로 labein, 즉 '취한다' 는 뜻과 라케스(Laches) 두 가지를 암시한다.

라소스 Lasus 유명한 서정 시인. 당대의 시모니데스에 비길 만했다.

라에르테스 Laertes 오디세우스의 아버지.

라오메돈 Laomedon 트로이 왕이자 프리아모스의 아버지. 아폴론과 포세이돈은 트로이의 성벽을 쌓았다. 그러나 라오메돈은 이들에게 약속한 보상 지불을 거절했다. 그래서 포세이돈은 이 도시를 괴롭힐 목적으로 바다 괴물을 보냈고, 이 괴물은 트로이 사람들에게 처녀를 제물로 바치도록 강요했다. 헤라클레스가 이 바다 괴물을 죽였으나 라오메돈은 보상 지불을 여전히 거절했다. 그래서 헤라클레스는 트로이 원정 길에 오르게 되었다. 이 원정에서 라오메돈을 죽이고 그의 딸 헤시오네를 텔라몬에게 주었다.

라우리옴 Laurium 아티카에 있던 은광. '라우리옴의 올빼미'는 라우리옴의 금속으로 만든 은화이다. 이 은화에는 그리스의 상징인 올빼미를 그려 넣었다.

라이스포디아스 Laespodias 아테네의 장군. 그는 외교관으로도 일했다.

라이오스 Laius 테베의 왕. 이오카스테의 남편. 오이디푸스의 아버지. 그러나 아폴론의 신탁으로 저주받은 오이디푸스에게 결국 살해되고 만다.

라케다이몬 Lacedaemon 스파르타와 라코니아를 가리키는 스파르타 국가의 정식 명칭. 제우스와 님프 타이게테의 아들로 라코니아에 살던 라케다이몬 인의 신화상의 조상 라케다이몬에서 유래했다.

라케스 Laches 아테네의 장군. 기원전 427년 시칠리아 원정 도중에 클레온에게 횡령죄로 고소되었다.

라코니아 Laconia 펠로폰네소스 반도 남동쪽에 있는 지역. 수도는 스파르타.

람폰 Lampon 유명한 점쟁이.

랍다코스 Labdacus 테베의 왕이었고, 라이오스의 아버지. 랍다키다이(Labdacidae)라는 명칭은 그의 후손들에게 붙여진 이름이다.

레다 Leda 스파르타 왕인 틴다레오스와 결혼해 디오스크로이 형제와 클리타이메스트라, 헬레네의 어머니가 되었다. 다른 전설에 따르면, 제우스가 백조의 모습을 하고 레다와 정을 통해 디오스크로이 형제와 헬레네를 낳았다고 한다.

레아 Rhea 크로노스의 아내이며 데메테르, 헤라, 하데스, 포세이돈, 그리고 제우스의 어머니. 후에 그녀는 키벨레와 동일시되었다.

레오고라스 Leogoras 아테네의 극성스런 미식가 중의 한 사람.

레오트로피데스 Leotrophides 아주 허약하고 섬세한 체격과 성격을 가진 한 시인. 후에 그는 그러한 모습 때문에 속담에 등장하는 존재가 되었다.

레우코테아 Leucothea 바다의 여신. 이노 참조.

레이토스 Leitus 트로이 전쟁 때 보이오티아 군의 사령관.

레입시드리온 Lipsydrion 파르네스에 있는 한 지역이다. 이곳은 알크메오니다이(Alcmeonidae)의 귀족 가족이 추방된 곳이었는데 요새지였다. 그러나 히피아스 일파에게 이곳은 포위되고 말았다. 아리스토파네스는 옛날 이곳에서 일어난 사건을 회상하면서 옛 전사들의 이야기를 더듬어 보는 것을 매우 즐겨 하였다.

레토 Leto 아폴론과 아르테미스의 어머니. 그래서 달의 어머니, 헤카테의 어머니라고도 불린다.

레프레움 Lepreum 펠로폰네소스 반도. 서북부 엘리스(Elis)에 있는 한 마을. '나병 환자의 마을'이라는 의미. 이것은 나병 환자였던 비극 시인 멜란티오스를 조롱하기 위해 아리스토파네스가 「새」에서 인용했다.

렘노스 Lemnos 에게 해에 있는 화산섬. 신화에 따르면, 렘노스 섬의 여인들은 아프로디테 숭배를 게을리했기 때문에 남편들에게 버림받았고, 버림받은 여인들은 자기들의 남편을 모두 죽였다고 한다.

로도스 Rhodes 에게 해 동남쪽에 있는 커다란 섬의 하나. 향유로 유명했다.

로크리스 Locris 포키스와 도리아 지방에 의해 동서로 분단되어 동쪽은 로크리스 오폰티아(Locris Opuntia), 서쪽은 로크리스 오조리스로 불린 지방.

록시아스 Loxias 아폴론의 별칭.

리디아 Lydia 소아시아 서부에 있던 왕국. 아테네의 노예 대부분이 리디아 출신이었다.

리비아 Libya 고대에 이집트를 제외한 아프리카의 북부 지방을 일컫던 명칭.

리시크라테스 Lysicrates 아테네의 한 장군. 그는 도둑 한 사람과 악한 한 사람을 데리고 있었다고 한다. 아리스토파네스의 「새」, 「여인 의회」에 나타나 있는 사람은 흉한 코를 가진 자로 묘사되어 있다.

리코스 Lycus 테베의 신화적인 폭군. 그는 헤라클레스의 자녀들을 죽이기 위해 싸웠다. 또 아테네 법정을 보호하던 영웅으로도 알려져 있다.

림나 Limna 펠로폰네소스 반도 동남부에 있던 트로이젠의 해변 성읍.

| ㅁ |

마라톤 Marathon 아테네 동북부에 위치한 평원. 기원전 490년 그리

스를 침략한 페르시아 군이 참패당한 곳.

마이나드스 Maenads 디오니소스에 미친 숭배자들에게 붙여진 명칭.

마이아 Maia 헤르메스 신의 어머니. 이 말 자체가 '어머니' 또는 '유모' 라는 뜻이 있다.

마이오티스 Maeotis 현재의 아조프(Azov) 해. 아마존족이 이 바다 연안에서 살았다고 전해진다.

마키스토스 Macistus 에우보이아에 있던 산. 봉화대로 쓰였다.

메가라 Megara 아티카의 서쪽이며 보이오티아 남쪽에 있는 그리스의 도시 국가. 이 도시의 남자들이 아테네의 여인들을 납치했다가 보복을 받아 페리클레스가 주도한 메가라산 물품에 대한 불매不買동맹으로 망해 버렸다. 이 사건은 국제 정치사에서 경제 제재 조치의 효시로 불린다.

메가바조스 Megabazus 페르시아 인의 이름. 아리스토파네스의 「새」에는 페르시아 왕좌에 올랐던 것으로 잘못 인용되어 있다. 그리스어로 mega bazon은 '중요하게 이야기한다.' 는 뜻이다.

메넬라오스 Menelaus 스파르타의 왕. 아트레우스의 아들, 아가멤논의 형제, 헬레네의 남편, 헤르미오네와 메가펜테스의 아버지.

메노이케우스 Menoeceus 테베의 '씨 뿌려 나온 남자들(스파르토이)' 에게서 태어난 자손. 이오카스테와 크레온의 아버지.

메니포스 Menippus 아테네의 말 무역 상인으로 별명은 Chelidon. '발굽의 우묵한 곳' 또는 '삼키다' 는 뜻의 별명이다.

메두사 Medusa 고르곤 중 하나. 이 괴물을 보는 사람은 누구나 돌로 변해 버렸다. 영웅 페르세우스가 메두사를 죽여 그 머리를 아테나 여신에게 헌납했는데 아테나는 이것을 자신의 전용 방패인 아이기스의 중앙에 박아 넣었다고 한다.

메디아 Media 이란 고원 북서부를 중심으로 활약하던 이란계 유목 민족이 세운 나라. 소아시아 동부에서 인더스 강 유역에 이르는 대제국이었으나 기원전 549년 페르시아 왕 키로스에게 멸망.

메로페 Merope 코린토스 왕 폴리보스의 왕비. 오이디푸스의 양모.

메리오네스 Meriones 트로이 전쟁 때 그리스 용사 중의 하나로 크레타 섬 사람.

메사피오스 Messapius 보이오티아 지방 동쪽에 있는 에우보이아 섬의 산.

메세니아 Messenia 펠로폰네소스 반도 남서부에 있던 도시로 스파르타의 지배를 받고 있었다. 너무나도 억압이 극심했기 때문에 감히 반란이나 폭동을 꾀하지 못했다. 아리스토파네스의 「리시스트라테」에 나타나 있는 사건은 기원전 464년에 일어난 일이다.

메톤 Meton 위대한 수학자이자 천문학자요, 월력月曆의 개혁자였다. 그는 도시 계획에도 큰 관심을 가지고 있었다.

멜라니온 Melanion 아탈란테와의 경주에서 이긴 영웅.

멜란티오스 Melanthius 모르시모스의 형제인 비극 시인. 그의 극시는 그의 인품과도 같이 그다지 유쾌한 것이 아니었다. 대식가이자 나병 환자였던 그는 지나치게 아첨을 했으며, 음성이 매우 거칠었다고 한다.

멜로스 Melos 에게 해에 있는 섬. 무신론자 디아고라스의 출생지.

멤논 Memnon 제우스의 아들, 아킬레우스에게 죽임을 당했다.

모르시모스 Morsimus 평이 안 좋았던 비극 작가. 멜란티오스의 형제.

모리코스 Morychus 아테네의 멋쟁이 여자 미식가.

미노스 Minos 크레타의 왕이자 파시파에의 남편. 파이드라와 아리아드네의 아버지.

미디아스 Midias 메추라기를 기른 아테네 사람.

미르미돈 Myrmidons 아킬레우스가 영도하던 병사들.

미르틸로스 Myrtilus 오이노마오스의 반역적인 전차 몰이꾼. 그는 자기 주인을 배반하였고 펠로프스에게 살해당했다.

미마스 Mimas 신들에 대항하여 싸운 티탄족 중의 하나이다.

미시아 Mysia 소아시아 북서부에 있던 나라.

미케네 Mycenae 아르골리스의 고대 도시. 아르골리스는 아가멤논의 왕국.

미코노스 Myconus 에게 해에 있는 섬.

미콘 Micon 프레스코 화가인 아테네 사람.

밀레토스 Miletus 소아시아 연안에 있는 그리스의 식민 도시. 페르시아 전쟁 이후, 이 도시는 아테네에 예속되었다. 이것은 선동 정치가인 클레온이 공납 의무를 그들에게 지웠다는 것을 의미한다. 이 도시는 쾌활한 생활과 느슨한 도덕, 나체 예술품 등으로 유명했다. 밀레토스는 기원전 412년에 아테네에서의 해방을 위한 반란을 일으켰다.

| ㅂ |

바키스 Bacis 보이오티아의 유명한 예언자.

박트리아 Bactria 페르시아와 알렉산드로스 제국 영토 중에서 가장 동쪽에 위치했던 지역.

보레아스 Boreas 북풍의 신. 거친 폭력을 상징한다.

보스포로스 Bosphorus 흑해와 마르마라(Marmara) 해 사이에 있는 해협.

보이오티아 Boeotia 그리스의 비옥한 지역. 펠로폰네소스 전쟁 때 스파르타와 동맹을 맺었다. 아테네가 속한 아티카의 북서쪽에 있었다.

불로마코스 Bulomachus '전쟁 욕구' 라는 뜻.

브라시다스 Brasidas 펠로폰네소스 전쟁 초기에 스파르타가 배출한 유명한 장군이다. 기원전 422년에 브라시다스 장군은 혁혁한 공과 승리를 거둔 후, 암피폴리스(Amphipolis) 전투에서 전사했다.

브라우론 Brauron 아티카의 한 구이다. 이피게네이아의 주선으로 이곳에 옮겨진 타우리케 아르테미스 여신을 숭배하는 곳이 되었다. 여기에서 브라우로니아(Brauronia)라는 축제가 열리고 젊고 아리따운 여자를 선정하여 여신의 역할을 하게 했다.

브로미오스 Bromius 디오니소스의 별칭.

비블리네 Bybline 신화에 나오는 아프리카의 산맥.

비잔티움 Byzantium 고대로부터 보스포로스 해협의 서안에서 번영하던 도시. 기원전 471년 키몬에게 정복당해 그리스의 식민 도시가 되었다. 동로마 제국 때 콘스탄티노폴리스로 개칭해 동로마 제국의 수도로 번성했으며 현재는 터키의 이스탄불.

ㅣ**ㅅ**ㅣ

사르다나팔로스 Sardanapalus 아시리아 제국 최후의 왕. 그는 호화스럽고 사치한 생활로 유명했다.

사르디스 Sardisr 고대 소아시아 중서부 리디아의 수도. 굉장히 부유한 도시로 유명했다.

사르미데소스 Sarmydessus 흑해 연안에 있는 트라키아의 한 도시. 비잔티움 서쪽에 인접해 있었다.

사르페돈 Sarpedon 제우스의 아들이며 리키아의 왕. 트로이 전쟁 때는 트로이와 동맹자의 관계.

사모스 Samos 이오니아 해안에서 멀리 떨어져 있는 섬.

사모트라케 Samothrace 트라키아 해안에서 떨어진 섬. 카베이로이(Cabiri)의 신비담으로 유명.

사티로스 Satyrs 온갖 음탕한 특성을 지닌 가공적인 종족. 디오니소스의 시종을 맡았을 뿐만 아니라 인간성의 동물적 요소를 상징했다. 그리스 시대의 접시 같은 데에는 이들이 성기를 흥분시켜 선녀의 등 뒤에서 덮치는 그림을 흔히 볼 수 있다.

살라미니아 Salaminia 쾌속함. 파랄로스 참조.

살라미스 Salamis 아티카와 메가라 해안에서 멀리 떨어진 곳에 있는 섬. 기원전 480년 페르시아의 해군이 치명적인 패배를 당한 곳.

살로니카 만 Salonic Gulf 아티카와 아르골리스 사이에 있는 에게 해의 만灣.

세멜레 Semele 카드모스의 딸. 제우스와의 사이에서 디오니소스를 낳았다.

셀로스 Sellus 아이스키네스의 아버지. 셀라르티우스(Sellartius)라고도 한다.

솔론 Solon 아테네의 유명한 정치가이며 기원전 6세기 초의 입법자.

수니움 Sunium 아티카의 남쪽 끝에 있는 곶串인데 이곳에 유명한 아테나 신전이 있었다.

스카만드로스 Scamander 트로이가 속한 프리기아 지방의 강.

스켈리아스 Scellias 귀족정을 주장한 아리스토크라테스(Aristocrates)의 아버지.

스키로니아 Scironia 아티카와 메가리스 사이에 있는 해안 암석군. 여기서 테세우스가 도둑 스키론을 죽였다.

스키로스 Scyros 에우보이아 동쪽 에게 해에 위치한 섬.

스키오네 Scione 에게 해 동북부 칼키디케(Calcidice) 반도에 있던 소읍. 이 도시는 기원전 423년 아테네 측에 포위되었을 때, 2년간이나 버티었다.

스키티아 인 Scythians 트라키아 동북쪽 스키티아 지방에 살고 있던 유목민들. 아테네 인들은 스키티아의 한량들을 경찰관으로 고용했다.

스타디아 Stadia 거리를 재는 그리스의 단위. 약 180m.

스테넬로스 Sthenelus 카파네우스의 아들이며 디오메데스의 친구.

스트라톤 Straton 여자처럼 나약한 아테네의 동성연애자.

스트레프시아데스 Strepsiades Twister. 꼬는 사람, 곡해하는 사람, 속이는 사람.

스트로피오스 Strophios 포키스의 왕. 필라데스의 아버지.

스틸비데스 Stilbides 아테네의 유명한 점쟁이.

스파르타 Sparta 라코니아의 수도이며 펠로폰네소스 동맹의 본고장이다. 군국주의 정치 체제로 유명했다.

스페티아 Sphettia 아티카의 한 구역인데 더 정확히는 스페토스(Sphettus)이다. 이 이름은 Sphex, 즉 '말벌'을 암시한다.

스핑크스 Sphinx 테베 사람들에게 수수께끼를 물어 풀지 못하면 모조리 죽여 버린 괴물. 오이디푸스가 그 수수께끼를 완전히 풀자 자살했다.

시니스 Sinis 테세우스에게 살해된 도둑.

시라 Syra 여자 노예의 이름인데 '시리아(Syria) 인' 이라는 뜻.

시라코시오스 Syracosius 귀에 거슬리는 웅변가, 강연자.

시리우스 Sirius '불타오르는' 또는 '눈이 부신' 이란 뜻으로 큰개자리에서 으뜸가는 별. 밤하늘에서 가장 밝게 빛나는 −1.5등급의 별이다.

시모니데스 Simonides 합창 서정시 작시자로 초기 그리스의 가장 뛰어난 시인 중 하나. 돈을 위해 작품을 쓴 최초의 문인이었기에, 그는 고대인의 가슴속에 뛰어난 직업 시인의 이미지로 남았다.

시모이스 Simois 트로이의 강.

시바리스 Sybaris 이탈리아 남부에 있던 그리스 식민 도시. 기원전 6세기 후반기에 이르러 이 도시는 대단히 부유해졌으며, 주민들은 극도로 사치스럽고 주색에 빠져 있다는 평판을 얻게 되었다. 시바리스 사람들의 우화는 이솝(Aesop)의 우화와 매우 비슷하였지만 동물들의 특성보다는 오히려 인간의 특성을 다뤘다.

시빌 Sibyl 제신들에게 영감靈感을 받은 몇몇 여자 예언자에게 붙여진 이름.

시시포스 Sisyphus 아이올로스의 아들이며 코린토스의 왕이고 그곳 궁전의 창건자. 지은 죄 때문에 그는 지옥에서 심한 형벌을 받았다. 어떤 전설에는 그가 오디세우스의 아버지라고 되어 있다.

시키온 Sicyon 코린토스의 서쪽, 코린토스 만에 접한 작은 읍.

시필로스 Sipylus 소아시아 서북부 프리기아에 있는 산.

심플레가데스 Symplegades 신화에서는 흑해 인구에 있는 두 육지를 말한다. 아르고 선은 이 두 육지 사이를 처음으로 항해한 그리스 배이다.

| ㅇ |

아게노르 Agenor 포세이돈의 아들, 페니키아의 왕. 카드모스의 아버지.

아구이에우스 Aguieus 시가와 길을 지키는 자로서의 아폴론을 일컫던 한 명칭이다. 아폴론의 조각상이 그의 집 앞에 세워졌다.

아도니아 Adonia 아프로디테 여신이 사랑한 아도니스를 기리는 아테네의 축제. 이 축제에는 여인들만 참가하게 돼 있었다.

아드라스토스 Adrastus 아르고스의 왕. 폴리네이케스의 양아버지.

아드메토스 Admetus 테살리아에 있는 페라이의 왕. 알케스티스의 남편이며 페레스(Pheres)의 아들이었다.

아라크네 Arachne 아르골리스에 있는 산.

아레스 Ares 그리스의 전쟁신. 후에 로마 신화의 마르스 신과 동일시되었다. 제우스와 헤라 사이에서 태어난 외아들.

아르고 선 Argo 배의 이름. 이 배를 타고 이아손과 그의 동료들(아르고나우테스)이 황금양모피를 찾아오려고 콜키스 지방으로 항해해 나아갔었다.

아르고스 Argos 펠로폰네소스 반도의 동남부에 있던 도시. 이 도시가 있는 지역을 말하기도 한다. 이 지역은 아카이아 또는 미케네 문명의 중심지 중의 하나였다. 그리스의 신화 역사에서 중요한 역할을 했고, 후기에 아르고스는 스파르타와 아테네의 전쟁터가 되었다.

아르기우에 Argives 아르고스 또는 그리스의 주민들을 일컫던 말.

아르카디아 Arcadia 목축에 적합한 펠로폰네소스 반도의 산악 지대. 판 신은 여기에서 널리 숭배되었다. 후에 낭만주의 시대에는 아르카디아의 목자 생활을 동경하기도 했다.

아르콘 Archon 아테네의 아홉 행정 장관을 지칭. 지배자라는 뜻이다. 이 집정관들은 주로 기원전 5세기와 4세기에는 사법상의 문제와 종교적인 문제를 다루었다. 그러나 초기에는 이 도시 국가에서 최고의 권력을 가지고 행세하였다.

아르테미스 Artemis 제우스와 레토의 딸. 아폴론의 쌍둥이 여동생. 델로스 섬에서 태어났다. 수렵의 처녀 여신이며 달과도 동일시되었다. 암컷 물의 보호자이며, 특히 젊은 여성들의 보호신이었다. 또한 자녀 생산을 관할한다고 생각되었다. 타우리케(Taurice)에서는 사람을 희생 제물로 여신에게 바쳤는데, 그리스 사람들은 이 여신을 아르테미스라 불렀다. 브라우론 참조.

아르테미시아 Artemisia 페르시아 왕 크세르크세스의 지배를 받던 할리카르나소스(Halicarnassus)의 왕비. 기원전 480년 페르시아 전쟁 때 페르시아를 도와 용감하게 싸웠다. 살라미스 해전에서는 그다지 알려져 있지 않았다.

아르테미시움 Artemisium 에우보이아 섬의 북쪽 끝에 있는 곶串. 기원전 480년 페르시아와의 해전에서 그리스 함대가 승리한 곳.

아리마스포이 Arimaspoi 스키티아 지방 북쪽에 거주하던 사람들로 추측된다.

아리스토기톤 Aristogiton 폭군을 처치한 사람들 중 한 사람. 하르모디오스 참조.

아리프라데스 Ariphrades 성적 타락자. 아우토메네스의 아들 중에서는 검은 양과 같은 골치 아픈 존재였다.

아마존 Amazons 호전적인 여인 종족이다. 이 여인들은 남성과의 접촉 없이 살아 나갔다고 한다. 신화에 의하면, 카우카시아(Caucasia, 현재의 중앙아시아 코카서스 지방) 지역에서는 이 여인들이 중앙아시아의 다른 지역들을 침범했다고 전해진다. 테세우스가 통치하던 시기에는 아티카를 공격했고, 트로이 전쟁 때에는 뒤늦게 참전해서 별 전공을 세우지 못했다. 이 여인들은 헤라클레스의 공격 목표 중 하나였다.

아모르고스 Amorgos 에게 해에 있는 섬으로, 특히 직물 제조로 유명했다. 물론 직물은 실크가 아니었고 보드라운 실로 짰고 투명했다. 이 투명 직물은 '밀착' 또는 '보인다' 는 뜻을 가지고 있다.

아소포스 Asopus 그리스 중부 보이오티아에 있는 강 이름. 또 이 강의 신 이름이기도 하다.

아스클레피오스 Asclepius 병을 고치고 죽은 자를 다시 살리는 것을 가르쳐 준 아폴론의 아들. 그런데 제우스가 그를 죽여 버렸다. 그 후 그는 의학의 신이 되었다.

아스티아낙스 Astyanax 트로이의 왕자 헥토르와 안드로마케의 아들. 트로이 전쟁에서 그리스 군이 승리한 뒤 네오프톨레모스가 그를 성벽에 던져 죽였다.

아우토노에 Autonoe 카드모스의 딸. 아가베의 여동생. 악타이온의 어머니.

아우토메네스 Automenes 세 아들의 아버지. 그 중의 하나는 배우였는데, 그 이름은 확실하지 않다. 다른 두 아들은 아리그노토스와 아리프라데스였다.

아울리스 Aulis 보이오티아의 항구. 이 항구에서 그리스 군이 트로이 원정을 위해 이피게네이아를 제물로 바치고 출항했다.

아이게우스 Aegeus 테세우스의 아버지이며, 아테네 초기의 왕이었다.

아이기나 Aegina ①살로니카 만의 섬. ②아소포스 강의 신인 아소포스의 딸이며, 아이아코스의 아내.

아이기스토스 Aegisthus 티에스테스의 아들이며, 아가멤논의 사촌. 아가멤논의 아내 클리타이메스트라와 함께 아가멤논을 살해했다가 아가멤논의 아들 오레스테스에게 복수의 칼을 받아 죽는다.

아이기플랑크토스 Aegiplanctus 메가리스 지방에 있는 산.

아이스키네스 Aeschines 엄청나게 교만한 자였다. 그는 특히 자신의 부귀에 대해 이야기하는 것을 즐겨 했다. 그런데 그의 부귀가 어디서 어떻게 이루어졌는지에 대해서는 분명하지 않다.

아이아스 Aias 트로이 전쟁에 참전했던 그리스 두 영웅의 이름. 한 사람은 텔라몬의 아들이었는데, 키가 크고 힘이 세고 피곤을 모르며 견실하고 완벽한 군인이었다. 다른 하나는 오일레우스(Oileus)의 아들이었는데, 키가 작고 약삭빨랐다. 특히 그는 자기와 동명이인과의 접촉에서 교묘하게 행동하였다.

아이아코스 Aeacus 펠레우스, 텔라몬, 프사마테(Psamathe)의 아버지. 그는 정의로움으로 유명했다. 그리하여 그는 저승에서도 재판관이 되었다.

아이테르 Aether 영어로는 Ether. 날씨 좋은 하늘 상층의 정기로서, 이 정기는 낮은 곳에 있는 공기보다 더 순결하고 귀한 것으로 간주되었다. 아리스토파네스는 에우리피데스에게 아이테르의 신격화를 이야기했다고 한다.

아이톨리아 Aetolia 그리스 서쪽에 있던 험한 산악 지대. 신화에서 이 지역은 많은 사냥의 전설지로 나타난다.

아익소니아 Aexonia 아티카의 한 시구市區. 더 정확히 말하면 아익소네이스(Aexoneis) 구역이다. 이곳 주민들은 중상모략적인 기질의 소유자로 유명했다. 라케스는 아익소네이스 구의 주민이었다.

아카데메이아 Academeia 아테네 교외의 공원이었다. 후에 이곳에 플라톤이 학교를 세웠다.

아카르니아 Acharnia 아카르나이(Acharnae)라는 명칭에서 왔는데, 아테네 북쪽으로 약 10km 떨어진 곳에 있는 아티카의 구역이다. 이 구역은 아티카의 농촌 성읍으로서는 가장 컸다. 바로 이 성읍 뒤에 있는 파르네스 산은 수목이 우거져 있어서, 이곳 주민들의 주요 생업은 숯을 굽는 일이었다. 특히 이곳 주민들은 군사적인 면에서 패기가 두드러진 용사로 유명했다. 펠로폰네소스 전쟁 중에 스파르타가 자주 침범했지만 뜻을 이루지 못했고, 오히려 이들에게 적을 고갈시키는 페리클레스의 정책에 대한 적개심만을 불러일으켰다.

아카스토스 Acastus 알케스티스의 형이자 이올코스의 왕인 펠리아스의 아들이었다. 펠리아스를 죽일 음모를 꾸민 이아손과 메디아를 추방했다. 또한 펠리아스는 아카스토스의 처와 사랑에 빠진 펠레우스를 추방하였다.

아카이아 Achaea 호메로스는 아카이아를 헬라스(Hellas)와 동일시했다. 그래서 아카이아 인(Achaeans), 아르기우에, 다난스(Danans)는 후에 헬라스로 불렸다.

아케스토르 Acestor 「벼락부자」를 쓴 비극 시인으로서 사카스(Sacas)라고도 불렸다. 그는 클레온의 비서인 티사메노스의 아버지이다.

아켈로우스 Achelous 그리스에서 가장 길고 유명한 강이다. 핀도스 산에서 발원하여 그리스 북서부 아카르나니아(Acarnania) 지방을 거쳐 이오니아 해로 흘러 들어간다. 또 같은 이름의 이 강의 신이 있었는데, 이 신은 많은 강의 신들 중에서도 가장 중요한 위치에 있는 신이었다.

아크로폴리스 Acropolis 아테네의 최후 성채. 약 60m 높이의 고원 지대에 바위로 만들어졌다. 여기에 수많은 신전이 있었고, 초기에는 이 도시의 왕들이 거주하던 곳이었다. 국가의 재물이나 보물이 이곳에 안치되어 있었다.

아킬레우스 Achilles 펠레우스와 테티스(Thetis)의 아들. 트로이 전쟁 전에 그리스의 무사 중에서도 가장 이름 높았던 네오프톨레모스의 아버지이다. 후에 파리스가 쏜 화살에 죽었다.

아테 Ate 불화의 여신 에리스(Eris)와 제우스의 딸. 이 여신은 남자들을 경솔하게 만드는 맹목적인 우행愚行의 신이었다.

아테나 Athena 팔라스라고도 불리는데, 제우스의 딸로서 처녀 여신이었다. 아테나는 특히 아테네의 여자 수호신이었다. 보통 전쟁의 여신으로 알려져 있지만, 평화, 예술, 지혜의 수호신으로도 되어 있다. 그녀를 가리키는 폴리아스(Polias)라는 명칭은 '도시를 수호하는 자'란 뜻이다.

아트레우스 Atreus 아가멤논과 메넬라오스의 아버지. 아이스킬로스의 『오레스테이아(Oresteia)』 삼부작은 이 아트레우스가의 비극을 그린 것이다.

아트모니아 구 Athmonian Deme 포도원으로 유명함. 아리스토파네스의 「평화」에 나오는 주인공 트리가이오스의 고향.

아틀라스 Atlas 어깨에다 하늘을 메고 있어야 하는 형벌을 받은 티탄 신족의 한 사람. 이름은 '운반하는 것' 또는 '참는 것'이라는 뜻을 가지고 있다. 아프리카 북서부에 있는 산맥 이름이기도 하다.

아포드라시피데스 Apodrasippides 일종의 희극적인 이름. 그리스 어 apodranai(도망자)와 hippos(말)가 합쳐져서 만들어진 이름이다.

아폴론 Apollo 흔히 포이보스(Phoebus)로 불리기도 한다. 비극에서 그는 보통 치유와 예언의 신, 음악의 신으로 불린다. 아폴론과 연관된 가장 두드러진 신화는 포세이돈과 함께 트로이의 성벽을 쌓은 것, 트로이 전쟁에서 트로이를 끝까지 지지한 것, 카산드라에 대한 놀라운 예언 등이 있다.

아프로디테 Aphrodite 사랑의 여신. 이 여신의 제의祭儀는 주로 키프로스(Cyprus) 섬에서 행해졌다. 그래서 그녀는 키프리스라 불렸다. 이 여신을 숭배한 다른 곳은 키테라(Cythera)와 파포스(Paphos)가 있다.

아피다노스 Apidanus 테살리아에 있는 강.

악타이온 Actaeon 카드모스의 손자였다. 그는 아르테미스와 그녀의 님프들이 목욕하는 것을 훔쳐보았는데 이것을 안 여신은 크게 노하여 그를 사슴으로 변하게 하였다. 마침내 그는 전에 자기가 기르던 사냥개에게 물려 죽었다고 전해진다.

안티폰 Antiphon 아테네 사람인데, 빈곤과 말할 수 없는 욕망으로 유명했다.

알렉산드로스 Alexander 파리스의 다른 이름.

알로페 Alope 포세이돈과 관계해 히포테온이라는 아들을 낳은 여인.

알크메네 Alcmena 암피트리온의 아내. 제우스와의 사이에서 영웅 헤라클레스를 낳았다.

알키비아데스 Alcibiades 아테네 사람으로서 기원전 450년에 클리니아스(Clinias)의 아들로 태어났다. 아름다운 용모와 예절 바른 태도를 가진 부유층에 속해 있었기 때문에 만약 그가 자제력과 착실성만 있었더라면, 아테네 역사상 가장 유명한 정치가가 될 수 있었다. 그러나 그는 기원전 415년 원정군을 이끌고 시칠리아 원정에 나섰다가 스파르타 측에 투항해 버리고 말았다.

알페우스 Alpheus 펠로폰네소스에 있는 강. 아르카디아와 엘리스를 거쳐 흘러가는데, 엘리스는 올림피아 가까이에 있었다.

암피아라오스 Amphiaraus 아르기우에의 예언자이며 영웅이었다. 그는 테베 원정의 비참한 종말을 미리 내다보았지만, 기구한 운명에 말려 들어간 일곱 사람 중 하나였다. 그의 아내가 원정에 나가도록 그를 꾀었던 것이다. 그래서 이 예언자는 자기 아들에게 복수를 당부하였다. 테베를 공격하다가 반격에 부딪히자, 암피아라오스는 페리클리메노스(Periclymenus)에게 설득당했다고 알려졌다. 그런데 테베에서 이 예언자를 체포하자마자 땅이 입을 벌려 그를 삼켰다. 이러한 기적이 일어난 지점은 훗날 신탁 장소로 신성시되었다.

암피트리테 Amphitrite 네레우스의 딸, 포세이돈의 아내. 바다의 여신이며 트리톤의 어머니이다.

에니알리오스 Enyalius 아레스 신.

에렉테우스 Erechtheus 전설적인 아테네의 왕. 일반적으로 판디온과 제욱시페의 아들이라고 일컬어진다. 아테나 여신이 그를 키워 신전에 두었는데 그는 반신半神이 되어 제물을 받았다.

에로스 Eros 사랑의 신. 그리스 어로 에로스는 성애性愛를 의미한다. 로마 인들은 아모르(사랑) 또는 쿠피드(욕망)라고 불렀다.

에리니에스 Erinyes 정의와 복수의 여신들 푸리아이(Furies). 단수형은 에리니스. 고대 인과응보 사상의 인격신이다.

에리다노스 Eridanus 이탈리아에 있는 강. 현재의 이탈리아 북부 포(Po) 강으로 추측된다.

에우로타스 Eurotas 라코니아 지방의 강. 이 강 언덕 위에 스파르타가 자리 잡고 있었다.

에우리클레스 Eurycles 예언자. 그는 음성을 창자로부터 울려 나오도록 하는 기술이 있었다.

에우리토스 Eurytus 에페이아의 추장.

에우리포스 Euripus 에우보이아 섬과 보이오티아 지방 사이의 좁고 긴 수로.

에우메니데스 Eumenides '자비', 에리니에스를 위한 완곡어법. 비극에서 그들은 흔히 '자비로운 여신들'이라고 불렸다.

에우멜로스 Eumelus 아드메토스와 알케스티스의 아들. 아버지의 뒤를 이어 테살리아 지방 페라이의 왕이 되었다. 트로이 전쟁에는 11척의 함대를 거느리고 참가했다.

에우보이아 Euboea 아테네 동북방의 보이오티아 해변과 아티카 북동쪽에 있는 길고도 협소한 섬.

에우아틀로스 Euathlus 말솜씨가 유창하고도 악당에 속하는 웅변가.

에우에르기데스 Euergides '보호자'.

에우페미오스 Euphemius 극단적인 아첨꾼.

에우폴리스 Eupolis 희극 시인. 그는 아리스토파네스보다 조금 앞서 활동했다.

에키온 Echion 테베의 '씨 뿌려 나온 남자들(스파르토이)' 중의 한 사람. 그의 이름은 '용의 아들'이라는 뜻이다. 카드모스의 딸 아가베와 결혼하여 카드모스의 후계자인 펜테우스의 아버지가 되었다.

에테오클레스 Eteocles 오이디푸스와 이오카스테의 아들. 형인 폴리네이케스와 테베의 왕위를 다투다 둘 다 죽었다.

에테오클로스 Eteoclus 테베 원정에 참가한 일곱 장군의 하나. 왕족 출신이었으나 청빈하고 성실했기 때문에 존경을 받았다고 한다.

크레온 왕의 아들이자 테베의 영웅인 메가레우스가 네이스타이 문에서 그를 죽였다.

에트나 Etna 시칠리아의 북동부에 있는 화산. 티탄 신족인 엔켈라도스가 이 화산 밑에 묻혔다고 하는데, 제우스가 묻었다고 전해진다.

에파포스 Epaphus 이오와 제우스의 아들. 이집트의 왕이 되어 자신이 태어난 곳에 도시를 건설하고 아내인 멤피스(나일 강 신의 딸)의 이름을 따서 멤피스 시라고 이름 지었다.

에페이오스 Epeios 트로이 전쟁 때 아테나 여신의 도움을 받아 트로이 목마를 만든 사람.

에피다우로스 Epidaurus 살로니카 만에 인접한 아르골리스 북동 해안의 고대 도시. 현재까지 거의 완전한 형태로 남아 있는 헬레니즘 시대의 원형극장 유적이 유명하다.

엑바타나 Ecbatana 페르시아에 있던 대도시. 메디아 왕국의 수도이기도 했다.

엑세케스티데스 Execestides 카리아 사람. 그러나 그는 아테네 시민으로 행세했기 때문에 조상들을 허위로 창안해 내야만 했다. 또 리라를 타는 재주가 있었고, 여러 경연 대회에서 상을 획득했다.

엘림니움 Elynium 에우보이아 섬 오레우스의 이웃에 있던 작은 도시.

오데온 Odeon 음악 경연 대회 장소로 사용된 건물 이름.

오디세우스 Odysseus 이타카의 왕. 호메로스의 『일리아드』에 등장하는 주요 인물이며 『오디세이아』의 주인공. 페넬로페의 남편이며, 텔레마코스의 아버지. 트로이 전쟁에 참전했다가 승전을 거둔 후 포세이돈의 미움을 사 10년간의 방랑 끝에 고향으로 돌아왔다. 기이한 기술과 기계奇計로 유명했으며 교활한 인물로 묘사되었다.

오레스테스 Orestes ①아가멤논과 클리타이메스트라의 아들, 엘렉트라의 남동생. ②유명한 산적의 이름.

오레우스 Oreus 에우보이아 섬의 한 도시.

오르네아이 Orneae 아르골리스 지방에 있던 도시. 기원전 415년에 아테네 군이 활동하던 곳이다. 이 도시의 이름은 그리스 어로 Ornis라 하는데, '새' 라는 뜻이다.

오르페우스 Orpheus 그리스 로마 신화 중 최고의 시인. 그의 아내 에우리디케의 죽음에 얽힌 전설은 유럽의 음악과 문예에 풍부한 소재를 제공해 주었다. 그는 아폴론의 아들 또는 제자(일설에는 트라키아 왕 오이아그로스의 아들이라고 함)로서 어머니는 뮤즈인 칼리오페였다. 그는 영혼의 불멸을 주장하는 비교祕敎인 오르페우스 교의 창시자로 간주되며 이 비교는 후세의 시인이나 철학자들에게 큰 영향을 주었다.

오이네우스 Oeneus 그리스 서북부 아이톨리아 지방에 있는 플레우론과 칼리돈의 왕. 티데우스, 멜레아게르, 알타이아, 다이아네이라의 아버지이다.

오이노마오스 Oenomaus 엘리스에 있는 피사의 왕. 펠로프스와 전차경기를 가지다 죽음을 당했다.

오이노에 Oenoe 펠로폰네소스 반도 중부에 있던 도시.

오케아노스 Oceanus 가이아와 우라노스의 아들로 티탄 신족의 하나. 호메로스는 그를 모든 신의 아버지라 불렀다. 그는 지구 주위를 원을 그리면서 도는 신화상의 강인 대양大洋을 지배했다. 그는 테티스와 결혼해 3,000명의 오케아니스를 포함해 강, 호수, 바다의 모든 신과 요정을 낳았다.

오포라 Opora 추수의 신.

올로픽소스 인 Olophyxians 트라키아 남부 칼키디케 반도의 아크테(Acte)에 있던 올로픽소스의 주민.

올림포스 Olympus 마케도니아와 테살리아 사이에 위치하고 있는 산. 그리스 로마 신화에서 이 산은 신들의 집으로 알려져 있다.

올림피아 Olympia 펠로폰네소스 반도 서북부에 있는 엘리스의 한 지역. 여기서 올림픽 경기가 4년마다 한 번씩 개최되었다. 모든 도시 국가의 시민들은 이 경기에 참가하였다. 그리고 제우스의 유명한 신전이 이곳에 세워졌다.

이나코스 Inachus 오케아노스와 테티스(Thetys)의 아들이자 이오의 아버지이다. 그는 아르고스의 제1대 왕이었다. 그리고 여기에 있던 강에다 자기의 이름을 붙여 불렀다.

이노 Ino 카드모스와 하르모니아의 딸. 이노는 아타마스와 불륜의 관계를 가졌다. 헤라는 그를 미친 사람으로 취급했고, 마침내 그는 이노의 자녀 중 하나에게 죽임을 당하고 말았다. 이노는 다시 다른 사나이를 취했으나 나중에는 스스로 자신을 바다에 던져 버리고 만다. 그리하여 두 사람은 바다의 신으로 변했다. 이노는 레우코테아(Leucothea) 또는 레우코토에가 되었고, 그 아들은 멜리케르테스(Melicertes), 팔라이몬이 되었다.

이다 Ida 트로이가 속한 프리기아 지방에 있는 산. 파리스가 세 여신 헤라, 아테나, 아프로디테의 아름다움을 판정했던 곳.

이리스 Iris 신들의 메시지를 전하는 전령신. '무지개'를 의미하고, 하늘과 땅을 연결하는 가교架橋 역할을 했다. 남편은 서풍인 제피로스.

이스메노스 Ismenus 테베 가까이 있는 강 이름. 이 강 옆에 아폴론의 신전이 있었다.

이스트모스 Isthmus 그리스 동부와 연결된 펠로폰네소스 반도의 협소한 지방(지협)에 해당한다. 이스트모스에 있는 주요 도시는 코린토스였다. 시칠리아와 이탈리아 서쪽으로, 소아시아 동쪽으로 배를 보낼 수 있는 곳으로는 그리스 역사 초기에 코린토스가 가장 으뜸으로 꼽혔고, 상업 중심지로 알려져 있었다.

이스트미아 경기 Isthmian Games 고대 그리스의 이스트미아에서 개최된 경기 대회. 4대 경기 제전의 하나였다. 고대에는 신전 중심의 제전이었으나 기원전 528년경에 올림피아 경기를 모델로 경기 중심으로 다시 편성되었다. 매 2년마다, 즉 올림피아드 1년째와 3년째에 개최되었다. 종목은 경마, 전차 경기, 경주, 창던지기, 원반던지기가 있었고 바다와 가까웠으므로 보트 경기도 있었다.

이아코스 Iacchus 제우스와 데메테르의 아들. 부분적으로는 디오니소스와 동일시되었다.

이오니아 Ionia 밀레토스에서 포카이아(Phocaea)에 이르는 소아시아 서안 지역의 그리스 식민지. 이오니아의 방언은 에게 해 북쪽 섬들과 에우보이아에서도 사용되었다. 그리스 인들은 이오니아 인들이 비겁하고도 호색적인 사람들이라고 멸시했다.

이온 Ion 기원전 5세기의 비극 시인. 키오스 섬 출생이다.

이타카 Ithaca 이오니아 해에 있는 섬. 오디세우스의 고향.

이티스 Itys 테레우스와 프로크네의 아들. 어머니 손에 죽었다. 이와 관련된 다른 신화에는 그의 이름이 이틸로스(Itylus)로 되어 있다.

이피아나사 Iphianassa 일설에 아가멤논에게는 이피게네이아, 엘렉트라, 크리소테미스, 이피아나사 네 딸이 있었다 하고, 다른 설에는 이피아나사는 이피게네이아의 다른 이름이라고도 한다.

일리온 Ilion 트로이의 별칭.

| ㅈ |

자킨토스 Zacynthus 펠로폰네소스 반도 서부 이오니아 해에 있는 섬. 펠로폰네소스 전쟁 당시 아테네 측에 가담했다.

| ㅋ |

카드모스 Cadmus 고대 그리스 도시 국가 중의 하나인 테베를 세웠다는 전설적인 창시자이다. 그래서 테베 사람들은 카드메이안스(Cadmeans) 즉, '카드모스의 사람들' 이라고도 불렸다.

카르키노스 Carcinus 비극 시인. 이 시인에게는 아주 작은 체구를 가진 세 아들이 있었다. 그 중 하나는 크세노클레스(Xenocles)라는 이름으로 알려져 있지만, 나머지 둘의 이름은 알려지지 않았다. 이 세 아들은 모두 비극 작품을 썼으며, 이 작품 속에는 새로 유행되는 춤이 많이 등장했다.

카르타고 Carthago 아프리카 북쪽 연안에 위치한 아주 부요했던 도시. 원래는 페니키아의 식민지였다. 선동 정치가였던 히페르볼로스는 기원전 425년, 또는 이 연대보다 좀 앞선 시기에 카르타고 원정을 계획한 일이 있었다. 그리고 알키비아데스는 시칠리아를 정복하자마자 곧 이 도시를 공격할 꿈을 꾸기도 했다. 후에 세 차례에 걸친 포이니 전쟁 끝에 기원전 146년 로마에 멸망당했다.

카리브디스 Charybdis 하루에 세 번씩 바닷물을 들이켜고 세 번 매일 같이 그 물을 토하며, 네 번째 다시 들이켜는 괴물이다. 스킬라와는 반대이다.

카리스토스 Carystus 에우보이아 섬의 한 도시인데, 이 도시는 도덕이 문란한 곳으로 유명했다.

카리아 Caria 소아시아 남서쪽에 있는 한 작은 지역이다. 이곳 주민들은 비교적 어리석고 열등한 사람들로 알려져 있었다.

카스토르 Castor 디오스크로이 참조.

카오스 Chaos 헤시오도스(Hesiodos)의 우주 발생론에 따르면 크게 입을 벌린 상태, 또는 무저항의 심연을 가리키고 있다. 이러한 심연에서 만물이 발전해 왔다고 한다. 카오스라는 이 말 역시 그리스 어 카네인(chanein), 즉 '갈라지다'를 의미한다.

카이리스 Chaeris 적은 돈을 받고 피리를 불었던 사람이다. 그는 청탁이나 부탁을 받지 않고도 피리를 불었다. 바로 두 번째의 생태가 아리스토파네스의 「새」에서 그를 묘사하려는 중요한 요점이었다.

카파네우스 Capaneus 테베를 공격한 아르기우에의 일곱 장군 중의 한 사람이다. 제우스는 카파네우스가 테베의 성벽을 기어 올라올 때, 번개로 그를 쓰러뜨렸다.

카파레우스 Caphareus 에우보이아 섬의 남서단에 툭 튀어나온 바위.

칸타로스 Cantarus 아테네의 외항外港 페이라이에우스에 있는 작은 항구의 이름. 장수풍뎅이를 가리키는 말. 낙소스 섬에서 사용한 배의 일종이기도 하다.

칼리베스족 Chalybes 고대에 흑해 남부 연안에 거주하던 종족.

칼리아스 Callias '부유한 재산을 모두 탕진해 버렸다.'는 비유에 나타난 어느 부유한 가정의 자손.

칼카스 Calchas 트로이 전쟁 당시 그리스 군의 예언자. 아울리스 항구에서 출항을 기다리던 그리스 함대가 바람이 불지 않아 출항할 수 없게 되었을 때, 그는 아르테미스 여신의 분노를 진정시키기 위해 아가멤논의 딸 이피게네이아를 미케네에서 데려다 희생 제물로 바쳐야 한다고 주장해서 관철시켰다.

칼키스 Chalcis 에우리포스를 향해 있는 에우보이아 섬의 도시. 칼키스로부터 세 손가락 모양을 한 칼키디케 반도에 이르는 사이에 많은 식민지가 생겨났다.

케라미코스 Ceramicus 아테네의 두 구역 이름이다. 그 중 하나는 개구리와 새들이 노래하는 아주 매력 있는 교외 지역이다. 이곳에는 국가를 위하여 봉사하다가 죽은 사람들이 묻혔다. 또 하나는 기사들이 사는 곳으로서 시내에 위치하고 있었는데, 매춘부들이 들끓는 곳으로 유명했다.

케르베로스 Cerberus 하데스의 집(저승)의 입구를 지키던 번견番犬. 티폰과 에키드나 사이에서 태어났으며 히드라, 키마에라와는 형제. 주된 임무는 도망을 시도하는 하데스의 집 주민, 즉 죽은 이들을 붙들어 잡아먹는 일이었다.

케브리오네스 Cebriones 티탄 신족의 하나.

케이론 Cheiron 크로노스의 필리라(Philyra)의 아들로서 켄타우로스족 중에서 가장 현명한 사람이었다. 그는 신들과 영웅들을 가르친 교사로, 아킬레우스를 가르쳤다. 헤라클레스가 쏜 독 묻은 화살에 맞아 죽었다.

케크로프스 Cecrops 아티카의 초대 왕으로 알려진 전설적인 인물이다. 그 후로부터 아테네의 최후 피난처를 케크로피아(Cecropia)라고 불렀다.

케피소스 Cephisus 아티카에 있는 강. 이 강의 신을 케피소스라고도 하였다.

켄타우로스 Centaurs 일종의 신화적인 인종이다. 반은 사람이고 반은 말의 모습을 하고 있었다. 테살리아의 펠리온 산에 살면서 고기를 먹고 난폭했으며 호색적인 성질을 가지고 있었다.

코레고스 Choregus 매우 부유한 시민이다. 이 시민의 의무는 자신이 선정된 해의 축전 연극 공연에서 극적이고도 서정적인 장관을 이루는 코로스의 비용을 부담하는 일이었다. 또한 이 시민은 이 행사가 끝난 다음에도 시인과 코로스 대원들을 접대하는 것을 담당하였다.

코르키라제 날개 Corcyraean wing 이 날개는 채찍을 의미한다. 이 말은 코르키라(Corcyra) 섬이라는 말에서 왔는데, 오늘날에는 코르푸(Corfu) 섬으로 알려져 있다.

코리반테스 Corybantes 키벨레 여신의 남자 시종들을 가리킨다. 그들은 주신제의 춤을 추면서 그 여신을 숭배하였다. 그들 사제들은 정신 광란증을 치유할 수 있는 존재로 상징되었다.

코린토스 Corinthos 아티카와 펠로폰네소스 반도를 잇는 이스트모스 지협에 있던 고대 도시. 그리스의 남부 육상 교통의 요지인 동시에 이오니아 해와 에게 해를 잇는 해상 교통의 요지였다. 매춘부가 많은 도시로도 유명했다.

코이닉스 Choenix 그리스에서 썼던 양의 단위인데, 그 용량은 약 1.14l이다.

코타보스 Cottabus 주연酒宴을 위주로 한 놀이의 명칭이다. 이 주연 놀이는 그리스에서 아주 유명한 축연이다. 물론 이 행사에 여러 가지 놀이가 있지만, 그 중에서도 가장 중요한 것은 컵에 든 술을 일정 한 거리에 있는 그릇에다 던져 부어 넣는 기술을 겨루는 놀이이다.

코파이스 뱀장어 Copaic Eels 보이오티아 지방의 이 진미는 코파이스(Copais) 호수에서 났다고 한다.

콘틸레 Conthyle 아티카에 있던 시구市區의 하나.

콜라이니스 Colaenis 아티카의 시구인 미리노우스(Myrrhinous)에서 아르테미스 여신을 이 이름으로 받들었다고 한다. 이 이름은 아테네 초기의 왕이었던 콜라이노스(Colaenus)라는 명칭에서 왔다고 한다. 콜라이노스 왕은 이 여신을 위해 신전을 건축했다.

콜라코니모스 Colaconymus 클레오니모스에서 변화된 일종의 별명이다. 그 어원은 '아첨꾼' 이라는 뜻을 가진 클락스(klax)이다.

콜로노스 Colonus 아테네에서 북서쪽으로 약 1.6km 떨어진 곳에 있는 아티카의 시구. 이곳은 소포클레스의 출생지로 알려져 있으며, 전설에 따르면 오이디푸스의 무덤이 있다고 한다.

콜키스 Colchis 흑해의 가장 먼 동쪽에 위치하고 있는 지역. 메디아의 고향이다.

크라나오스 Cranaus 아테네를 창설했다는 신화적인 존재.

크라티노스 Cratinus 희극 시인. 기원전 423년에 그는 최초의 상을 획득했다. 그런데 나이가 많다고 그를 경시하던 아리스토파네스에게로 형세는 역전되어 버렸다.

크라티스 Crathis 이탈리아 남부의 강. 이 강물은 사람의 머리털과 양모를 금빛으로 만들었다고 한다.

크레타 Creta 에게 해의 남쪽에 있는 가장 큰 섬. 기원전 5세기에 도덕이 문란한 곳으로 유명했던 곳이다. 그러나 영웅 시대에는 크게 존경을 받던 곳이었다.

크로노스 Cronus 헤라, 포세이돈, 제우스의 아버지. 그러나 그의 자리는 결국 제우스가 박탈했다.

크리사 Crisa 그리스 중부 포키스 지방에 있던 도시.

크리세이스 Chryseis 트로이 전쟁 때 아가멤논의 첩.

클레오니모스 Cleonymus 아주 겁쟁이고 비겁자였다. 그는 언젠가 싸움터에서 방패를 팽개치고 도망을 친 일이 있었다. 아리스토파네스는 그를 작품에 자주 등장시켜 풍자했다.

클레온 Cleon 아테네의 데마고그(선동 정치가) 중에서도 가장 유명한 사람이었다. 원래 가죽 장사였으나 그는 곧 정치가로 전향하였다. 그리고 기원전 429년 페리클레스가 죽은 이후 기원전 422년까지 아테네에서는 가장 영향력 있는 정치가였다. 아리스토파네스는 그의 탐욕적이고도 사기적인 애국주의를 그의 작품들을 통해 줄기차게 비난했다. 그런데 시민으로서의 그의 신분은 분명하지 않다. 기원전 422년 암피폴리스 전투에서 스파르타의 브라시다스 장군과 함께 전사했다.

클레이스테네스 Clisthenes ①아테네의 정치가. 명문 알크메이온 집안 출신. 기원전 510년 권력을 장악하고 이른바 '클레이스테네스의 개혁'을 단행했다. 씨족제인 4부족을 해체하고 새로운 정치·군사적인 단위로 10부족을 만들었다. 이를 위해 구(區, Deme)를 제정하고 시민을 각기 거주 지역의 구에 등록시켰다. 이 개혁으로 귀족은 권력 기반을 상실했으며, 중장 보병 시민에 의한 민주 정치가 확립되었다. 이 개혁의 효과는 마라톤 전투에서의 승리로 나타났다. 그는 또 참주의 출현을 막기 위해 도편 추방(陶片追放, Ostracism) 제도를 제정했다. ②아테네에서 가장 유명했던 동성연애론자. 아리스토파네스는 줄기차게 이것을 비웃었다.

클렙시드라 Clepsyddra 아크로폴리스에 있던 샘.

키날로펙스 Cynalopex 창부의 집을 지키던 기둥서방 필로스트라토스의 애칭. 이 애칭은 '수여우'라는 뜻을 가지고 있다. 아리스토파네스의 「기사」에 나타난 신탁에서 여우라는 말은 곧 필로스트라토스를 암시한다.

키다테나이 Cydathenae 아티카의 한 구역. 선동 정치가 클레온과 아리스토파네스의 출생지이다.

키르케 Circe 태양신 헬리오스의 딸로서 바다의 여신이다. 그녀는 이탈리아 서해안의 아이아이에 섬에 살았으며, 매우 고도의 마술을 가지고 있었다고 한다. 오디세우스가 이 섬에 상륙하였을 때, 그녀는 그를 유혹하여 1년간 그와 살았다고 한다.

키몬 Cimon 페르시아 전쟁 직후 등장한 아테네의 위대한 정치가이자 장군이다. 그는 보수당의 지도자이기도 했다. 보수당의 주요 목적은 스파르타와 우호 관계를 유지하는 것이었다.

키벨레 Cybele 레아와 동일시되는 아시아의 여신이다. 이 여신의 예배는 아주 거칠고 먹고 마시며 뛰노는 것이 특징이다. 이러한 점에서 디오니소스 축제와 밀접한 연관성을 가지고 있었다.

키오스 Chios 에게 해의 섬. 이 섬은 기원전 429년에 페르시아 인들이 점거한 적이 있었다. 그 후 아테네의 동맹국 중에서 가장 유능하고도 충성스러웠던 곳이었다.

키클로프스 Cyclops 한쪽 눈만 가진 거인. 복수형은 키클로페스(Cyclopes). 미케네의 성벽을 쌓았다.

키킨나 Cicynna 아티카에 있는 농촌 지구의 하나.

키타이론 Cithaeron 보이오티아를 메가리스와 아티카로부터 분리해 놓은 산.

키테라 Cythera 펠로폰네소스 반도의 남쪽에 있는 섬. 이곳은 아프로디테 숭배로 유명했다.

키프로스 Cyprus 소아시아 남부 킬리키아 남쪽 지중해에 있는 큰 섬으로 현재의 사이프러스 섬이다. 아프로디테 숭배의 중심지였다.

키프리스 Cypris 아프로디테 여신의 별칭. 키프로스 섬에서는 아프로디테 여신이 중요하게 숭배되었다.

킨나 Cynna 아테네에서 가장 유명하게 알려진 고급 창부의 한 사람.

킨토스 Cynthus 델로스 섬에 있는 산. 아폴론과 아르테미스의 출생지로 알려졌다.

킬리콘 Cillicon 적에게 자기 고향의 도시를 넘겨준 한 사나이를 가리킨다. 그런데 이 이름은 여러 가지로 알려져 있다. 마음속에 무엇을 품고 있느냐는 질문에 그는 "악한 것은 아니다." 하고 대답하여 이 말은 속담이 되기까지 하였다.

| ㅌ |

타르타로스 Tartarus 저승. 명부冥府.

타소스 Thasos 에게 해의 북쪽에 있는 섬인데, 향기로운 술로 이름 높았다.

타유게토스 Taygetus 스파르타 서쪽에 있는 높은 산.

탄탈로스 Tantalos 탄탈로스 일족의 조상. 펠로프스의 아버지. 제우스와 티탄 신족인 플루토('부자' 라는 의미) 사이에서 태어난 아들이라고 한다. 리디아, 아르고스, 코린토스의 왕으로 굉장한 부자였다. 그는 자기에게 위탁된 비밀을 누설했기 때문에 신들을 분노하게 하여 타르타로스(지옥)에서 영겁의 벌을 받게 되었다. 그는 목까지 물에 잠기고 머리 위에는 과일 나무가 있는데도 항상 목이 마르고 굶주려 있어야만 했다. 물을 마시려고 해도 물에 다가갈 수 없고, 과일을 따려 해도 그것이 멀어지기만 할 뿐이었다. 또 큰 돌이 그의 머리 위에 실로 매달려 있기 때문에 항상 두려움에 떨어야만 했다. 그의 후손인 아가멤논을 비롯한 아트레우스 일가에게 내려진 저주는 그가 신들에게 지은 죄 때문이었다고 전해진다.

탈라오스 Talaos 비아스와 페로의 장남으로 아르고 선 원정대(Argonautes) 중의 한 사람. 히포메돈의 아버지.

탈레스 Thales 고대 그리스 최초의 철학자로 일곱 현인 중 한 사람. 소아시아 연안 그리스 식민지 밀레토스 출신으로 추상적 기하학을 확립했으며 '만물의 근원은 물' 이라는 주장으로 유명하다.

탈티비오스 Taltybius 트로이 전쟁 때 아가멤논의 전령.

테레우스 Tereus 프로크네 참조.

테르모돈 Thermodon 아마존족이 살고 있었다는 카우카시아 지방의 강 이름.

테르모필라이 Thermopylae 테살리아에서 그리스로 들어가는 전략적으로 중요한 통로. 이 곳은 레오니다스(Leonidas) 장군이 지휘하던 스파르타 군 천 명이 페르시아의 대군에게 전멸된 곳. 암픽티온 회의가 매년 테르모필라이 인근에서 열렸다.

테미스 Themis 법, 관습, 정의를 주관하는 여신.

테미스킬라 Themiscyla 현재의 흑해 남부 연안 지역. 이곳에 아마존족이 살았다.

테베 Thebae 보이오티아의 주요 도시로 스파르타와 동맹을 맺었다. 또한 이집트에 있던 한 도시의 이름이며 소아시아 남부 킬리키아에도 이 이름의 도시가 있었다.

테살리아 Thessalia 그리스 중북부, 핀도스 산맥과 에게 해로 둘러싸인 넓은 지방. 말 사육에 적합하여 고대부터 말과 기병騎兵으로 유명했다. 신화·전설의 중심 무대였다.

테스프로티아 Thesprotia 그리스 서북부 에페이로스의 서부 해안 지방. 제우스 신의 신탁이 내려지던 곳.

테아게네스 Theagenes 매우 지저분하고 비열한 아테네 사람.

테오게네스 Theogenes 대단히 자만심이 강했던 사람.

테오리아 Theoria 신전이나 구경거리의 신성한 전형.

테티스 Tethys 우라노스와 가이아의 딸로 오케아노스의 아내. 오르페우스의 교의教義에 따른 신화에서는 오케아노스와 테티스가 모든 신의 조상으로 간주되었다.

테티스 Thetis 바다의 신 네레우스의 딸로 바다의 여신. 제우스와 포세이돈 등 신들의 청혼을 받았으나 결국 인간인 펠레우스와의 결혼하여 트로이 전쟁의 영웅 아킬레우스를 낳았다. 펠레우스와의 결혼식 때 모든 신이 초대되었으나, 모두가 꺼려하는 불화의 여신 에리스만이 제외되었다. 그 때문에 노한 에리스는 축하 연회석상에 황금사과를 던졌고, 이 사과를 서로 가지려는 여신들의 싸움이 트로이 전쟁의 원인이 되었다.

텔라몬 Telamon 아이기나 섬의 왕 아이아코스와 엔데이스의 아들. 펠레우스와 형제이며 아이아스의 아버지. 아르고 선 원정대와 함께 칼리돈의 멧돼지 사냥에 참가했고, 헤라클레스의 트로이 공격을 돕기도 했다.

텔레아스 Teleas 아테네의 미식가.

텔레포스 Telephus 헤라클레스의 아들인데, 미시아의 왕이 되었다. 그는 그리스의 트로이 원정군이 소아시아의 서부 해안에 상륙하는 것을 막으려 했지만, 디오니소스가 그에게 술로 흉계를 꾸몄으므로 뜻을 이루지 못하고 아킬레우스에게 부상을 입었다. 신탁에 따르면 그가 입은 상처는 그 상처를 입힌 사람만이 고칠 수 있다고 했으며, 동시에 그리스 인들은 텔레포스가 그들에게 필요한 존재임을 알았다. 아킬레우스는 상처를 치료해 주었으며, 텔레포스는 트로이로 향하는 중요한 방향을 가르쳐 주었다. 에우리피데스는 비극 속에서 텔레포스를 영웅으로 묘사했다.

투키디데스 Thucydides 밀레시아스(Milesias)의 아들로 보수적이며, 기원전 443년 페리클레스의 최대의 정적이었다. 역사가 투키디데스와는 동명이인.

트라키아 Thrace, Thracia 그리스 북쪽에 있던 지방. 신화에서는 예언적 음유 시인으로 유명하며, 역사적으로는 호전적인 국민성과 혹독하게 추운 기후 등으로 유명했다.

트로이젠 Troezen 펠로폰네소스 반도 동부의 아르골리스 동남쪽에 있던 도시. 아테네 왕 테세우스가 왕위를 겸했었다.

트로포니오스 Trophonius 보이오티아 지방 오르코메노스의 왕인 에르기노스의 아들. 형제인 아가메데스와 함께 델포이의 아폴론 신전을 세웠다.

트리발로이 Triballoe 트라키아 북쪽에 살던 무례하고 거센 종족으로 전쟁을 좋아했다. 아리스토파네스의 「새」에는 트리발로스라는 인물이 트리발로이의 사절로 등장한다.

트리코리토스 Tricorythus 마라톤 평원 부근에 있는 늪이 많은 지역.

티데우스 Tydeus 테베를 공격한 일곱 장군 중 한 사람. 디오메데스의 아버지.

티몬 Timon 유명한 염세주의자.

티에스테스 Thyestes 펠로프스와 히포다메이아의 아들. 미케네의 왕위를 둘러싼 형제 아트레우스와의 싸움은 자손의 대에까지 계속되는 아트레우스가의 비극을 낳았다.

티탄 신족 Titans 땅과 하늘 사이에서 태어난 거인족으로 그들은 올림포스의 신들과 전쟁을 했다. 프로메테우스와 아틀라스도 거인족이었다.

티토노스 Tithonus 새벽의 여신 에오스(Eos)와 결혼한 신화적인 인물. 에오스는 제우스에게 그의 영원한 삶을 요구했지만, 영원한 젊음까지 요구하지는 않았다. 그래서 불쌍한 그는 점점 늙어 갔고, 결국은 죽음을 피하지 못했다.

티폰 Typhon 가이아와 타르타로스 사이에서 태어났다고 전해지는 거대한 괴물. 그 모습은 100개의 용의 머리를 가지고 무서운 목소리로 울부짖는 괴수怪獸로 알려졌으며 사나운 격풍과 불을 뿜어냈다. 또 온갖 바람의 아버지라고 전해지는데 태풍颱風을 의미하는 영어의 typhoon이라는 말은 이 괴물의 이름과 관계가 있다.

틴다레오스 Tyndareus 스파르타의 왕. 레다의 남편이며 카스토르, 폴리데우케스, 헬레네, 클리타이메스트라의 전설 또는 실제의 아버지.

파랄로스 Paralus 고대 그리스의 두 쾌속함快速艦 중 하나. 이 군함은 메시지를 전달하는 의무를 담당했다. 뿐만 아니라 소집 및 소환의 수단으로 사용되었다. 다른 한 군함은 살라미니아라고 불렸다.

파로스 Paros 에게 해에 있는 섬.

파르나소스 Parnassus 델포이 가까이 있는 산. 이곳은 아폴론과 뮤즈 여신들의 거주지로 알려졌다.

파르네스 Parnes 아테나 여신을 일컬음.

파르살로스 Pharsalus 테살리아의 한 성읍.

파리스 Paris 헤카베와 프리아모스의 아들. 알렉산드로스로도 불림. 그는 메넬라오스의 처 헬레네를 빼앗았다. 아프로디테는 파리스에게 만일 그가 헤라와 아테나와의 아름다움을 겨루는 내기에서 자신에게 미의 판정을 내려 준다면 헬레네를 주겠다고 약속했다. 이 때문에 트로이 전쟁이 초래되었다.

파시스 Phasis 콜키스 지방의 강으로 에욱시네(흑해) 동쪽 끝으로 흘러 들어간다.

파이안 Paean 원래는 독립적인 치유治癒의 신이었다. 후에 이 신성神性이 아폴론에게 합해져서 파이안은 그의 다른 이름이 되었다. 아폴론에게 바치는 감사의 찬미를 가리키는 것으로도 변천하였다. 아리스토파네스는 이것을 다른 의미에서 사용했는데, 그리스 어로 paiein 즉, '만나다'는 뜻으로 썼다.

파이온 Paeon 아리스토파네스의 「리시스트라테」에 등장하는 키네시아스의 아버지를 일컫는 가상적인 이름이다. 그리스 어 paioz는 '만난다'는 뜻인데, 또 다른 뜻으로는 '사랑을 만든다.'는 의미도 있다.

파트로클레이데스 Patroclides 극장에 관중이 앉아 있는 동안 오물을 치우는 아테네 사람.

파포스 Paphos 키프로스 섬의 서쪽 해안에 있던 도시. 아프로디테를 숭배하는 중심지로 유명하였다.

판 Pan 원래는 아르카디아 사람들의 양과 목동의 신. 급작스런 공포는 그 때문에 일어난다고 여겨졌다.

판 아테나이아 Pan Athenaea 아테네에서 5년마다 열리던 대축제. 이 축제에는 여러 가지 의식과 합창시와 춤이 펼쳐졌다.

판도라 Pandora 그리스·로마 신화에서 인류 최초의 여인이며, 인류에게 수많은 재앙을 가져온 원인이다. 아리스토파네스의 「새」에 그녀의 이름이 언급되어 있는데, '만물을 준 자' 라는 의미로 기록되어 있다.

판드로소스 Pandrosos 케크로프스의 딸이며, 아테네의 첫 여사제.

판디온 Pandion 아테네의 왕이며, 아이게우스의 아버지.

팔라메데스 Palamedes 나우플리오스와 클리메네의 아들. 트로이 전쟁 중 오디세우스의 모함 때문에 살해당했다.

팔라스 Palllas 아테나 여신을 일컫는다.

팔라이몬 Palaemon 바다의 신. 이노 참조.

팔레롬 Phalerum 아테네의 외항 페이라이에우스 가까이 있는 항구.

페가소스 Pegasus 벨레로폰이 타던 불사신이자 날개 달린 천마天馬.

페네이오스 Peneios 테살리아의 주요한 강.

페니키아 Phoenicia 지중해 최동단에 위치했던 나라. 한때 지중해의 해상 무역을 장악했다. 현재의 레바논 지역.

페르세우스 Perseus 신화적 영웅. 제우스와 다나에의 아들. 그는 괴물 메두사를 처치했다.

페리클레스 Pericles 페르시아 전쟁 이후의 아테네의 지도적인 정치가였다. 기원전 469년 초기에 민주파의 저명한 정치가였다. 기원전 461년 보수파의 키몬을 추방한 사건은 이 민주파의 권한으로 취해진 일이었다. 이러한 사건 이후 기원전 429년에 그가 죽기까지 그는 해마다 장군으로 선출되었다. 그는 폭군처럼 아테네를 지배하였다. 그리고 민주파의 조직체 내에서는 완전히 독보적이었다. 그의 정책은 침략적이었고 제국주의적이었다. 이러한 정책이 조만간에 전쟁을 필연적으로 초래한다는 것은 자명한 일이었다. 기원전 432년에 개혁자들의 봉기는 긴박한 사태를 불러일으켰다. 페리클레스는 유명한 메가라 사람 디크리와 함께 첫번째의 봉기에 타격을 가했다.

페이라이에우스 Piraeus 아테네의 외항. 테미스토클레스는 이곳과 수도를 연결하는 장성長城을 건설했다. 이로 말미암아 페이라이에우스는 실질적으로 수도의 일부가 되었다.

페이산드로스 Pisander 화려한 군복을 입는 것을 무척이나 좋아한 과두 정치의 한 집정관. 그러나 그는 실은 겁쟁이였다. 기원전 411년 반혁명 주동자의 한 사람이었다.

펜테우스 Pentheus 테베의 왕. 아가베의 아들이며, 카드모스의 손자이다. 디오니소스의 광적인 영향을 받은 어머니 아가베와 이모들이 그를 사자로 착각하고 갈기갈기 찢어 죽였다.

펠라스기아 Pelasgia 때때로 그리스 사람들은 펠라스기아(Pelasgia)라고 불렸다. 그 이유는 아르기우에 왕이 아닌 아르고스의 신화적인 왕 펠라스고스가 그리스의 초기 주민들의 조상이라는 전설 때문이었다.

펠레네 Pellene 스파르타와 동맹 관계에 있는 아카이아의 한 도시. 중요한 시계가 이곳에서 만들어졌다.

펠레우스 Peleus 아이아코스의 아들, 프티아의 왕이었다. 테티스의 남편이며, 아킬레우스의 아버지였다.

펠로프스 Pelops 그는 프리기아에서 추방당한 후 그리스 인이 되었다. 그는 오이노마우스의 딸 히포다메이아와 결혼하였다. 그리고 아트레우스 가문의 조상이 되었다. 펠로폰네소스(Pelophonnesus)는 '펠로프스의 섬' 이라는 뜻으로 그리스 서남부 펠로폰네소스 반도 전 지역을 일컫는 명칭이 되었다.

펠리아스 Pelias 이올코스(Iolcus)의 왕. 알케스티스와 아카스토스의 아버지였다. 그는 이아손에게 황금양모피에 관한 질문을 제기하였다. 이아손을 돌려보내면서, 메디아는 속임수로 펠리아스의 딸들을 속여 아버지를 죽이게 했다. 즉 딸들이 아버지를 죽여 버림으로써 펠리아스의 젊음을 회복할 수 있었다.

포르피리온 Porphyrion 새 이름. 검둥오리의 일종으로 추정된다.

포세이돈 Poseidon 바다의 신이며 지진을 일으키는 신. 또한 제우스의 형제요, 키클로프스의 아버지였다. 말馬의 신으로서 히피오스라는 이름으로 알려지기도 했다.

포이베 Phoebe '밝다' 는 뜻. ①티탄 신족의 하나로 우라노스와 가이아 사이에서 태어난 딸. 아이스킬로스에 따르면 그녀는 가이아와 테미스에 이어 세 번째로 델포이 신탁의 보호신이 되었다고 한다. ②틴다레오스와 레다 사이에서 태어난 딸.

포키스 Phocis 그리스 북쪽에 있던 지방. 여기에서 델포이 신탁이 주어졌다.

폴레마르크 Polemarch 원래는 아테네의 아홉 집정관의 한 사람으로 육군 최고 사령관을 일컬었다. 그러나 아리스토파네스 시대에는 외국인이 관련된 소송을 감독하는 데, 그 직능이 국한된 사법 관리를 일컫는 명칭이었다.

폴리네이케스 Polyneices 오이디푸스와 이오카스테의 아들. 이 이름을 문자상으로 풀이하면 '말이 많은' 이란 뜻이다.

폴리데우케스 Polydeuces 디오스크로이 형제 중의 하나. 폴록스(Pollux)라고도 한다.

폴리도로스 Polydorus 랍다코스의 아버지.

폴리보스 Polybus 코린토스의 왕이며 오이디푸스의 양아버지.

프닉스 Pnyx 아테네의 대중 집회가 열리던 곳.

프라시아이 Prasiae 펠로폰네소스 반도 라코니아 지방의 한 도시.

프로디코스 Prodicus 그리스의 소피스트. 그는 박학다식했던 것으로 유명하며 소크라테스와 동시대 사람이다.

프로크네 Procne 판디온의 딸. 그녀는 자기를 없애고 그녀의 동생 필로멜라에게 장가들려는 남편 테레우스에게 복수하기 위해 자기 아들 이티스를 죽였다. 그 후 프로크네는 나이팅게일로, 테레우스는 오디새로 변했다.

프로테실라오스 Protesilaus 테살리아 지방의 필라카이의 왕으로 이피클로스의 아들. 트로이 전쟁에서 처음으로 희생된 그리스 인이었다.

프로테우스 Proteus 이집트의 전설적인 왕.

프록세니데스 Proxenides 이름난 허세꾼.

프리기아 Phrygia 소아시아의 서북부에 위치한 나라. 트로이를 일컫는 이름이기도 하다.

프리니스 Phrynis 리라(lyra) 음악의 근대성을 역설한 작곡가. 그는 작곡뿐 아니라 리라의 뛰어난 연주가이기도 하였다.

프리니코스 Phrynichus ① 아이스킬로스 이전의 가장 중요한 비극 작가. 그는 작품 속에 서정시와 무용을 풍부하게 담았다. ② 아리스토파네스와 동시대인이며 그와 경쟁자인 희극 시인의 이름.

프리아모스 Priamos 트로이 전쟁 당시의 트로이 왕. 아킬레우스의 아들인 네오프톨레모스에게 살해당했다.

프리타네스 Prytanes 아테네의 500인 의회는 일반적으로 전체가 활동하지 않고, 단일 부족의 50명의 대표가 회계 연도에 감사를 실시했다. 이 50명의 의원이 집행력을 가질 때, 프리타네스라고 했다.

프리타네움 Prytaneum 프리타네스가 집무와 식사, 외국 사절들의 접대 등에 사용했던 건물.

프티아 Phthia 아킬레우스의 영토이며 테살리아의 동남부에 있던 지방.

플레그라 Phlegra 올림포스의 신들과 티탄 신족의 전쟁이 벌어졌던 들판.

플레이아데스 Pleiades 티탄 신족인 아틀라스와 오케아노스의 딸 플레이오네 사이에서 태어난 일곱 명의 딸. 그들은 자매인 히아데스의 죽음을 슬퍼하며 모두 자살했기 때문에 제우스는 그들을 일곱 개의 별로 바꾸어 하늘에 배치했다고 한다. 플레이아데스라는 이름은 그리스 어로 '출항한다'에서 유래한 것이다. 이 성좌는 고대 그리스 인들이 항해하는 여름에만 볼 수 있었기 때문에 그런 이름이 붙었다.

피네우스 Phineus 트라키아에 있는 사르미데소스의 왕. 그는 자기 아들을 장님으로 만들어 버렸다. 그것은 자식들을 미워하던 의붓어머니의 거짓 고발 때문이었다. 신들은 그를 눈멀게 만들어 하르피아이를 보내 괴롭혔다. 그런데 그는 아르고나우테스의 두 용사에 의해 이 괴물에게서 구출되었다.

피사 Pisa 펠로폰네소스 반도의 엘리스에 있던 도시.

피에리아 Pieria 마케도니아의 동남해안의 한 지방. 옛날 뮤즈 여신들이 자주 나타났다는 곳.

피테우스 Pittheus 트로이젠의 왕. 펠로프스의 아들이자 아이트라(Aethra)의 아버지이며 테세우스의 할아버지.

필로스 Pylos 펠로폰네소스 연안의 세 도시. 네스토르의 고향이 그 중 어디였는가 하는 점은 분명하지 않다. 하나는 나바리노(Navarino) 만에 접해 있었는데, 기원전 425년 클레온의 영도 아래 아테네 인들이 스파르타에 승리를 거둔 곳이다.

필로크세노스 Philoxenus '이방인을 좋아하는' 이라는 뜻. 유명한 동성연애자의 이름이기도 하다.

필로클레스 Philocles 비극 시인. 모르시모스와 멜란티오스의 아버지.

필로클레온 Philocleon '클레온의 찬미자'.

ㅎ

하데스 Hades 저승의 신. 사자死者의 나라(하데스의 나라)의 지배자인 동시에 지하의 부富를 인간에게 가져다준다고 해서 플루톤(부자)이라고도 하였다. 그는 크로노스와 레아의 아들로서 제우스, 포세이돈과는 형제간이다. 그들은 부신父神 크로노스와 그 일족을 정복한 후 제우스는 하늘, 포세이돈은 바다, 하데스는 저승의 지배권을 획득하였다. 하데스는 제우스의 딸 페르세포네를 아내로 삼았다. 그가 지배하는 사자의 나라는 지하에 있다고 생각되었으며, 그 국경에는 스틱스 또는 아케론이라는 강이 있어 나룻배 사공 카론이 사자를 건네주었다.

하르모니아 Harmonia 아레스와 아프로디테의 딸로 테베 왕 카드모스의 아내. 카드모스와의 결혼 축하연에 올림포스의 신들이 모두 참석했다. 카드모스는 아내에게 훌륭한 결혼 의상과 헤파이스토스 신이 만든 아름다운 목걸이를 선물했다. 그러나 이 선물들은 후에 자식들에게 저주가 내리는 원인이 되었다.

하르모디오스 Harmodius 기원전 6세기에 아테네에 살던 한 젊은이. 그의 미모는 두드러지게 매력적이었고, 폭군 히피아스의 제일 어린 형제 히파르코스(Hipparchus)의 출세를 지원했다. 하르모디오스의 애인 아리스토기톤의 자연스런 질투는 그의 라이벌 감정을 예민하고도 격하게 만들었다. 결국 그 두 친구는 일시에 폭정의 그 도시를 해방하고 사적인 굴욕을 복수하기로 결정하였다. 그리하여 이들은 조심성 있게 계획을 진행시켰다. 그러나 보장되어야 할 비밀도 있었고 너무 조급했던 탓으로 지원자들을 적절히 확보하는 일에 실패하였다. 그리고 히피아스와의 그릇된 친교 때문에 불행한 일격을 촉진하고 말았다. 해방자는 히파르코스만을 죽이는 데 성공하였다. 그러나 이러한 사건은 히피아스를 의아하게 만들었기 때문에 일반적인 여론은 결국 히피아스를 적대시하기에 이르렀다. 그리하여 그는 결국 추방되었다. 그런데 여기에는 스파르타의 궁극적인 간섭과 권고가 적지 않게 개입했었다. 하르모디오스와 아리스토기톤은 곧 폭정에 반대하는 전 아테네의 총애를 받는 영웅이 되었다. 그리고 그를 기념하는 축제의 노래는 그러한 작품에 남아 있는 것 중의 하나이다.

할리로티오스 Halirrothius 포세이돈과 님프인 에우리테의 아들. 아테네의 아크로폴리스 근처에서 아레스와 아글라우로스의 딸 알키페를 범하려다 아레스에게 살해당했다. 포세이돈은 아레스를 아테네 법정에 고발했다. 이것이 '아레스의 언덕' 을 의미하는 아레이오스 파고스 법정의 기원으로 아레스는 무죄 선고를 받았다.

할리모스 Halimus 페이라이에우스에서 멀지 않은 해변에 있는 아티카의 한 구역. 역사가 투키디데스의 출생지로 유명하다.

헤라 Hera 제우스의 여동생이자 아내이다. 아르고스와 연결되어 있는 여신. 헤라는 제우스가 사랑하는 모든 여인을 질투하고 적대하는 존재로 그려져 있다. 뿐만 아니라 제우스가 불의로 낳은 모든 자녀에 대해서도 질투하는 여신으로 묘사되었다.

헤라클레스 Heracles 그리스 로마 신화에서 가장 힘이 세고 또 가장 유명한 영웅. 암피트리온의 아내 알크메네와 제우스의 아들. 제우스의 아내 헤라는 남편과 다른 여자 사이에서 태어난 헤라클레스를 미워하여 사사건건 그를 괴롭혔다. 이와는 반대로 제우스는 그를 무척 사랑하여 뛰어난 힘과 씩씩한 기상을 심어 주었다. 뿐만 아니라 헤라클레스는 암피트리온과 그 밖의 많은 전문가로부터 무예와 음악을 배워 훌륭한 용사로 성장하였다. 그는 헤라의 저주로 정신착란을 일으켜 메가라와의 사이에 낳은 자식들을 죽였는데, 그 죄를 씻기 위해 신탁을 청했다. 신탁은 그가 티린스로 가서 그 땅의 왕 에우리스테우스를 12년 동안 섬기면서 그가 명하는 일을 하면 불사不死의 몸이 될 것이라고 말하였다. 그가 에우리스테우스에게서 명을 받은 것이 그 유명한 헤라클레스의 12가지 과업이다.

헤르메스 Hermes 제우스와 마이아의 아들. 여러 속성을 가진 신이다. 올림피아 신들의 신령인 그는 또한 죽은 영혼의 안내자이다. 속임수와 도둑질은 그의 숨은 재간이었다. 행복을 가져오는 자로서 그는 에리우니안(Eriunian)이라고도 불렸다.

헤브로스 Hebrus 트라키아에 있는 주요한 강.

헤스티아 Hestia 가정의 여신. 이 여신에게 최초의 기도문과 제주가 바쳐졌다. 로마 신화의 베스타(Vesta).

헤카테 Hecate 일종의 혼합된 신성神性을 말하는데, 달의 여신, 대지의 여신, 지하의 여신 세 여신이 한 몸이 된 여신으로 천상, 지상, 바닷속에서 힘을 발휘하며, 부와 행운을 가져다준다고 생각되었다. 달의 여신으로는 흔히 아르테미스와 동일시되고, 지하의 여신으로는 정령精靈·주법呪法의 여신이 되어 페르세포네와 동일시되었다. 조각에서는 등을 맞댄 세 몸을 가진 모습으로 표현되었다.

헤파이스토스 Hephaestus 모든 화산과 결부되어 있는 불과 대장장이의 신. 모스킬로스 화산이 있는 에게 해 북부의 렘노스 섬이 헤파이스토스 신 숭배의 발상지이다. 에트나 화산이 있는 시칠리아 섬 등에서도 숭배되었다.

헥토르 Hector 프리아모스와 헤카베의 아들. 트로이 전쟁 때 트로이 측의 지도적 영웅이었다. 친구 파트로클로스를 잃은 데 분노한 아킬레우스의 공격을 받고 죽었다.

헬레 Helle 아타마스와 네펠레의 딸. 그녀는 바다에 빠져 죽었는데 그 뒤부터 이 바다는 '헬레의 바다'라는 뜻의 헬레스폰토스로 불리게 되었다.

헬레네 Helen 제우스와 레다의 딸이며 디오스크로이 형제의 자매이다. 파리스는 그녀의 남편 메넬라우스로부터 그녀를 훔쳐 냈다. 이러한 소행이 트로이 전쟁을 유발하는 원인이 되었다.

헬레노스 Helenus 프리아모스와 헤카베의 아들. 그의 예언적 능력은 유명했다.

헬레스폰토스 Hellespontos 에게 해와 마르마라 해를 잇는 다다넬즈 해협의 옛 명칭. '헬레의 바다'라는 뜻이다.

호라이 Horae 사계절.

히아데스 Hyades '비를 내리게 하는 여자'라는 뜻으로 오케아노스와 테티스 사이에서 태어난 다섯 명의 딸. 니사 산에서 어린 디오니소스를 양육시킨 공으로 하늘에 올라가 황소자리의 머리 부분에 있는 별들이 되었다.

히페르볼로스 Hyperbolus 모아테네의 선동 정치가. 아리스토파네스는 언제나 이 선동 정치가를 공격하였다. 그는 램프 장사꾼이었다. 카르타고 원정을 제의한 사람이 바로 히페르볼로스였다. 일반적으로 그는 시인의 눈에 클레온을 본 딴 못난 존재로 비쳐졌다. 그래서 클레온을 공박하던 수법이 거의 그에 대한 공박에 나타나 있어 새로운 것은 찾아보기 어려울 정도였다.

히포메돈 Hippomedon 테베를 공격한 일곱 장군 중 한 사람.

히포크라테스 Hippocrates 아테네 사람인데, 그의 세 아들은 아둔하기로 유명했다. 이들 가족들은 위험스런 조그만 오막살이에서 살았다. 의학자 히포크라테스와는 별개의 인물이다.

히피아스 Hippias 아테네의 폭군. 하르모디오스 참조. 아리스토파네스의 「벌」에는 일종의 곁말로서 hippiazein이라고 하는데 '말을 사랑한다.'는 뜻이다.

그리스 극에 관한 외국 문헌

그리스 극에 관한 외국 문헌은 너무 많아서 극도로 한정해도 다 들기 어렵다. 그래서 여기서는 원전, 연구서, 참고서류 중에서도 전문가, 비전문가를 불문하고 유익하고 흥미있다고 생각되는 것만 몇몇 선택해서 소개했다. 단 연대가 오래되어 특히 중요한 문헌은 특례로서 덧붙여 놓았다.

문학사 · 기타

A. et. M. Croiset: *Histoire de la littérature grecque*, 5tomes., Paris, 1935. (특히 제3권).

W. Schmidt: *Geschichte der griechischen Literatur.* (Handbuch der Klassischen Altertumswissenschaft 총서 중, 특히 2, 3권).

위에 든 두 저서는 너무 거창할지도 모른다. 손쉬운 것으로는

W. Nestle: *Geschichte der griechischen Literatu*r, 2Bde., (Sammlung Göschen) 2Aufl., Berlin, 1945~1950.

C.M. Bowra: *Ancient Greek Literature*, (Home University Library), Oxford, 1948.

G. Muttay: *A History of Ancient Greek Literature*, Rep., London, 1927.

W. Kranz: *Geschichte der griechischen Literatur*, (Sammlung Dieterich), 3Aufl., Bremen, 1957.

등이 있는데, 내용의 새로움과 기재 문헌이 주도면밀한 점으로 보아 가장 추천할 만한 것은 다음 저서이다.

A. Lesky: *Geschichte der griechischen Literatur*, Bern, 1958~1959.

田中秀央·井上增次郎:「希臘文学史」, 富山房, 1933.

田中秀央·黑田正利:「ギリシア文学史」, 刀江書院, 1939.

高津春繁:「古代ギリシア文学史」, 岩波全書, 1952.

吳茂一:「ギリシア詩人たち」, 筑摩書房, 1956.

高津春繁:「ギリシアの詩」, 岩波新書, 1956.

吳茂一:「ギリシア神話」(全2卷), 新潮社, 1956.

高津春繁:「ギリシア・ローマ神話辞典」, 岩波書店, 1960.

木下正路訳ヅェブ:「古代希臘文学入門」, 岩波文庫, 1939.
岩崎良三訳ヅェブ:「ギリシア文学入門」, 創元社, 1953.
田中秀央·田中敬二郎訳ロベール:「ギリシア文学」, 平凡社, 1940.

비극 총론

Ph. W. Harsh: *A Handbook of Classical Drama*, Standford, 1958.
H.D.F. Kitto: *Greek Tragedy, A Literary Study*, 2nd Ed., London, 1950.
A. Lesky: *Die tragische Dichtung der Hellen*, Göttingen, 1956.
D.W. Lucas: *The Greek Tragic Poets*, London, 1950.
G. Norwood: *Greek Tragedy*, 4th Ed., London, 1948.
M. Pohlenz: *Die griechische Tragödie*, 2Bde., 2Aufl., Göttingen, 1954.

위의 저서 중 참고서용으로는 Lesky, Pohlenz가 좋고 문학론의 입장으로는 Kitto, Lucas가 유익할 것이다.

新関良三:「希臘悲劇論 I」, 岩波書店, 1925.
村松正俊:「概說ギリシア悲劇」, 玄同社, 1946.
吳茂一:「ギリシア悲劇論」(心) 5~3, 1952.
新関良三:「西洋演劇思潮」(ギリシヤ·ローマ演劇史 7), 東京堂, 1957.
新関良三:「ギリシア劇」, 新潮文庫,「ギリシア文学研究」中, 新潮社, 1936.
吳茂一:「ギリシア古典劇について」(文学4), 岩波書店, 1953.
飯塚友一郎訳マンツイウス「世界演劇史」第1巻, 平凡社, 1940.
松平千秋訳ギルバート·マリー「古典劇の伝統」(世界文学大系ギリシア·ローマ古典劇集) 中, 筑摩書房, 1959.

극장 · 상연 · 무대 · 연출론 · 비극의 기원

M. Bieber: *The History of the Greek and Roman Theater*, 2nd Ed., Princeton, 1959.
A.W. Pickard–Cambridge: *The Theatre of Dionysus in Athens*, Oxford,

1946.
A.W. Pickard–Cambridge: *The Dramatic Festivals of Athens*, Oxford, 1953.
T.B.L. Webster: *Greek Theatre Production*, London, 1956.
다음 두 저서는 좀 오래전 것이지만 오늘날에도 유익하다.
A.E. Haigh: *The Attic Theatre*, 3rd Ed., Oxford, 1907.
R.C. Flickinger: *The Greek Theater and its Drama*, 4th Ed., Chichago, 1936.
그리스 비극의 기원이나 초기 형태에 대해서는 다음 두 저서가 좋다.
A.W. Pickard–Cambridge: *Dithyramb, Tragedy and Comedy*, Oxford, 1927.
M. Untersteiner: *Le origini della tragedia e del tragico*, Einaudi, Saggi 194, 1955.
坪内逍遙:「希臘古代の演劇」(能率) 5–8, 1907.
細田枯萍:「ディオ二ソス祭と希臘劇」(帝国文学) 15–4, 1909.
赤坂新二:「古代希臘劇場」(史苑) 1–4, 1927.
高津春繁:「ギリシア合唱隊歌の発達」(言語研究 7, 8), 1941.
呉茂一:「演劇の黎明」(演劇講座) 河出書房, 1951.
新関良三:「ギリシヤ劇の仮面」(観世) 19–10, 1952.
小畠元雄:「劇典におけるモノローグの解釈について」(大阪学芸大学紀要) 3, 1955.
松平千秋:「エピダウロスのギリア劇」(文庫) 63, 1956.
細井雄介:「ギリシア悲劇の歴史的性格」(ギリシア悲劇研究) I ,1958.
中島貞夫:「コロス小論」(ギリシア悲劇研究) I , 1958.
呉茂一:「ギリシア劇の上演について」(ギリシア悲劇研究) I , 1958.
高津春繁:「ギリシア悲劇の構成にたいする疑問」(ギリシア悲劇研究) I , 1958.
中田幸平:「ギリシア演劇衣装」世界建築全集 6, 平凡社, 1959.
松川敦子:「衣裳製作における古代様式の復元」(ギリシア悲劇研究) 2, 1959.
久保正彰:「ギリシア悲劇と仮面について」(新劇) 80–6, 1960.

비극 사상론

林達夫:「ギリシヤ悲劇の起源」(思想) 8, 9, 1922.
伊藤堅司:「ペリクレス時代とその後におけるアテネ戲曲の一傾向」(史学雜誌) 38-11, 1927.
鹿野治助:「悲劇について」(済美), 1933.
田中美知太郎:「ギリシア悲劇と思想表現の問題」(古典的世界から) 中.
吳茂一:「ギリシア悲劇の情神」(大学), 1947.
岩崎勉:「ギリシア悲劇の倫理思想」(世界哲学史-古代西洋), コギト社, 1948.
大島康正:「悲劇と人間存在―ギリシア的人間の主体的遺産」(実存倫理の歴史的境位) 所收, 創文社, 1956.

비극 이론

仁戸田六三郎:「アリストテレスの悲劇論におけるカタルシスに就いて」(哲学年誌) 2, 早大文学部, 1932.
態沢復六:「アリストテレスの劇曲論」(悲劇喜劇) 4-10, 12, 1950.
中村善也:「アリストテレスの(詩学)に於ける悲劇と叙事詩」(三重県立大学研究年報) 1-1, 1952.
岩山三郎:「狂気とカタルシス」(研究) 5, 神戸大学文学會, 1954.
当津武彦:「悲劇のミュートス」(大阪経大論集) 17, 1956.
当津武彦:「悲劇における性格の問題」(大阪成蹊学園研究紀要) 1, 1957.

비교 문학론

芳賀矢一:「希臘古劇と我邦の能楽」(帝国文学) 10.
野上豊一郎:「能とギリシア劇」(思想) 34, 1939.
新関良三:「ギリシア劇かちローマ劇へ―古代劇における近代的精神の初期胎動」(心) 2-2, 1949.
新関良三:「ゲーテとギリシヤ悲劇」相良守峯編 (ゲーテへの道) 所收, 1949.

中村善也:「ポイエーシスといちこと」(架橋) 1, 1956.
呉茂一:「ギリシア悲劇の翻訳についと」(新劇) 80-6, 1960.

원전

3대 작가 이외의 작가도 포함해서 없어진 조각을 모은 것으로는 오늘날에도 A. Nauck: *Tragicorum Graecorum Fragmenta*, 2Aful., 1989.에 의존하는 수 밖에 없는데, 말할 것도 없이 내용은 너무나 낡았고, 오늘날에는 입수하기도 거의 불가능하다. 19세기 이래 발견된 파피루스에 기재된 단편에 대해서는 다음 저서 등에 의해 그 개략을 알 수 있다.

G.U. Powell and A.E. Barber: New *Chapters in the History of Greek Literature*, 3vols., Oxford, 1921~1932.
D.L. Page: *Greek Literary Papyri*, (Loeb Classical Library) London, 1942.
T.B.L. Webster: *Greek Tragedy in "Fifty Years of Classical Scholarship."*, Oxford, 1954.

아이스킬로스

아이스킬로스의 전 작품을 수록한 텍스트로는

G. Murray: *Aeschyli Tragoediae.* (Oxford Classical Text) 2nd Ed., Oxford, 1955.
U.v. Wilamowitz-Moellendorff: *Aeschyli Tragoediae*, Berlin, 1918.
P. Mazon: *Eschyle*, 2tomes., (Collection des Universités de France) Paris, 1949.

개개 작품의 텍스트로는

G. Thomson: *The Oresteia of Aeschylus*, 2vols., Cambridge, 1938.
E. Fraenkel: *Agamemnon*, 3vols., Oxford, 1950.
J.D. Denniston & D.L. Page: *Aeschylus Agamemnon*, Oxford, 1957.

또한 연구서로서는 다음 네 저서가 유명하다.

G. Murray: *Aeschylus the Creator of Tragedy*, Oxford, 1946.
K. Reinhardt: *Aischylos als Regisseur und Theologe*, Berlin, 1949.

F. Solmsen: *Hesiod and Aeschylus*, New York, 1949.
G. Thomson: *Aeschylus and Athens*, London, 1950.
新関良三:「アイスキュロス・ソポクレス」(ギリシヤ・ローマ演劇史 2), 東京堂, 1957.
土居光知:「プロメテウス劇の研究」(英文学研究) 3, 1921.
野上豊一郎:「アイスキュロス」(ギリシヤ・ラテン講座) 2, 1931.
藤井春吉:「アイスキュロスと悲劇(波斯人)」(経済と文化) 6, 1942.
岩山三郎:「オレステイア三部曲と悲劇美の本質について」(近代) 9, 1954.
吳茂一:「アイスキュロス」(世界歴史事典) 1 中, 1955.

소포클레스

텍스트

F. Storr: *Sophocles*, (Loeb Classical Libr.) 2vols., (希·英)
A.C. Pearson: *Sophoclis Fabulae*, (Oxford Classical Text) Oxford, 1924.
P. Marqueray: *Sophocle*, 2tomes., (Collection des Universités de France).
A. Dain-P. Mazon: *Sophocle*, Ⅰ(Trachiniae, Antigone) 1955. Ⅱ(Ajax, Oedipus Rex, Electra) 1955. (Collection des Univerités de France).

주석서로서는

R. Jebb: *Sophocles*, 7vols., Cambridge, 1883~1896.(希·英·註解)

가 표준적이나 아무래도 시대적으로 상당히 오래되었으므로 여러 가지 결함이 있음은 면할 수 없다.

A.C. Pearson: *The Fragments of Sophocles*, 3vols., Cambridge, 1917.

연구서

S.M. Adams: *Sophocles the Playwright*, University of Toronto Press, 1957.
C.M. Bowra: *Sophoclean Tragedy*, Oxford, 1944.
G.M. Kirkwood: *A Study of Sophoclean Drama*, Cornell university Press, 1958.
B.M.W. Knox: *Oedipus at Thebes*, Yale University Press, 1957.

J.C. Opstelten: *Sophokles and Greek Pessimism*, Amsterdam, 1952.

A.J.A. Waldock: *Sophocles the Dramatist*, Cambridge, 1951.

T.B.L. Webster: *An Introduction to Sophocles*, Oxford, 1936.

C.H. Whitman: *Sophocles, A Study of Heroic Humanism*, Cambridge, 1951.

고전이긴 하나 소포클레스 연구사에서 획기적인 의의를 가지는 것으로서

T.v. Wilamonwitz-Moellendorff: *Die dramatische Technik des Sophocles*, Philol. Untersuch. 22, Berlin, 1917.

이 있다.

新関良三:「ソポクレスかちメナンドロスへ」(真善美), 1949.

呉茂一:「オイディプース王の悲劇」(展望) 58, 1950.

松永雄二:「劇Antigoneの統一性についての一つの覚書」(西洋古典学研究) 4, 1956.

松川敦子:「(アンティゴネ―)のフィロスについて」(ギリシア悲劇研究) 2, 1959.

毛利三弥:「アンティゴネ―私見英雄―的性格の孤高さ」(ギリシア悲劇研究) 2, 1959.

久保正彰:「仮面をつうじて―ソポクレス悲劇の使命」(ギリシア悲劇研究) 2, 1959.

加村赳雄:「ソポクレスと私」(ギリシア悲劇研究) 2, 1959.

에우리피데스

텍스트

G. Murray: *Euripidis Fabulae*, 3vols., (Oxford, Classical Text).

A.S. Way: *Euripides*, 4vols., (Loeb Classical Lib.). (希·英)

L. Méridier, L. Parmentier, H. Grégoir: *Euripide*, 4tomes. 既刊(希·佛·續刊中) (Coll. des Universités de France).

이 밖에 1938년 이래, Oxford에서 에우리피데스의 각 작품에 대한 원전과 주석의 총서를 간행했는데 다음과 같다.

M. Platnauer: *Iphigenia in Tauris*, 1938. (Oxford, "The Plays of Euripides").

D.L. Page: *Medea*, 1938.

J.D. Denniston: *Electra*, 1939.

E.R. Dodds: *Bacchae*, 1944.
A.M. Dale: *Alcestis*, 1954.
W.S. Barett: *Hippolytus*, 1960.
연구서
E. Delebecque: *Euripide et la guerre du Péloponnèse*, Paris, 1951.
W.H. Friedrich: *Euripides und Diphilos*, München, 1953.
G. Murray: *Euripides and his Age*, (Home University Libr.), Oxford, 2nd Ed., 1946. (에우리피데스 전반에 관한 해설서로 귀중하다.)
G. Norwood: *Essays on Euripidean Drama*, London, 1954.
R.P. Winnington-Ingram: *Euripides and Dionysus*, Cambridge, 1948. (특히 「바코스의 여신도들」을 중심으로)
G. Zunts: *The Political Plays of Euripides*, Manchester, 1955.
新関良三:「エウリピデス」(ギリシヤ・ローマ演劇史) 3, 東京堂, 1957.
松村武雄:「悲劇詩人エウリピデスの宗教的苦悩」(表現) 2-11, 1922.
野上豊一郎:「エウリピヂスの女性主義」(思想) 75, 1928.
斉藤為三郎:「作劇技巧から見たBernard ShawとEuripidesの比較」(英文学研究).
中村善也:「エウリピヂスの(アンドロメダ)」(西洋古典学研究) 3, 1955.